后浪

# 冬至前夜

贝客邦 著

海峡出版发行集团 | 海峡文艺出版社

## 图书在版编目（CIP）数据

冬至前夜 / 贝客邦著. -- 福州：海峡文艺出版社，2022.10
ISBN 978-7-5550-3033-1

Ⅰ.①冬… Ⅱ.①贝… Ⅲ.①推理小说—中国—当代 Ⅳ.①I247.5

中国版本图书馆CIP数据核字（2022）第140665号

本书中文简体版权归属于银杏树下（北京）图书有限责任公司

### 冬至前夜

贝客邦　著

出　　版：海峡文艺出版社
出 版 人：林　滨
责任编辑：陈　瑾
编辑助理：卢丽平
地　　址：福州市东水路76号14层
电　　话：（0591）87536797（发行部）
发　　行：后浪出版咨询（北京）有限责任公司

选题策划：后浪出版公司
出版统筹：吴兴元
编辑统筹：梅天明
特约编辑：王莉芳
营销推广：ONEBOOK
封面设计：昆　词
装帧制造：墨白空间

印　　刷：北京天宇万达印刷有限公司
经　　销：新华书店
开　　本：889毫米×1194毫米　1/32
印　　张：10.25
字　　数：210千字
版次印次：2022年10月第1版　2022年10月第1次印刷
书　　号：ISBN 978-7-5550-3033-1
定　　价：48.00元

后浪出版咨询(北京)有限责任公司　版权所有，侵权必究
投诉信箱：copyright@hinabook.com　fawu@hinabook.com
未经许可，不得以任何方式复制或抄袭本书部分或全部内容
本书若有印、装质量问题，请与本公司联系调换，电话：010-64072833

# 目　　录

楔　　子
1

第一章
云的彼岸
7

第二章
湖底魅影
121

第三章
原野明月
199

# 楔　　子

许久不见，小月的发型有了些变化，落在锁骨位置的发梢微微外扩，带有几分少女气息。浓黄的灯光下，嘴唇表面聚起形状各异的小亮斑，显得湿润而饱满。

阿松伸出右手，用食指轻轻触碰小月的嘴唇，干燥，还有些黏腻。小月的唇上覆着一层透明薄膜。

这里是房屋地基抬高后形成的下部空间，勉强算是地下室。天花板离地仅有160厘米，灯泡垂得很低，光线斜切过来，勾勒出小月五官的明暗交界线。眉毛很细，末梢向上翘，和眉棱骨分开了。睫毛长得不自然，投影一直伸向泪点处。鼻翼周围的毛孔比别处大，这是洗脸过度造成的。

整张面庞皮肤紧绷，更显得下颌瘦窄，身体却比小时候丰满许多。普蓝色的毛呢大衣下是黑色连衣裙，裙摆和高筒皮靴碰在一块儿，把腿遮住了。

立冬已经过去一周了，阿松觉得她这样穿应该很冷。

阿松俯下身，鼻尖探入小月耳旁的长发，深深吸气。气流穿过发丝进入鼻腔，香气没有预想中的那么浓烈。

在阿松的印象中，小月是橘子味的。

某一天,他背着书包走在放学路上,正准备穿过荒废的农田,远远地望见小月的身影出现在农田另一头的山脚下。

距今已经有十六年了,那时小月十岁。

阿松知道这个女孩和他一样上四年级,只是弄不清在哪个班。她个子偏矮,衣服总是不太干净。上体育课时,一个女同学把她辫子上的皮筋揪下来,高高地抛向天空。皮筋落下来,总有人抢先接住,旋即又抛向天空,这个过程一直重复。她仰着脸在操场上来回小跑,好像迎接一场刚刚落下的雪。

山脚下有几棵野橘子树,阿松熟悉这个地方。小月举着一截断枝,想把树顶上的橘子打下来。但是断枝太重了,她瞄不准橘子梗的位置。

这棵橘树一点也不高,伸手就能够到最低的叶子,只是低处没有果子。

阿松走到近旁,故意踢了一脚枯叶。小月听见动静,扔下断枝转身就跑。跑出几步,想起书包还留在原地,只好再折回来。

阿松箭步一蹬,瞬间蹿到了主干的枝杈上。小月愣住了,睁大眼睛望着他。

助跑过猛,膝盖被撞得生疼。阿松缓了缓,屈膝向前一跳,凌空摘下橘子。树枝反弹上去,沙沙作响。

小月接过墨绿的橘子,用力剥了起来。橘子比小月的手大很多,她用肚子顶住了剥,橘子才不掉下去。

"不好吃的,酸得要命。"阿松忍不住替她皱眉。

可是小月吃得很专心,视线没有离开手里的橘瓣。

"给。"小月把最后两瓣递过来。

她的手很脏,橘络上有黑色的泥土颗粒。

啊,酸得直冒汗!阿松想吐掉,又硬生生地咽了回去。

小月说,最管饱的野果是桃子,可惜现在是秋天,村里的桃树连叶子都没了。

他们准备回家,阿松走在小月身后。小月的辫子松散凌乱,被扎住的头发还没有垂到嘴角的多。淡黄色的橡胶皮筋在后脑忽高忽低。这种皮筋摩擦大,如果直接顺着辫子捋下来,会扭结成一团,夹着扯断的头发。阿松记得那个被抛向天空的皮筋是黑色的,他在妈妈的抽屉里见过类似的款式,皮筋外面包着一层柔软的棉布。

两人在田边的小路分手。阿松放慢脚步,频频回头,直到小月在薄暮中消失。

第二天,阿松把偷偷拿出来的皮筋送给小月,顺便从口袋里掏出一把花生米。

"最好把花生衣搓掉再吃,不搓掉吃就不能大口喘气,否则会被吸到气管里。"阿松把妈妈的告诫讲给小月听。

从那以后,小月一天天长大,但她长得太快了,以至于让阿松觉得自己好像始终停留在十岁,他跟不上小月的脚步。

小月用别的男生给她的钱买衣服和口红,和他们在学校外的树林里亲吻拥抱,时而会像她的父亲那样酩酊大醉,而且很少出现在课堂上。阿松远远地守望着小月,心中满是惆怅。高中最后一年,小月抛下这些男生和她的父亲,离开了家乡。

阿松轻轻地抓起小月的手掌抚摸自己的脸庞，仿佛还能闻到十六年前那个橘子的味道。

现在还缺什么呢？阿松再一次打量室内。

天花板靠近角落的位置有个方形的进风口，正对着弃用多年的厨房灶台。阿松打通灶台下的地板，封住送柴口，让空气直接从烟囱进入地下室，以保证新鲜。他焊了个铁皮架子罩住烟囱口，这样就不必担心下雨进水。另一侧墙角的铝制栅格后面是一条长长的通道，通向院子里那口深井的内壁，空气就是从那里排出去的。

新拉的电线用了四线制的规格，同时承载两三个取暖器也不成问题。不太满意的只有抽水马桶，这里的地表比外面的污水管低，所以必须把马桶架在 50 厘米高的水泥台上。这样一来，再加上马桶本身的高度，上部空间所剩无几。小月上厕所时只能低头弯腰，把自己折叠起来。

剩下的就是一些换洗衣物了，这可以逐步添置，小月喜欢什么就给她买什么。明天把书从楼上搬下来，再换个高瓦数的节能灯，一切就绪。

阿松低头走到写字桌前，打开抽屉挑选唱片。

如果一开始就播放古典音乐，很可能会适得其反。他现在要带给小月的是平静，是一入耳便能捕捉到的旋律。他挑了一张 1994 年的电影原声唱片，放入马兰士 CD 机，把音量调到合适的大小。

夜幕低垂，

少女站在树林边,
手握缰绳。
从未见过如此美丽的女孩,
我听到无处不在的温柔低语。
她属于另一个人,
是的,
她属于那片冥冥薄暮。

人声过后,大提琴、笛子、小提琴轮番上阵,结尾又回到钢琴上来。阿松挨着小月躺下,在心里复刻每一个音符。

呼吸的节奏起了变化,小月醒了。她蜷起左腿,连接脚踝和墙钉的铁链发出刺耳的声响。

# 第一章 云的彼岸

## 1

秋原在不锈钢长椅上坐下,摘掉棉花看了眼针口。臂弯处的一段血管微微隆起,呈现出淡青色。她拉下毛衣袖子,重新穿上外套,感觉暖和多了。

壁钟的时针刚好指向 7 点。初冬清晨还没有变成金黄色的阳光,穿过急诊厅的玻璃门落在大理石地面上。

眼科诊室的门打开了,医生披上白大褂,朝洗手间的方向走去。他握拳挡住哈欠,脸上浮现初醒的苍白,应该是许久没有病人,睡了个好觉。相比之下,内科诊室门口人满为患,病人心急如焚,却也不好意思插队。

一个通宵达旦,一个安稳小憩,两位医生的收入不知有没有差别。秋原对医院的薪酬体系不太了解,假如一视同仁,内科医生会忍不住抱怨吧。

秋原想起同事们的冷言冷语,这是眼下另一个让人头疼的问题。马上要到月中结算的日子了,她上个月的订单数恐怕会排进前三。作为入职九个月的新员工,遭人嫉妒也是没办法的事,总不至于为了迎合团队而故意放弃业绩。更何况,汽车销售员都是各自为政,本就没有团队一说。

这些念头在秋原脑中一闪而过，她再次看钟，距离半个小时的取单时间还剩十九分钟。

再过一个小时，这个县城将迎来上班高峰。患者都希望赶在那之前完成诊治，很多急诊病人急的不是病情，而是时间。秋原也一样。

本应在月初开始的例假，已经延后了十三天。延后倒也常有，但是这次的情况不一样。

那次……明明是干净后的第二天，概率应该很低才对。

对于受孕规律，宋先平比秋原懂得多，什么时候应该避孕，什么时候不需要，秋原都听他的。

秋原从小受月事困扰，尤其是头几天，面无血色，眼袋发青。

"你的嘴唇看起来就像三天没喝水。每次都这样，以后可别生不了娃！"母亲不止一次这么说过。久而久之，秋原觉得母亲关心的是娃，而不是她能否生娃这件事。

女儿找个好人家，生个胖儿子，将来靠女婿养老，这是母亲的期望，也是她在丈夫去世后剩下的指望。

秋原从小和母亲不亲近，这种距离感可能是不成熟的错觉，但她没有动力也不知该如何去验证。

你为什么不像别的妈妈对待女儿那样对待我呢？秋原不忍心这样质问母亲。亲人间的关系是与生俱来的，不会因为质疑而改变。

你在说什么啊？我哪里对你不好了？她铜铃般的眼睛必定泪光闪烁。

不是不好，只是……

只是什么呢？秋原想象着自己默默地低下头。

"只是粗枝大叶吧。"宋先平这样理解。

他的评价准确，但不全面。粗枝大叶是因为只把注意力放在自己身上。母亲是个打扮精致的女人，在秋原的童年记忆中，为自己扎辫子的总是父亲。

"不过，生活是为了自己，这点没有错，家人也没有权利剥夺。"宋先平说。

秋原认同这一点。母亲在舞池中摇曳的身影，总是让人心生羡慕。她大概从来没有把"照顾家庭"和"自由生活"放在一起做比较。

"对，是这样。用手就能掂量出来，就没有必要放上天平了。归根结底，就是对婚姻和家庭的理解不一样而已，在我们父母那个年代容易被人说闲话。"宋先平说，"认为相夫教子是天经地义的女人，把婚姻看成一道门，迈过去之后，外面的世界就跟她没有关系了。而对你妈来说嘛……是一座桥。"

"桥？"

"对！虽然从桥东到了桥西，风景却没有太大变化。"

即使再也回不去桥东，依然可以翘首远望。母亲就在远望中陪伴家人，年华老去。她喜欢享乐，但没有做过对不起父亲的事。

"这样的人生没什么可指责的，天性使然。怎样做才算得上是一个合格的母亲，本来就没有标准嘛，也不该有这样的标准。"

"那你呢？"秋原仰起脸，用下巴抵住他的胸口问，"婚姻对你来说是什么?"

"嗯?"

"不,没什么……"秋原笑着摇了摇头。

宋先平低头亲吻秋原的睫毛。

秋原告诫过自己,不要主动提及对方的家庭,她忍住了。

"至于那个……"宋先平岔开话题,"例假不规律,跟生育没有必然联系,妇科问题九个人能变出十个花样来,所以不必担心。"

"是吗,你见识过几种?"

"这个嘛……"

秋原察觉自己嘴角上扬,但意识到身处大庭广众,马上收住了。回神间,一对年轻夫妇站到她面前,仰着脖子看墙上的液晶电视。

屏幕上,手持话筒的女记者伸出右掌指向身侧的黑色轿车,不停说着什么。轿车停靠在狭窄的石子路旁,背后是一片茂密的树林。

镜头逐渐拉近轿车,四扇车门都打开着,两名戴口罩的警察钻进车里,在坐垫上采集样本。

电视机的音量很小,在大厅的白噪声下几乎听不清。频道是本市地方台,屏幕下方有字幕:11月12日,云岸县轿车凶案最新进展。

难怪昨天公司里有人在茶水间扎堆,阴阳怪气地讨论什么事情。秋原担心她们是不是在背后说自己坏话。

"这不是金丰村那条路嘛！"

"真的呀，不得了，这下热闹哩。"

坐在后面的人开始谈论起来。

秋原知道金丰村这个地方，但具体方位只有模糊的印象。试用期时，秋原也曾捧着宣传折页扫街拉订单，城里人更信任4S店，因此收效甚微。她听从朋友的建议，去乡镇寻找机会，在地图上见过这个地名。

电视画面上，一位面部打了马赛克、穿着朴素的妇女接受采访。她情绪激动，有力地挥舞着胳膊，可能是现场第一发现人，嗓门明显比主持人大，可惜秋原只能听懂一点点本地方言。

随着她的陈述，摄像师将镜头摇向汽车后排座。妇女站在车门外指了指座椅，然后半蹲下来，双手垂落，做出向前俯卧的姿势。

有人死在了后排座上，死亡时保持着双膝跪地、身体前倾这种和正常坐姿相反的姿势。秋原这样想象。

另一位带队模样的警察回答了几个问题之后，记者收回话筒，正视镜头做了总结。画面立刻切换到演播室，桌子后并排坐着西装革履的主持人和嘉宾。

同时，字幕切换为：与被害人同车的女性身份确认，目前下落不明。

主持人和嘉宾聊了一阵，画面右侧出现一张年轻女人的照片，是典型的手机自拍照，肤白貌美，充满了青春活力。

原来车上还有一个女人，她失踪了。死者大概是车主吧。车是价值二十万左右的斯柯达中型车，引擎盖中间的纵向凸起是最显著的特征。秋原根据职业经验猜测，车主很可能是年龄在四十到五十岁之间的男性。

朝电视机靠拢的围观者渐渐多起来，阻断了秋原的视线，也阻断了她的思路。只差四分钟了，秋原起身走到窗口，找到了自己的验血单。

检验条目只有两项：第一项是人绒毛膜促性腺激素，数值达到了4300，正常参考值仅为0~7，妊娠妇女则为20~5000；第二项是黄体酮指数，同样表明秋原处于妊娠期。

秋原深吸一口气，单子上真真切切印着她的名字，还有"早孕"的诊断结论。

恍惚间，有什么东西在体内凝聚起来，身体的重心随之改变。秋原下意识地用右掌贴住小腹，转身背对化验窗口，闭上了开始变得温热的眼睛。

"最后一次月经哪一天来的？"医生翻开秋原的病历本，边写边问。

"10月……2日或者3日。"

"预产期是明年7月9日，配两瓶叶酸吃吃吧。做过孕前体检吗？"

"没有。"

"两个人都没有？"医生的视线从镜框上沿投射过来。

秋原点头。医生接着问了几个有关家族遗传病的问题，秋原一一否定了。

"可以打电话跟老公报喜啦!"排在身后的中年妇女拍拍秋原的肩膀。

秋原抿嘴回以微笑。

"状态还好吧?我那个时候可是躺在床上起不来,吃什么吐什么。"

经她这么一说,秋原才意识到还有妊娠反应这道难关。

"哦,对了,你现在才第五周吧,还没到时候呢。"她自问自答。

"已经……"秋原转头问医生,"有五周了?"

"六周。实际没有,不过我们就是这么算的。"

秋原还是不大明白,但医生不耐烦了,没有解释,只说满三个月再过来建档。秋原又问建档是什么。

"就是给你录个定期产检的档案。"医生回答的同时接过了下一位病人的病历。

怀孕初期的注意事项,网上应该能查到很详细的资料。秋原走出妇科诊室,看到几个男人站在走廊上等候他们的爱人,霎时涌上一股心酸,她很想和刚才那位妇女再多说几句。

取了药走出医院大门,顺着樟树成排的平塘路步行七八分钟,到达沿海的丁字路口,绵延十公里的滨海街横亘眼前。街道西边的丘陵被幽深的松柏覆盖,四季常青;右边是漆成天蓝色的铸铁栏杆,栏杆外是一望无垠的海面。一块公交站牌孤零零地伫立在海天相接的背景下。

11月的海风并没有想象中寒冷,可秋原还是紧紧地裹住外套,生怕下腹部受寒。

六周……是多大一丁点呢？形状像豆子，还是像红枣？秋原全身的血液因为新生命的存在而变得不同了。

海平面在下方十米左右的位置，秋原贴着栏杆向下俯望。轻拍潮堤的波浪向她涌来，竟觉大地正在缓慢前行。海水呈灰黄色，即使风平浪静，恐怕也映不出天空。这个县城名叫云岸，如果白云的倒影能落入海中，视线尽头便真成了云的彼岸。

秋原脑中出现了自己漂浮在大海中的景象，不是眼前的海岸，而是更深处。周围没有可以辨别方向的事物，无论转向哪里，尽是一片汪洋。

生孩子并不是一件安心等待就能顺理成章的事，尤其是在目前的处境下。该怎么办呢？

这是上天给予的恩赐，就像漫步在树林中，发现一栋心仪的小木屋，身临其境之前无法想象自己多么渴望拥有它。

明年7月9日……以后不再是孤单一人了。

## 2

"早饭吃了没？"值班保安嚼着热腾腾的包子向秋原问好。

"您早。"

拉开玻璃门，秋原闻到油漆和橡胶的气味。展厅的设计简单，2000平方米的空间被分成三个区域，展示区紧靠南面的落地玻璃，中间是贯穿东西方向的走道，办公区在北侧。为保证及时接待，销售部的工位没有做隔断，齐刷刷地面向西面的主入口。两个月前宋先平把秋原调到最前排，黄昏时分夕阳斜照，秋原会被照得满脸橘红。

现在是 8 点 25 分，离正式营业还有半个小时，空荡荡的展厅里只有秋原的脚步声。她把包锁进矮柜，走进盥洗室整理妆容。

锁柜子的习惯不是一开始就有的。秋原的包是羊皮料子，质地柔软，某天下班，秋原察觉包的形状和放置深度都与平时不同。自那以后，她觉得自己被一种凝视的压迫感包围。

刚来这里工作那阵子，秋原时刻告诫自己，要以质朴的心态面对新环境，要把不值一提的优越感埋藏下去。为此，她还特地拉直了头发。

关上水龙头，对着镜子重新扎紧马尾辫，挺直腰身，展开职业性的微笑。这些程序相当于拨转了一个情绪阀门，所有的烦心事暂时断流。基本话术必须以情绪为前提，情绪到位，氛围自然融洽。和之前的文案策划工作相比，这一点是最难把握的。

秋原把刘海别到耳后，手指顺着耳郭向下，碰到了耳环。这是今年夏天收到的生日礼物。宋先平打开首饰盒的一刹那，她甚至为当天的意义感到沮丧——如果不是生日，这会不会是一枚婚戒呢？

把这个铂金首饰称为耳坠更恰当。一片银质的叶子贴住耳垂，叶子背面连接的细链穿过耳洞，末端挂着形似火柴棍的坠饰，细链和坠饰加起来有 5 厘米长。每次脑袋歪向左边，凉凉的坠饰就会触碰到脖子。坠饰上刻着"QY"两个大写字母，是秋原的拼音缩写。

"坠子太细了，又是圆柱，中文刻不上去。"宋先平用拳头抵住腮帮，隔着红酒杯凝视秋原。

"字母好，洋气。"秋原用拇指肚摩挲印刻的凹陷处。

"如果把'最初的秋'译成英文，那又太长了，整根坠子上都是字，远看过去坑坑洼洼的。"

"最初的秋？"秋原一直把自己的名字理解为秋天的原野。

"秋天的原野，那个意思太荒凉啦。"宋先平摆了摆手。

身后突然传来手机短信提示音，秋原吓了一跳。她透过镜子看到最外侧的隔间门被推开了，清洁工卢阿姨提着浸湿的拖把走出来。秋原转过身瞪着她。

卢阿姨泰然自若，朝秋原咧嘴一笑，走了出去。

刚刚在镜子前至少站了两分钟，是自己走神没听到任何声响吗？那个隔间是用来放清洁用具的，没有装马桶。卢阿姨在里面做什么？

等卢阿姨的脚步声消失，秋原凑到门缝前朝里望。门缝很宽，可以塞一个硬币，两边角落的水桶和拖把都能看到。

秋原走出盥洗室，只见卢阿姨和一个陌生男子站在展厅门口。卢阿姨看到秋原出来，于是朝她喊：

"哎，小陈哪，有人要看车，来。"

"欢迎！请里边坐。"秋原快步迎上，朝男人浅浅一鞠躬。要等男人走进来，她才能去倒水。客人进入展厅之前不可以背过身去。

"我想……买辆福克斯。"

秋原微微一愣，如此单刀直入的开场白着实少见。"没问题，店里刚好有样车。请走这边。"

男人身材消瘦，西服里空荡荡的，头发偏黄且蓬松打卷，给人营养不良的印象。

"福克斯的口碑一直很好，这台是今年的新款。请问先生您贵姓？"秋原说着递上自己的名片。

"我姓孙。"他看起来很紧张，接过名片的手指在发抖。

介绍产品没必要面面俱到，最好等客人开口再寻找切入点。可是男人一言不发，秋原只好讲解新款车的特性，一句一顿，甚是尴尬。

卢阿姨在样车旁来回拖地，迟迟没有走开。秋原不禁蹙眉。展厅那么大，干吗非要在这个时候绕着客人转悠，好像嫌客人鞋脏似的。

"孙先生是第一次来我们店吗？"

"这个车有白色款吗？"

"有的。您可以体验一下内饰。"秋原拉开车门。

"不用了，就这个配置吧。什么时候可以提车？"

秋原打电话确认库存。4S店回复有现车，下午3点可以到。随后她请男人坐下，谈价格，确认贷款、投保等事项。

"因为物流成本的关系，需要向您收取一部分订金。"秋原面露为难，"我们9点开店，财务还没到……"

"多少钱？我可以付现金。"

"1500元。"

订金额度全凭销售说了算，500到3000元，熟人免收的情况也有。

"你数一下。"男人从钱包里抽出一沓百元纸币,数了五张,把剩下的递给秋原。

从男人开口说第一句话,秋原就知道这笔交易很快会成功,但似乎有些顺利过头了。一种情况是,对方工作太忙,抽不出时间,必须赶在上班之前把事情办完。另一种情况是,他之前来过这里,买什么车心中已有盘算,也清楚财务几点上班,因此准备了足够的现金。

如果他来过,就会有其他销售接待。

秋原送男人到岗亭外,看着他跨上电动车后,马上回到工位将刚刚手写的登记表录入系统。敲下回车,系统显示录入成功,秋原松了口气。如果其他销售事先将这位孙先生登记为潜在客户,系统会提示该客户已存在。这样一来,即使最后成交,订单也是算在别人头上。

"咱们今天的运气不错呀。"秋原后仰着上身,轻轻拍了拍小腹。

"来,稍微挪一挪。"卢阿姨把拖把推进桌子下面。

秋原起身搬开椅子,看着她圆滚滚的背影,想说句"辛苦了",一张口又咽了回去。

3

周子阳一见秋原,就像个发现礼物的孩子,迈着富有弹性的步伐走了过来。秋原尽量不动声色,她的座位正对展厅入口,为了假装没看到他，只好别过脸去抽纸巾。

"秋原姐今天这么早，又开始晨跑了？"

"今天心血来潮。"

子阳望了眼窗外灰蒙蒙的天，似乎想说今天天气可不怎么样。

"这两天有没有看新闻？"他贴近桌子，把老气的公文包换到另一只手上。

挂在门把上的风铃响了，两名女同事推门而入，随即停止了说笑，将视线投向子阳后背。

秋原摇头说，没看。

"嗯，那我先去忙了。"子阳传递暗号般地点点头，赶在女同事近身之前走开了。

秋原从不晨跑。为了回避子阳，她改变早到的习惯。子阳问她原因，她只好编了个空气太差不再适合晨跑的理由。

周子阳是个朝气蓬勃的大男孩，比秋原小四岁，很巧合地与她同一天入职。他听说秋原也是初次做汽车销售，顿时喜上眉梢。他好像给了自己一种两人携手共进的暗示，无论培训、发传单，还是参加车展，都围绕在秋原左右。

秋原哭笑不得，但又被他的热情感染。新人期间，很多体力活是不可避免的，只要有机会，子阳就会挡在秋原身前一人包办。

某天中午，两人在公司附近的超市偶遇，子阳不由分说地帮秋原结账。从那天起，他每次去超市都会额外买一些零食偷偷放到秋原桌上。这是明确的物质付出，秋原感觉不妥，便把东西还回去。

转正后培训的次数少了，子阳只好找别的机会接近秋原。发现秋原总是提前到岗，他就来得更早，宁可趴在办公桌上补觉，也要争取更多的时间和秋原共处。

第一次明确的表白是在5月的一个清晨。那时候秋原的心思已经完全在宋先平身上了。

"第一次果然不行，我会继续努力的。"子阳脸上看不到一丝沮丧。

不管几次，结果都是一样的。这句话秋原没忍心说出来，却是她的真实想法。即使没有宋先平，她也难以想象和这个男孩成为恋人的样子。

"时机不对，我现在不考虑这些事情。"

秋原后悔用时机做挡箭牌，她已经二十九岁了，现在不考虑该什么时候考虑呢？于是她不再言辞委婉，第二次拒绝时直接说不合适。

"不合适我可以改变，时机不对我可以等。"子阳百折不挠。

好在他并没有给秋原压力，每当他提出约会邀请，秋原只要表现出一丝犹豫，他就会立马放弃。

"你对今天的我有感觉了吗？"

这句话变成了他的口头禅，倒是与他天性开朗的性格相当吻合。秋原渐渐觉得，这是子阳的一种智慧。深情告白容易让人疲惫，看似戏谑的调侃反倒能细水长流。

上午10点到11点是秋原的接待时间。展厅接待采用轮班制，每人一小时。如果有多位客户同时到店，则由下一顺位的销售顶上。联洋汽车尽管成立不到两年，却是云岸县第一家拥有展厅的汽车经销店，客流量不小。对销售新人来说，这一个小时至关重要。打电话、喝水、上厕所一律不可以，一旦双脚离开展厅，排在后面的同事就可以名正言顺地抢下客户。

"宋经理早。"

秋原送走一位走马观花的客人，笑容还挂在脸上，宋先平恰好进门。

这时已经过了十点半，换作是别人，问候早安像是讽刺，但对宋先平必不可少。任何不自然的默契都不能表现出来，无声的对视就很不自然。

两人交往之初，宋先平交代过，他不在公司的时候不要给他发信息。为了杜绝风险，他挖空心思，想到用改变盆栽摆向的方式来传递信号。

"有必要那么小心吗？删掉信息不就好了。"秋原有些不高兴。

"万一忙起来忘了就麻烦了。奇怪是有些奇怪，不过，不觉得很浪漫吗？"

宋先平办公室的窗台上有一盆卷柏，植株较小，枝叶均匀，不管怎么旋转花盆，看起来都差不多，只有秋原能察觉变化。

宋先平的妻子每周五傍晚都要去嘉园市参加企业管理培训。在一家高档酒店的会议厅，酒店二楼有康娱中心，她要在那儿做完水疗才回来，多数超过11点。

每周五中午，秋原透过经理室的玻璃墙观察那盆卷柏的形态，以此确认晚上的约会能否如期。

"中午一块儿吃饭吧。"

子阳的声音从椅子后面蹿出来,秋原猝不及防。

"不了,今天不太舒服,我打算叫外卖。"

"怎么了,不要紧吧?"

"是要叫外卖吗?"邻座的小琪举着手机问秋原,她正在打电话,"要什么?正好一起点。"

秋原点了鲟鱼饭,然后对子阳说,只是起太早有些累而已。子阳垂头丧气地走了。

小琪算是帮秋原解了围,但同时也带来了麻烦。秋原很久没有跟其他同事一起吃饭了,她不想融入被另眼相看的古怪气氛。虽然小琪和她邻座,但关系没有比跟其他人亲近,今天这么热心倒也少见。

送餐小哥熟门熟路,把一大袋盒饭拎进会议室。"四朵金花"蜂拥而入。姚珊挑出其中一份,迈着小碎步捧到宋先平办公室。

"怎么多了一份?"有人发现数量不对。

"秋原的。"小琪回答。

"哟,难得。"

秋原走进会议室,争取尽快吃完,可是一看到鲟鱼块表面那层油炸面粉,顿时食欲全无。姚珊送完饭回来,看到秋原也在,眼神变得复杂起来。吃了四五分钟,也没人说话,秋原如坐针毡。还不如答应子阳呢。

"哎,秋原,你觉得新店怎么样?"问话的人是姚珊,她是四朵金花中的大姐,长着一对凌厉的凤眼。

"新店?"

"对啊,有没有发展前景?"

"这个……我也说不上来。"

"我倒是挺想去的。"

"去那儿干啥,前不着村后不着店的,人口还没我们云岸县多。"阿曼在桌子另一头口齿不清地说。

姚珊狠狠地白了她一眼,说:"你懂啥,新店的投入可是这里的两倍!"

阿曼似乎从姚珊的白眼中捕捉到某个信息,含住米饭愣了一秒,忽然开窍般地附和道:"真的吗,那可气派了!"

她是姚珊的跟班,五官不赖,但是贪吃甜食,虚胖得厉害。

"城市化进程这么快,乡下人都出来买房子了,那边上好几个工业园区在建,不愁没人。你以为老板是傻子吗,关键是……"姚珊低下头,落寞地看着筷子,"在这里待下去也没有出头之日啊,咱们秋原这么能干,得想办法避避锋芒。啊,我只是说出心里话,事实也是这样嘛。秋原,你可别在意啊。"

秋原笑了笑,没有搭话。

"所以说啊,你要是想去新店,千万记得先告诉我,我就躲在这里不走了。"姚珊向另外三人抛了个媚眼,"是不是很明智?"

不要理会她们,管好自己就行,如果现在起身走人,那就示弱了。

"咦?真的是她。"小琪盯着手机惊叹。她身旁的阿曼和佩兰都凑了过去。

"谁啊？"姚珊因为话题转移而有些不耐烦。

"就是那个失踪的女人。前几天金丰村死了个男人，男人车上的女人就是她呀。"小琪的指甲尖"嗒嗒"地敲击屏幕，"我说怎么那么眼熟，没想到真的是小月。"

"严小月吗？"佩兰也认识失踪的女人。

"对。我算算……整整七年没见过她了。你看这张脸，比那时候还要妖气。"

佩兰和小琪毕业于云岸县同一所高中，性格上一个沉闷，一个跳脱，关系倒是很好。如此看来，严小月可能是她们的同学。

电视屏幕上的女人在秋原脑海中浮现，紧接着是整个急诊大厅、化验单、冷漠的医生，以及小腹中的新生命。不知怎的，忽然涌上一阵强烈的恶心，喉咙不由自主地往下沉。她连做几个深呼吸，才没吐出来。

"那就是说，这个严小月就是凶手咯。"姚珊也加入了讨论，四人拥作一堆。

"这一点文章里倒没说，警察现在也拿不准吧。"小琪回答。

"她不像是这么……这么厉害的角色。"佩兰流露出回忆往昔的神情。

"她还不厉害吗？跟多少男人勾搭不清啊，那都是社会上的人。还和自己班的数学老师闹绯闻，最后老师被开除，她连一个处分都没有。"

"有这种事？爸妈后台很硬吗？"阿曼问。

"不是，她妈很早就跟别的男人跑了，老爸是个酒鬼，家里穷得叮当响，所以才说她厉害。"

"就靠一张脸嘛。"

"可是这种厉害，跟杀人的厉害是不一样的。"佩兰坚持自己的看法，"还有啊，这里不是写了男人是被勒死的嘛，女人要勒死男人可不容易。"

"说不定是在干那个事情的时候，兴奋过头了。"姚珊说着嘿嘿笑了起来。其他三人看了眼秋原，接着也笑了。

"跟你们说个秘密哦。"小琪故意把脑袋埋得很低，"子阳在高中时跟严小月交往过。"

"开玩笑吧。"姚珊的眉毛吊了起来，看向佩兰求证。

佩兰绷着脸点点头。

"哈哈，这样的两个人能搭在一块儿吗？子阳还不被她耍得团团转。"

"可不是嘛。"

"有趣，这下又可以逗子阳了。"姚珊眼里直放光。

"可别太过分啊。"

"哟，小琪不忍心了。这秘密可是你自己说出口的。"

秋原走出会议室，穿过展厅，想把餐盒扔到外面的垃圾桶里。桶盖打开的一瞬间，腐味扑鼻，她终于忍不住呕吐起来。

4

早上天气还好好的，过了9点灰云开始积压，现在太阳连一个角都不剩了。

顾红津在院子里的水泥板上洗衣服,硬毛刷一遍遍划过牛仔裤裤管,手掌都有些麻木了。不能再刷了,再刷就薄了。

她拨开肥皂沫,贴近了仔细看,那块污渍好像还在。

才五十岁出头,眼睛就不好使了,她一直以为是气血不足的关系,最近阿玉对她说,这是白内障。

某天晚上起来上厕所,红津发觉自己能看到灯泡的光。不是被光照亮的地方,而是光本身,贴着灯泡一圈往外散开,毛茸茸的。她想到了阿玉儿子的结婚照,那上面的人也发着毛茸茸的光。她儿子明明是个麻子脸,照片里一点也看不出来。

第二天起床,光倒是没了,眼前却蒙着一层白纱。她用湿毛巾来回擦,揉了一整天,看东西反而越来越蒙眬。去医院配药,吃了一段时间也不见好转。阿玉说,白内障只能等完全看不见了才能动手术。

有的治就行,可是慢慢变瞎的过程会持续好几年,太折磨人了。世界越来越浑浊,红津的生活成了希望和苦难交织的隧道,重见光明的那道门就在黑暗的最深处。

换个角度想,能在得眼病前足龄退休,运气不算太差。儿子长大了,比想象中能干,除了洗衣服洗碗,家里的事情都由他打理。性格孤僻也没什么大不了的,谁没点怪脾气呢。娶个务实的姑娘进门,这个家就像模像样了。只是最近,儿子又开始做古怪的事情了,红津想到这个就坐立难安。

手里的活一停,院子里变得分外安静。这时,红津隐约听到一丝声音，在风里飘来飘去。声音很小，小得鼻子一出气就被盖过去了。

裤子过完水，红津干脆静下心来仔细听。声音一直在持续，像是学校广播放的音乐。可这儿哪有学校，附近几户人家也都搬走了。她朝屋子的方向走了几步，声音越发小了，不是收音机没关。她又回到水泥板旁四下张望，仿佛这声音可以看见似的。

然后，红津的目光落到了那口井上。院子的东南角有一棵枝丫伸出围墙的枇杷树，井就在树下。好几年没打过水，井口盖着生锈的铁条网。她慢慢走过去，低头向下望。睁大眼睛就糊，眯起眼睛就暗，网眼下是个圆柱体空间，里面有什么怎么也看不清楚。

里面还能有什么，当然是水啊。

可那声音分明变近了，尽管还是跟蚊子叫一样。红津拿开铁条网，脑袋整个探入井口。外界被阻隔了，耳朵里只剩井底传来的气息——有个女人在唱歌。

红津吓得不轻，一屁股坐在地上。

汽车引擎声由远及近，阿松的小货车掠过铁门，停在院墙外。他跨进门槛，扛着像是米袋的东西。红津停下手里的臼杵，想了想，袋子里装的应该是石灰。入冬了，又该给橘子树刷白料了。

阿松把石灰、一袋盐和夏天用剩的硫黄倒进油漆桶里，又接了三盆水倒进去。桶里开始冒烟，他眯着眼，用木棍搅拌。

"今天卖得怎么样？"红津继续捣着花生仁。

"差不多。"阿松的眉毛拧了起来,白料的气味很呛人。

把橘子拉到水果市场,能比等贩子来收多卖些钱。而且市场里面乱哄哄的,人心躁,没耐性细挑,有些品相不好的也能混进去。

一问一答之后,又陷入了沉默。红津心里有话,但不敢随便问。阿松从小不爱说话,觉得每个人都对他不怀好意。他爸死的那阵子,阿松受了很大刺激,后来想事情就越发狭隘,一天下来对红津开不了几次口,开口也是刺头刺脑的。除了那片橘园,他谁也不搭理。

白料搅成糊状,凉了下来,阿松拎起桶往外走。红津撑住膝盖站起来,想了想还是跟了出去。

每次望着这片纵横林立的橘园,红津总是忍不住感慨。三亩地,一百六十多棵橘树,排得又齐又匀。施肥料,治虫害,梅雨来了还得像抗涝一样排水,这些事情都是阿松一个人完成的。每年国庆过后是最忙的时候,橘子不能摘只能剪,晚上回来吃饭,手上还留着握剪刀的印子,拿筷子都是抖的。红津觉得不值,但阿松不愿出去工作。他爸走了,没人能劝得了他了。

红津习惯了白茫茫的世界,她知道这片绿色一定比她看到的还要深。

"你来干啥?"阿松看到红津站在身后,有些意外。

"两个人刷快一点。刷白料不碍事的,我看得见。"

阿松叹了口气,回屋里又拿出一副手套和刷子递给红津。

两排树中间有三米左右的空当,料桶就放在中间,母子俩背对背半蹲着,刷各自的一排。红津刷得很仔细,并不时回头看一眼儿子,刷快了怕厚度不够,刷慢了怕跟不上阿松的节奏。

"楼上的东西都搬完了吗?"红津问。

阿松用鼻音发出响亮的疑问,红津只好重复一遍,阿松瓮声说搬完了。

"这段时间忙,装修的事等到明年也行,天暖和了干活也方便。"

"是这么打算的,我上回不是说了嘛。"

阿松准备把家里彻底翻新一遍。这样也好,房子是红津结婚时盖的,现在白墙变灰了,地板像地图一样,下大雨的时候必须在阁楼里放两个脸盆接水。

红津的心底冒出一个想法:阿松嫌家里寒碜,莫非是交女朋友了?

阿玉的儿子比阿松还小一岁,阿玉都已经当奶奶了。她给阿松介绍过对象,是镇上的姑娘。姑娘问阿松在哪儿上班,阿松说不上班,姑娘的脸就拉长了。阿玉连忙解释说,阿松是果农,家里有片橘园。姑娘又问橘子一年能卖多少钱,阿玉胡诌七八万。阿松的脸拉得比姑娘还长,直接冲阿玉吼,这么多钱你帮我卖的啊!阿玉气疯了,说阿松脑子有问题。

阿松脾气不好,但不是傻子,他这么说话,明摆着是看不上人家。可是咱们家有什么条件挑三拣四呢?如果大勇还在,说不定能搬到镇上去,如今只能等拆迁,可那得等到猴年马月啊。于是红津猜想,阿松是有心上人的。

要重新装修，得先把囤积了二十多年的杂物清空，可是阿松舍不得旧家当和那些堆成山的书，说要挪到地下室去。红津愣住了，家里哪有地下室？

阿松带红津来到厨房，打开灶台下的铁皮小门。红津往里一瞧，地板被挖空了！阿松钻进灶台，从方形的洞里蹦下去，然后拿手电筒照，照出黑魆魆的泥土。他搬出一把梯子，让红津爬下来看。

这哪里是地下室，分明是地基坑啊！红津根本挺不直腰。东西放这里不蛀虫、不发霉吗？阿松说不会，所有的问题都可以解决。他脸上带着少见的兴奋，躬着身体在地坑里来回走动，活像一只大老鼠。

房子是两层楼，不算厨房和厕所，有五间房间。一间一间地装修，东西总有地方放，不就是挪一下嘛。阿松没有理会红津，开始按自己的计划行动。光是布置地下室就花了两个多月，具体是怎么折腾的，搬了什么材料进去，红津不清楚，也不敢多问。但可以肯定的是，阿松还接通了水管和电线。

"待在里面感觉很自在，我想住在里面。"阿松说这句话的时候，眼里的光是散开的，就像半夜厕所里那个毛茸茸的灯泡一样。

儿子的脑袋真的出问题了。

红津回过神，发现自己刷慢了，落后阿松一棵树。

"前两天……金丰村那边有人死了。"她赶上去说道。

阿松转过半张脸，又转回去对着树干。"你听谁说的？"

"广播里听到的。"

阿松没应声。

"一个男人死在车里面,是被人勒死的。你以后啊,晚上出去小心一点,不要把车停在很偏的地方。"

"好端端的,我干吗要去那种地方。"

"嗯,也是。"

"广播还说了什么?"

"那个人哪,是从嘉园市开车过来的,五十多岁了,好像在什么设计院工作,不知道为什么大半夜跑到金丰村去。"

"可能正好有强盗经过,他不配合,就被杀了。"

"强盗吗?强盗的话,也不能把一辆车截下来吧。他估计是去那里办什么事。可是出事的地方荒山野岭的,什么也没有。"

红津把广播主持人的分析说出来。那是一档气氛轻松的时评类栏目,主持人的观点辛辣独到,她在眼睛不好之前也常常听。

这时候,红津希望阿松有一个猜测,并把这个猜测说出来。因为她自己听主持人讲到这一段时,觉得男人是被车上的另一个人杀害的。凶手可能是跟他一起坐车去的,也可能是跟他约好在那个地点碰面。这是很自然的联想,阿松也应该这样考虑。

可是他不说话了。

红津能感觉到,阿松此刻不是不耐烦,而是谨慎,从他变慢的动作就能看出来。她犹豫半响,还是决定往下说。

"后来警察说车上还有另外一个人,是个姑娘。"红津咽了口唾沫,继续说,"这姑娘失踪了,警察和她家里人找了几天也没找到。车还停在那儿,黑灯瞎火的,她能去哪儿呢?"

阿松反复刷着同一个地方,速度越来越慢。毛刷很软,好像在轻轻地抚摸树皮。

红津的心怦怦直跳,跳得比她预想的还要剧烈,就像刚才坐在院子里杵花生的时候脚底传来的震动一样。她每杵一下,某个对此有所感知的东西便回应一下——那下面有人,就在地基坑里,那个人把红津的动作误认为是一种试探的信号。

5

"是嘛,这么顺利。这人下午就来提车了?"

"来了,很准时,在店里上的保险。那时候你不在。"秋原说起早晨那个奇怪的男人,"没贷款,不过贴了膜,还包了真皮座椅。"

"真不错,这样的人多来几个就好了。"薛琴举起杯子,为秋原庆祝。

她抹了极淡的口红,几乎难以察觉,但跟肤色相得益彰。薛琴的打扮不会突出任何一点,总是给人浑然天成的协调感。看到她喝完果汁不自觉地用拇指刮一下杯口,秋原猜她用了新买的,或是不常用的口红。

"熟啦,再煮就老了。"薛琴用漏勺舀出几片牛肉放在秋原碟子里。

"培训时讲的那套理论,现在感觉好像没什么用。"秋原兴味索然地说。

培训讲师会告诉你，每个人都有不同的性格，车也一样。给客户做推荐的时候，要牢记性格相合这一点，才能做出合适的引导。

"可不是嘛，如果是卖衣服，那还差不多。买车的决定可不是逛出来的，人家客户早有打算。像你这么聪明，这种东西还是早点忘了好。嗯，味道真不赖。"薛琴把薄薄的牛肉片送进嘴里，紧接着用纸巾轻摁嘴唇。

"你当初可不是这样跟我说的啊。"

"不参加培训没法转正嘛，这有什么办法。你想想我们从小到大的考试，不也是这么回事，有什么用。"

秋原看着锅里翻腾的汤料笑了起来。

"吃啊，怎么不动筷子？"

"肚子不太舒服，不敢吃得太油腻。"

秋原趁下班坐公交的空当，用手机查阅早孕期间的注意事项。关于饮食方面，有清淡、营养为主的说法，也有无须忌口、保持原有饮食习惯的观点。秋原内心更赞同后者，可凡事轮到自己，就变成另一回事了，小心点总归没错。

下馆子，哪有清淡的地方？想来想去，还是决定吃火锅。只要不蘸酱料，菌菇汤涮熟的素菜可以接受。此时，秋原面前只有一碟红醋。

"哎，你跟小周进展怎么样？"薛琴忽然问。

"小周？什么进展？"

"你俩是在搞研究吗，什么进展，当然是处对象咯。"

"哪有这回事……"

"原来如此。周子阳太可怜了,他可是把你当作梦想啊。注意哦,是梦想,不是梦中情人。"

"有什么区别?"

"梦中情人要看缘分,而梦想,是可以通过努力追求实现的。"

秋原眼前浮现出子阳振臂高呼的样子,不禁哑然失笑。这是薛琴自己的解读吧。

"老爹是医生,母亲也有退休金,家里条件不差。你是觉得他年纪太小?"

"不,我也说不上来,就是没看对眼吧。"

"不是挺帅气的嘛。"

"薛姐,你呢?改变主意了吗?"秋原不想继续聊子阳,于是把话头抛回去。

"我?"薛琴深吸一口气,顿在胸口片刻才吐出来,"好不容易恢复单身,我可不想再回去。"

薛琴今年三十四岁,有过一段三年多的婚姻,因为丈夫出轨,她宣告婚姻结束,反而因此焕然新生。用她自己的话说:本来就被折磨得不堪重负,对方竟然搞这么一出,真是天助我也;婚后没有马上要孩子,真是太明智了。

秋原和她每个月吃两次饭,偶尔也一起买衣服。说起来,薛琴算是秋原的入职引荐人。她是财险公司的职员,作为驻点办事员在联洋汽车的保险部上班。

联洋汽车成立之初,店里要做一系列推广活动,机缘巧合之下找到嘉园市一家名为"择风传媒"的品牌营销公司合作，委托他们制作企业宣传片。那时，秋原是择风传媒的文案策划。

联洋汽车作为甲方，并没有企划部门与乙方对接，几经考虑，以投票的方式选出保险部的薛琴作为项目负责人。

秋原的老板原本就不看好这个小案子，得知薛琴的工作性质与项目风马牛不相及后，又觉得甲方敷衍了事。

然而，秋原跟进后，发现这个气质优雅的女人并不是绣花枕头。在品味格调、意识传递和工作态度等方面，薛琴都令人刮目相看。她知性聪慧，和秋原相处起来很合拍，两人很快成了朋友。秋原甚至一度将薛琴的个人魅力和云岸县的风土人情重叠起来，对这个素昧平生的滨海小城怀有一丝向往。

离开择风传媒之后，秋原选择联洋汽车，正是因为薛琴。

"你要来，怎么不提前跟我说一声？"薛琴在展厅撞见前来应聘的秋原，惊喜万分。

"我没接触过这块业务，不知道行不行，怕给你添麻烦。"

"小菜一碟。"

秋原的话不全是客套，店里当然希望吸纳经验丰富的销售顾问。她最终能跨行入职，薛琴的推荐举足轻重。不仅如此，秋原发觉联洋的企业文化建设也与薛琴有关，公司每月会额外支付一笔费用给她，作为企划顾问的酬劳。店长曾私底下找她，希望她辞去财险工作，专职为联洋的企业形象出谋划策。

薛琴在秋原心中又多了一层光环，这层光环若有似无地阻隔在两人之间。渐渐地，对于离开嘉园市的决定是否正确，秋原开始感到迷茫，直到和宋先平发展为情人关系。

说得玄乎一点，薛琴是秋原现实境遇的摆渡人。事到如今，下一步该怎么走呢？

云岸县的作息时间很早，现在还没到晚上8点，火锅店的客人就已经寥寥无几。窗外的路灯在水汽弥漫的玻璃上晕染出橙色的亮斑，光影迷离，让人眼神涣散。

"薛姐，我怀孕了。"

碗碟碰撞的声音把秋原几乎脱口而出的话挡了回去。服务员推着餐车走到身旁，轧到什么东西，颠了一下。

"你们的菜上齐了，请慢用。"

秋原道过谢，弯腰把地上的东西捡起来，是个玩偶挂件。

邻桌一个两三岁的小女孩跌跌撞撞地跑过来。"这是我的。"

秋原笑着还给她，顺手抹去她嘴角的菜叶，然后偷偷看了眼女孩的母亲。

"你刚才想说什么？"薛琴注意到了秋原欲言又止的一刹那。

"……没什么。"

"你今天有心事，是不是那四个婆娘又招惹你了？"

秋原点头承认："佩兰想把借给我的单子要回去，让我跟宋经理解释。"

"你向佩兰借单了？"薛琴不禁咋舌，"这种事根本说不清楚，少借为妙啊。"

下午办完上牌手续，刚刚送走那位古怪的孙先生，秋原就被佩兰堵在门口。

"秋原姐，不好意思，我上个月的订单还差一份到及格线。"佩兰尴尬地笑着说，"我们一起去找宋经理澄清，行吗？"

联洋汽车的销售提成采用梯度结算制，每月售完规定的五台车，也就是所谓的及格线，往后再以五台车为一个梯度，梯度越高，相应的提成比例越多。这一结算方式理论上存在漏洞：如果销售员之间足够信任，可以把所有订单集中在一个人名下，实现收益最大化，事后再分即可。但毕竟要通过领导审批，没人敢如此明目张胆。不过，因为一两台车而卡在梯度以下的情况时常出现，"借单"便成了销售之间的潜规则。

佩兰上个月月底找秋原商量，把自己手头的一单大额交易让给秋原。她已经完成五台车的基础任务，剩下的两三天无论如何也不可能爬上下个梯度。

秋原需要业绩证明自己，她答应下来，并承诺会把提成还给佩兰。

"她故意的吧？"薛琴双眉一挑，"前后说法都不一致啊，你上当了。"

已经录入系统的订单，只有店长有更改权限，宋先平也得向上级请示。秋原只不过回了句"这恐怕不太好办"，佩兰便瞬间变脸，那表情简直可以用狰狞来形容。秋原现在回想起来，仍感到惊愕。

"佩兰在宋经理面前颠倒是非，说是我求她借单。"

"不用想，肯定是这个套路。"

宋先平把秋原叫到办公室里谈话。玻璃墙没有遮挡，两人只好一本正经地就事论事。秋原愤懑难平,要找佩兰进来对质,宋先平没有答应。

"对质没有用的,两个人各执一词,等于什么都没说。"薛琴喝了口果汁,望着高脚杯上的反光凝神说道,"佩兰这个月的订单数没及格,这一点应该是真的,否则一核对就会穿帮。但她不可能为了整你而把生意推掉,她的单子应该是转到别人手上了。"

这一点秋原也想到了,佩兰只是计划的牺牲品。不,也许只是执行者,作为犒赏,另外三朵金花返还给她的提成可能超过她应得的。

"借单毕竟是违规操作,不管事实如何,你都没法理直气壮。"薛琴放下杯子,交叉双臂靠在桌沿上,表情凝重起来,"秋原,这四个女人跟宋经理的关系,我一早就跟你说过吧。"

秋原点点头。

宋先平结婚前曾在嘉园市经营书店,四朵金花是店里的服务员。在书店难以为继时,宋先平认识了后来成为他妻子的女孩李萱。李萱的父亲李致,是云岸县排得上号的商界精英,联洋汽车是他最新投资的项目。在女儿的死缠烂打之下,李致帮宋先平还清债务,并安排他成为联洋汽车的销售部经理。

薛琴为了方便秋原审时度势,在她入职的第二天就把这份关系讲明白了。当然,宋先平后来也毫无保留地告诉了她。每当想到这些,秋原就感到自己的处境危机四伏。

"我刚才在想,佩兰跟你借单,你为什么会答应。她可以跟关系更好的其他三个人借,那样风险更小,你肯定考虑过这一点,但还是答应了。"薛琴略做停顿,"我是这么猜测的,不一定对。如果想在这里长期发展,你必须搬掉这四块石头,佩兰是其中最容易搬动的一块。假设她找你借单是因为被其他三人排挤,这就算是笼络她的一个突破口。"

秋原眨了眨眼,思考自己内心究竟是不是这样想的。

"假设事情真的有诈,你就可以给自己一个名正言顺的理由进行反击。"

"反击?不,我没想过。"

"嗯,那就好。"薛琴微微一笑,"秋原你表面上柔弱,其实可是个狠角色呀。那个老板的脑震荡痊愈了吗?"

"你就别笑话我了。"

两人同时笑出了声。"脑震荡"是秋原在离开择风传媒前闹出的公关事件,也是她离职的起因。

"说真的,宋经理的妻子李萱,才是联洋真正的掌控者,每个部门的领导都是她的亲信。"

"这个我知道。可是我不明白,她为什么把那四个……"

"四个笨蛋。"

"……四个人留在身边呢?她们是宋经理的旧部,换作是我,会觉得不安心。"

"怕老公被人抢走?怎么可能!正好相反。她们当年在宋先平的书店干了多久,少说也有三四年吧,这都没有擦出火花,宋先平会因为她们冒险出轨吗?说白了,她们就是李萱的填充剂而已,用没用的东西塞满空间,危险就进不来了。也许四朵金花和李萱的关系，比和宋先平还要好呢。"

"帮她监视？"

"这只是我的猜测。"

秋原心下暗惊。难怪薛琴告诫她不要试图反击，扳倒四朵金花就等于跟整个联洋宣战，这是毫无胜算的。

邻桌的客人起身埋单，秋原目送刚才的小女孩。小女孩走出大门前，回过头向她挥手告别，顿时一阵暖意沁入心田。

服务员端来餐后水果，秋原象征性地吃了一颗葡萄。

"秋原，如果我是你，我会考虑去新店发展。"

秋原不作声，等薛琴说下去。

"她们四个跟随宋先平很多年，要说对这个男人没有一点期待，那绝无可能。宋先平现在有了家庭，和谁的关系都不会更进一步，她们之间也不会争风吃醋，因为她们有一个共同的、无法战胜的对手，因此达到一种平衡。而你的出现，可能会打破这个平衡。"

秋原看着薛琴的眼眸，试图探测其中的深意——她不会知道什么吧？

"不仅如此，你还俘获了周子阳的心。不管她们对子阳有没有想法，光是吸引力输给你这一点，就足够产生恶意。"薛琴放松表情，伸了个懒腰，"当然啦，如果你不打算长期在这个行业做下去，这番话就当我没说。"

"你是说，我就是那个被塞满了还能挤进去的危险？"

"我可没这么说啊。"薛琴面露愠色，忽然又像有所发现似的，探身问,"难道真的是吗?"

"别开玩笑啦。"

秋原把她推回去。薛琴不怀好意地笑了一阵。

"其实那会儿我并没有帮上什么忙,你能顺利入职,是因为周子阳。"

"啊?他不是跟我同一天应聘的吗?"

"哪有。"薛琴赶苍蝇似的挥挥手,"李萱的老爸做过心脏手术,主刀医生就是子阳的父亲,他们的关系可不一般。子阳为了和你一起工作,让他爸关照李萱,保证你能留下来。"

今天的谈话让秋原数次默然,但这一点让她最为意外。

"怎么了?你看你,明明对人家没感觉,这会儿又失落了不是?你啊,别想不开了,我是真心觉得子阳挺不错的。跟宋经理搞好关系,争取拿到调派新店的名额。你去,子阳一定会去,感情可以慢慢培养。听你薛姐的,没错。"

回到家,时间还早,秋原照例先打开电视,准备洗澡。一个人住,电视机是个好伙伴。

当地电视台仍在循环播放轿车凶案的报道,最近几天的收视率大概史无前例吧。除了早上在医院看过的内容,还播放了一段对被害人家属的采访。被害人妻子在镜头前痛哭流涕,反复声明丈夫为人正直,从不招惹是非,和陪酒女郎有瓜葛简直难以置信。一旁的儿子不知从警方那里了解到什么信息,认定失踪的女人是凶手,言辞间带着对社会的强烈不满。母子两人的表达相互矛盾,是凶手又怎会毫无瓜葛？

秋原从冰箱里找出一个柠檬对切，然后把柠檬汁挤入加水的小喷壶里，对着外套喷洒一遍。这是薛琴教给她的招数，说是可以去掉衣服上的火锅味。

洗澡时，秋原侧身对着镜子观察小腹。当然，没有什么变化，可也要不了多久了。明天就去医院把孩子拿掉，这是最明智的选择。就像去新店发展的计划一样，把自己从这里拿掉，当作什么也没发生过，一切重新开始。

九个月前来到这里，不就是抱着一切重新开始的打算吗？秋原窝进沙发里，拿起手机拨通了母亲的电话。

"来来，你代我一会儿……"母亲的声音没有贴着话筒，麻将牌扣在桌上的撞击声倒是很清楚。"秋原哪，我正要跟你说个事，去年……"

打电话回家的频率是两三周一次，秋原只是不想被母亲埋怨不关心她，所以每次通话除了确认打给她的钱是否到账，没有什么实质内容。她从拿到第一份工资开始，每个月都会留一份给母亲。

父亲在秋原高考前夕罹患肺癌去世。母亲对秋原不上不下的学习成绩不抱希望，劝说她放弃求学，留在家里经营由父亲一手支撑的小卖部。母女俩就这样磕磕绊绊地过了三年。没有了父亲的约束，母亲的生活越发随性，年纪大了不再出入舞厅，光顾棋牌室却像一日三餐，雷打不动。秋原在艰难营生的岁月中，体会到了世人的空虚和愚昧，她无法忍受一辈子守着这方屋檐。于是一边开店,一边奋发自习筹备高考。最后取得的成绩差强人意,她离开了老家。起步晚一点没关系,一切会重新开始的。

人一辈子,到底重新开始多少次才会感到疲倦呢?秋原未足而立,却已隐隐对这个世界萌生倦意。

果不其然,母亲要商量的事还是回家相亲。去年托媒婆介绍的对象条件优越,一家三口全是公立学校编制的教师,但人家最后选择了同期会面的另一个女孩。母亲刚刚在牌桌上听说,这个女孩因为劈腿被男方回绝了,所以让秋原把握机会,尽快回家一趟。

秋原实在无言以对。"看情况吧,先睡了。"

"别看情况了,趁早定个日子,我好跟对方约时间。哎,你打来要说什么?"

"没什么。"秋原烦躁地挂断电话。

她想让自己尽快平静下来,拿起茶几上的遥控器对准电视机,这时画面上恰好出现失踪女人的照片。

严小月,秋原想起这个名字的同时摁下关机键。

黑色的屏幕上映出秋原自己的脸,由于视觉暂留,和严小月的脸短暂地重叠在一起。

一股难以言喻的不安在秋原心头盘旋。

6

上午 11 点 17 分,两位警察推开了联洋展厅的玻璃门。

秋原正在接待一对青年男女,她朝门口瞥了一眼。

身穿制服的小个子警察,领着高大的同伴走向经理室。宋先平打开门,看着对方出示的证件。三个人站在一起,秋原才意识到小个子是正常身高,他至少与宋先平齐眉高;而另一位身穿黑皮衣的警察,头顶快要碰到门框上沿,活像个摔跤手。

办公区窃窃私语。姚珊走到饮水机旁接水,绕过柱子窥视经理室的状况,出纳也从财务室里探出头来。宋先平有所察觉,关闭了百叶窗帘。

客人继续在展厅里徘徊,秋原不敢怠慢。一转身,看到子阳正用笔套敲击着桌面,神情有些呆滞。他察觉到秋原的目光,便抬头看过来。两人对视的瞬间,秋原想起昨天午餐时的谈话内容——子阳曾经和失踪的女人交往过。

果然,片刻之后,宋先平把警察和子阳领进会议室,自己则关上门退了出来。

姚珊半路截住宋先平打探消息,然后回到座位上跟同事分享。从她们的表情看,似乎没有获得多少信息。

青年男女回到最初看中的日产车旁,询问优惠方案。秋原请两人坐在接待区的沙发上,然后拿来计算器和相关材料开始交涉细节。

二十多分钟后,子阳走出会议室,一副惊魂甫定的神色。他找到姚珊,竖起大拇指朝会议室挥了挥。姚珊一脸讶异,慢吞吞地走向会议室。

警察要轮番侦讯店里的员工。

秋原的猜测没错，接下来依次是小琪、阿曼和佩兰。四朵金花的平均问话时间只有五分钟。客人走的时候过了 11 点，秋原回到工位。佩兰推开会议室的门，小琪凑过来说："轮到你了。"

穿制服的警察做了简短介绍，他是云岸县派出所的民警，姓黄，年纪和秋原相仿；另一位姓印，四十五六岁，隶属于县刑警大队。三人集中在会议桌的一端，秋原和身材魁梧的印警官面对面坐着，黄警官坐在侧边。

首先是几个确认身份的常规问题，跟查户口差不多。一听秋原曾在嘉园市工作，黄警官看了一眼同伴。

"认识这女人吗？"他用中指抵住一张五六寸大小的照片，贴着桌面推过来，"我们正在寻找她的下落。"

秋原进门时就已经注意到了照片。"我在电视上看到过照片，但我不认识她。"

"她在鸾凤城工作，离你先前上班的写字楼不远。"

鸾凤城是嘉园市知名的大型娱乐会所，项目种类繁多，秋原只去过唱吧区，也目睹过打扮暴露的女性叼着烟穿梭在走廊里。

"是不远。"

"嗯，既然你看过新闻了——对于那起案件能提供什么线索吗？"

"死者我也不认识，我不知道发生了什么事。"

黄警官点点头。

桌对面传来一声沉重的呼吸，印警官仿佛一块巨石被注入了生命。

"那位周先生……他为人怎么样？"

"周子阳？"秋原当然清楚对方所指，只是想借反问的空当思考该怎么回答。

"对。"

"他跟这件事情有关联吗？"

"我们正在寻找关联。"

"就我跟他的几次接触来看，他为人很正派。"

"几次接触？意思是，你跟他接触不多，你们不是正在交往吗？"

"不，怎么可能！"秋原用力摇头，"他是这么说的吗？"

印警官没有回答，目光如炬地看着秋原。他的鬓角有不易察觉的白发，抬头纹也很深，但眉宇间的英气显示他还很年轻，或许比宋先平大不了几岁。

"你和他是同一天来这里上班的。"

"可是之前根本不认识，只是巧合而已。"

秋原有点沉不住气了。她没有跟警察打过交道，就礼数而言，这两人算得体，可是他们自以为是的态度真让人不舒服。

"他有没有暴力倾向？没有吗？不一定是动手，比如遇事容易钻牛角尖，情绪不稳定，或者偶尔表现得很自卑。"

"正好相反，他很开朗。"

"是吗？"印警官身体一沉，椅子靠背"咯吱咯吱"地叫，"11月11日午夜，或者12日凌晨，你在哪里，在做什么？"

"在家睡觉。"秋原不需要回忆，她一般晚上11点上床，和宋先平约会的周五会晚一些，但到家也不会临近午夜。

"有谁可以证明吗？"

"没有，我一个人住。"

对方眼皮一沉，好像忽然感到很疲惫，可仔细看去，他偏下的目光有着明确的视觉焦点。

是耳坠，对方正盯着秋原的耳坠出神。耳坠轻微地摇晃着，秋原想伸手捏住，指尖一动，又忍住了。

"好的，很抱歉打扰你工作。"

印警官撑住椅子扶手吃力地站起来，黄警官见势把照片收进本子。

秋原赶到快餐店已经过了十二点半，店里只剩一个客人就着手机吃饭。餐橱里的菜盆几乎已经空了，老板用长柄钢勺来回刮拢，好不容易凑齐一荤两素。

"要不要给你热一下？"老板有些过意不去。

秋原想谢绝，又觉得现阶段吃凉食不太好，便说了声谢谢。

"啊，秋原姐，你也在这儿。"子阳走进店门，他的惊讶很浮夸。

这个快餐店离联洋汽车不算近，秋原为了避开同事常来这里。

"哟，今、今天生意这么好。"子阳瞪着一长排发亮的空菜盆说，"没事，我已经吃过了。"

秋原接过老板从微波炉里端出的饭菜，挑了个远离账台的位子。子阳绕到对面坐下。

"吃过了还往饭店里跑?你要看着我把饭吃完吗?"秋原心想。

"刚才警察问你什么了?"子阳见老板去厨房忙活,小声问道。

秋原咽下嘴里的饭菜。"你先说。"

"这个事我昨天就想跟你说来着,那个失踪的女孩严小月……是我的高中同学。"

"我听说了。"

"不过我跟她已经没有来往了。"子阳突然加快了语速,"她高中没毕业就到处打工,直到现在我都没有联系过她。"

"所以警察为什么找你?"

"我也很纳闷。她近期好像是打算结婚,这次回老家跟亲戚们通个气,结果回来的第二天就出事了。警察大概觉得她以前在这里的人际关系有问题。"

"警察觉得你对她旧情难忘,为了阻止她嫁给别人,所以把她绑架了?"

"没错没错,他们就是这个思路。"子阳侧过身叹了口气,"真是的,为什么总喜欢往这方面考虑?警察昨天还去了学校。"

"打听你以前的事吗?"

"不是,他们去查一个老师。"

严小月曾和自己的数学老师关系暧昧,小琪昨天提过这一点。

"其实根本没什么。小月有段时间去老师家找他辅导功课,后来考试成绩突然提高了一大截,班里的同学就说她……说她向老师献身,得到了试卷答案。"

秋原停下筷子,看了他一眼。

"后来谣言越传越离谱,那位老师受不了辞职了,一辞职就更洗不清了。"

"你怎么知道是谣言?"

子阳一愣,斜视上方,思索片刻。"你要这么问的话,我也说不上来。小月她……确实没少跟男人交往,具体会到哪一步也不好说。但是,单纯用身体去交换利益,我觉得她不会,至少那个时候不会。"

秋原忽然有些好奇,问:"你是怎么跟她走到一块儿的?"

"我就是……帮她辅导功课啊。"

"就这样而已吗?"

子阳喉结滚动,咽了口唾沫。"抱过……几下。可是,一开始真的是她找我帮她补习英语的,她落下太多了。可惜那个谣言之后,小月就失去了动力,她觉得无论做什么,别人还是用一样的眼光看她。啊,你别误会,其实我也不是很了解她,我现在对她已经完全没有想法了。"

"你干吗要跟我强调这一点啊?"

子阳扭捏地低下头,好像在寻找桌面上的瑕疵。"我正在追求你,这不是怕你吃醋嘛。"

"什么呀你!"

"对不起。"

"你跟警察说,我跟你在谈恋爱?"

"不,不……"子阳连连摆手,"一定是其他人说的。"

把秋原和子阳牵扯在一起,使其陷于不利境地,这正合四朵金花的意。这样一来,严小月成了秋原的情敌,秋原也就有了作案动机。难怪那两个警察没好脸色。

"你来找我就是为了澄清这一点吗?"

子阳支支吾吾地说不出话来。

"走吧,去旁边的面馆,你再不吃就要饿着肚子上班了。"

子阳点了红烧黑鱼面。秋原怕看着他吃尴尬,要了一份醋腌萝卜。

"我已经有七年没见过她了,警察居然还会找上来。我们那时候都是小孩子,一点也不成熟。"子阳呼噜噜地吸面条。

秋原心想:你现在也不见得有多成熟啊。

"虽然案子发生在这里,可凶手不一定是这里的人。嘉园市和云岸县也就一个多小时车程,带走她的人从嘉园跟来,然后再把她绑架回去,也是很有可能的。我觉得小月工作后的经历才应该是调查重点。"

"你觉得她是被人绑架的吗?车上还有个男人死了,也许她是凶手呢?"

"警察之所以怀疑我,就是因为他们觉得以女人的能力做不到。"

"如果死掉的人是她的结婚对象,那就说得通了,你的嫌疑也会更大。不过那人都五十多岁了,家里还有老婆孩子。"

"那个人,是小月店里的常客。"

"警察连这个都告诉你了?"

子阳挺起胸摇摇头，因为吃太快噎着了。"我有个表哥是、是报社的记者。"

表哥告诉他，死者姓胡，是嘉园市设计院的一名总监。警察拿着胡某的照片去鸾凤城调查，很快打听到了他和严小月的关系。

严小月回云岸县的第二天深夜，有人看到她出现在岸前酒吧。而且酒吧老板说，她离开时坐进一辆黑色轿车，车主是和她一起喝酒的陌生客人，看起来很像死者胡某。

"警察让酒吧老板看过死者的车，他说至于是不是他看见的那辆，就不好辨认了，当时是晚上。不过正常来说，胡某在酒吧和小月约会，然后载她去金丰村，这个情况应该八九不离十。"

"那条小路不像是开车会经过的地方。"

子阳用力点头，为这不值一提的观察力感到钦佩。"你想到了什么？"

秋原歪了歪脑袋。"我不知道。"

"这个姓胡的很迷恋小月，想在她结婚之前再和她……"子阳找不到合适的词汇，"他的尸体是在后排座被人发现的。"

"可以去宾馆开房啊，为什么非要在车上？"

"可能急着赶回去吧，或者怕留下记录。嘉园设计院是国企，万一被发现了，可麻烦得很，家庭破裂，前途尽毁。"

"如果真是这样的关系，她男朋友就很可疑。"

"我也这样觉得，可是她男朋友没跟她一起回来，案发的时候在嘉园市区，有不在场证明。"

子阳说，表哥想把这起案件写成报告文学，他之前一直在做有关失足少年的专题，觉得严小月的过去很有价值，便找子阳收集素材。七年前的懵懂青春是否真如子阳所说，早已记忆模糊，秋原无法判断，但看得出来，子阳对案件的关注程度非同一般。

警察找秋原问话，可能会这样假设：秋原和子阳当时在案发现场，撞见了胡某和严小月在车内欢愉；子阳恼羞成怒杀死胡某，秋原又因争风吃醋杀了严小月，然后两人一起处理掉严小月的尸体。

"胡某是被勒死的，是用什么样的绳子？"秋原问。

"是领带，他自己的领带。"

"领带？那就不是有预谋的。"

"嗯！有道理。"

"但在那个时间点，也太巧合了，除非……凶手一直跟着他们。"

"秋原姐，你太厉害了，警察也是这么猜测的，所以他们才把注意力放在小月本地的人际关系上。如果凶手针对的是胡某，一路从嘉园市跟过来，似乎不太可能；而且要冒着处理另一个人的风险，应该不会选择那个时机下手。"

"所以目标是严小月。一直跟着，是预感会有不好的事情发生，她和胡某干那个事，也许是被强迫的。"

"你是说凶手救了她吗？"子阳停止咀嚼，想了想说，"凶手肯定不想被抓，但如果就这样一走了之，小月就会有麻烦。一下子拿不定主意，两个人只好先躲起来。嗯，这样考虑的话，果然还是小月熟人作案的可能性大，警察找我也不是瞎折腾。"

也不知道他是真的这么认为，还是一味顺着秋原的猜测说，现在秋原说什么他都赞同。

"可是为什么非杀人不可呢？这种事被撞见，理亏的是胡某，很难想象会发展到那个地步。而且，在轿车那么小的空间里，要把人勒死是很困难的。"

"为什么……是在轿车里面？"

"我也不确定。不过，你注意到胡某死在车里的姿势了吗？新闻里有说。"

跪在后排的底板上，双手下垂，上身向前倒下。那位发现尸体的妇女是这样跟警察演示的。

"被发现之后，胡某下车，在车外跟凶手发生冲突，结果被杀，这样确实更合理。尸体留在外面，更容易被发现，是应该拖回车里，可是不会是那样的姿势，直接躺在后排座上才正常。你怎么了？"秋原注意到子阳在发愣。

"没有，没什么。"

"如果我是凶手，我会把尸体塞进后备厢，然后想办法把车处理掉。现在的情况看起来，胡某像是被突然闯进车里的人一把勒死的，凶手根本没考虑过要怎么善后。所以我觉得，杀人不是预谋，绑架严小月才是。"

子阳怔怔的，说不出话来。秋原拿起放下许久的筷子夹了一条萝卜。

"你早就知道这些情况了，对不对？你那个表哥，到底是记者还是警察？"

子阳满脸通红，连续扯了好几张纸巾。

"就是黄警官吧？"

"你怎么知道的？"

"他进来第一眼看的人就是你。"

"对不起啊，他不让我说，和他一起来的那个警察也不知道，不然他会有麻烦的。"

"看不出来，你的人际关系还挺周全。我再问你个事，你老实回答我。"秋原板起面孔说，"你是不是让你爸跟老板说把我留下来？"

子阳扭了扭屁股，好像快坐不住了。

联洋汽车的老板，也就是宋先平的岳父李致，是个极重情义的人，他把子阳的父亲视为救命恩人，平时一直有往来。子阳起初不愿接受父亲的安排来联洋工作，直到遇见秋原。于是向父亲提出条件，如果能保证一见钟情的女人转正，他就去上班。薛琴说的一点没错。

"幼稚，太幼稚了。"秋原摇头苦笑，"可我还是得谢谢你。"

"别客气。"

什么别客气，秋原真想打他一拳！"你都不认识我，不知道我的性格、我的过去，就这么认定吗？"

"这些东西，认定了再慢慢知道也不迟啊。"

"不可能的。"

"是嘛。"子阳低下头，又抬起来看着秋原的眼睛，"对今天的我还是没感觉吗？明天可能会不一样，明天的事没有人会知道。

我保证以后再也不对你隐瞒任何事。"

"谁要你保证。"秋原抓起包,头也不回地走出面馆。

7

棉花糖很快煮化了,顾红津把黄油、牛奶以及白天杵碎的花生仁倒进锅里搅拌,香甜的热气冒上鼻尖。

大勇很喜欢吃牛轧糖,可是市面上能买到的早已不是从前的味道。每年冬天,红津都要亲手做奶糖、芝麻糕一类的点心。虽然大勇走了,这个习惯还在。

把黏稠的糖料倒在事先铺好的油纸上,用擀面杖压平,冷却后切块,糖就做好了。

做牛轧糖用不着其他香料,不仔细看也无妨,做日常的饭菜就有些吃力了。切土豆,厚的能抵薄的三四片,而且看不清小勺里的盐量。阿松最忙的那几天,一大清早出门,过了中午才回来,他会在前一晚把饭菜做好留在锅里,红津第二天热一热就行。

等治好眼睛,不必再让儿子下厨了。

红津轻轻地走出厨房,侧耳倾听。阿松好像在杂物间里搬什么东西,一时半会儿应该不会过来。

现在已经晚上九点半了,牛轧糖不是非要今晚做好不可,红津留在厨房里,是想找机会确认一件事。她快步走回厨房西北角,绕到老灶台的正面。

自打阿松念小学,家里就开始用煤气,只在逢年过节才使用柴火灶。阿松持家之后，嫌拾柴生火太麻烦，已经彻底弃用好几年了。灶台是大勇亲手砌的，可以嵌两口锅，底下十分宽敞。地下室的入口就在里面。

灯光照不到这里。红津跪下来，小心翼翼地伸手往里摸，生怕摸到空洞，一个倒栽葱摔下去，可她摸到了一块平铺的木板。木板是由一排木条钉起来的，木条之间有很宽的间隙。红津整个人爬进灶台，鼻子凑近木板，有淡淡的霉味飘上来。

她张开双臂摸向木板边缘。果然，木板左侧有两片冰凉的金属合页，合页固定在地面上；右侧是一把铜锁——阿松做了一道门。入口完全被门盖住了。

下面的空间悄无声息，如果亮着灯，应该能从缝里看到光吧。红津不敢久留，退出来掸了掸膝盖上的灰尘；沉思片刻后，朝客厅走去。

电视机旁的墙壁上叠靠着许多旧木料。阿松从后面的杂物间里侧身走出来，举着一块完整的木工板。

"怎么还不睡？"

"糖糕还没凉透，一会儿切好就睡。"红津打开电视机，在沙发上坐下来，"你这是要做什么呢？"

"重新做个电视柜。"

"这个不是好好的吗？"

阿松没有回答，自顾自继续忙活。

红津换到地方台的新闻频道，因为太晚，已经在播电视剧了。阿松在身旁来回走动，别在腰间的钥匙传来清脆的金属碰撞声。

过了一会儿，阿松把电钻和零碎的五金件收进盒子，拿起八仙桌上的搪瓷杯喝了一大口水，然后望着窗外的夜色出神，忽然又黏黏糊糊地咕哝了一句。红津本以为他要连夜赶工，看来并不是这样。

晚上10点整，五斗柜上的座钟敲响了。阿松脱下外套，去卧室拿了替换的内衣走进卫生间，不久传来花洒出水的声响。他的牛仔裤就搁在椅背上，钥匙串在日光灯下闪闪发亮。红津看了一阵，轻手轻脚地站起来，从五斗柜里翻出一块未拆封的香皂。

钥匙的数量并不多，但最小号的钥匙有两把，看起来都能和铜锁匹配。哪一把才是呢？

卫生间的水流声变小了。不及多想，红津拆了包装，把其中一把平贴在香皂表面，然后耸起肩膀，用拇指全力按压。可是留下的钥匙印子还是很浅。现在天冷，香皂太硬了。啊，有了！

她跑进厨房，用手指戳了戳牛轧糖糕，还没凉透，软度正好。

"咔"的一声，卫生间门的插销被拉开了。红津顿时全身燥热，没想到阿松洗得这么快。

"这上面有块油渍，马上就好。"红津抓起刚才搁下的香皂，对准裤腿上某一处使劲揉擦。

阿松默默地看着红津。他只穿了条短裤，露出健壮的大腿，头发没有擦干，水珠顺着发梢滚落到额头上。

"只脏了一点点，没必要洗整条。"红津不自然地笑着，"我怕你一会儿还要穿，想趁你洗澡时弄干净。"

"我自己来吧。"

"已经好了。"红津慌忙打开水龙头冲洗。

阿松粗暴地夺过裤子,走回卫生间去了。

钱老头反复端详手里的糖块,发黄的牙齿咬着半截烟头,眼缝越眯越细。

"这是啥?"

"印子啊,钥匙印子。"红津回答。

"我又不瞎,亏你想得出来。谁的钥匙?你要做什么?"

来配钥匙铺的路上,红津一直想琢磨出个借口,其实昨晚就开始琢磨了,可是想来想去都不合适。能弄到钥匙印子,前提当然是有钥匙,既然有钥匙为什么不拿钥匙来配?

"这个我做不来。"钱老头把糖块塞回红津手里,鼻孔里喷出两道白烟,好像一头生气的牛。

"你做不来,世上就没人能做了。"

马屁起了作用,钱老头的语气缓和下来。"不是手艺的问题,要出事的。"

红津低头想了想,决定再努力一把。

"老钱,我们打年轻的时候就认识,我是什么样的人你又不是不知道。能出什么事,是我自己家里的钥匙。"

钱老头闷声不响,背过身整理货架上的工具。

"要多少钱,你说。"

钱老头回身朝大街左右望了望。"五十。"

"两把钥匙要五十?"红津叹了口气,把糖块放到桌上,"那不能用的话，我可要来退的。"

等待期间，红津不知该去哪里。近几年来，除了去阿玉家说说闲话，她很少长时间出门了。不过好在阿松没机会过问，一大清早他就去水果市场了。

钥匙中午才能拿到。钱老头跟她解释原因：先用特殊的胶水填进糖糕上的印子里，等胶水干透变硬，硬得像玻璃那样，才能取出来，然后再以此为原版配新的钥匙。胶水不能多不能少，要一滴一滴往下点，五十块钱不是瞎喊的，有功夫在里面。

等待的时长有些尴尬，家住得远，一来一回也快到中午了。红津在镇上徘徊了半个多小时，坐在公交站的椅子上歇脚。马路对面的自建房鳞次栉比，相较而言，自己家的房子仍然在真正的乡下。阿松不该一辈子生活在那里。

"大勇啊，我该怎么劝他呢？儿子怎么变成这样了？"

一个头顶稀疏的老头从家里走出来，把晒在场地上的柴火抱回屋里。尽管隔了条马路，红津还是能从颜色判断出是栗树枝。

栗树枝比松树枝着得快，火力大，而且一样耐烧。"除了栗树无好火，除了娘舅无好亲。"红津不禁有些怀念从前的生活，她望向更远处的树林，忽然冒出一个想法，迈开步子朝那个方向走去。

树林里的枯枝都很细，只能用来引火，但没关系，红津找柴火不是为了烧，又细又密，反而能把入口盖得严实。她弯腰捡了一阵，又开始迷茫起来。

"我这是在做什么啊……"

她想起刚刚对钱老头说过的话：我是什么样的人你又不是不知道。是啊，红津这一辈子可没做过见不得光的事。她一屁股坐在泥地上，往事一幕幕在脑海中涌现。

"话说在前头，钥匙灵不灵，关键看你印的模子是不是清楚。"钱老头接过钱，马上给红津打了剂预防针。

红津懒得争辩，把两枚钥匙收进口袋。"哎，给我根绳子。"

"多长的绳子？"

她嘴上说都行，但还是挑了一根长麻绳。回家前又去了一趟树林，捆紧刚才收集的枯枝，轻松地挑在肩膀上。除了眼睛，她觉得自己和年轻时没什么差别。

家门口空空如也，没有看到阿松的车。红津把柴火搁在厨房角落，象征性地用米袋遮挡了一下。稳妥起见，她走遍了所有房间，确认阿松不在家。

不管怎么样，看一眼就上来。红津调整好情绪，再次钻入灶台下。

白天视线好多了。木板右侧的铜锁是旧的，锁扣上有麻子一般的锈迹。插入钥匙一拧，锁扣轻巧地弹开了。钱老头还真有两下子！

翻开木板，见有一架梯子，红津翻身爬了下去。

下面是一个四面包围的小空间，弯腰向南走两步，前面还有一道门。门板是截断过的，上沿顶着低矮的天花板。

握住把手一按，门打开了。门缝里流出冰凉的光和若有似无的歌声。红津的心怦怦直跳。对于里面的状况，她设想过各种可能，但眼前的景象还是让她颇为意外。

浅灰色的地砖和墙面一尘不染，在四盏吸顶灯的光线下反射出陶瓷般的质感。线槽和圆管贴着墙面向四处延伸。正对入口的那面墙立着一个书柜，旁边有张原木纹理的写字桌，桌上放着一套音响，声音是从那里传出来的。

这些东西在眼前一晃而过，她马上注意到了右边的那张床。一个女人背对门口侧卧在床上，穿着粉红色的睡衣，长发披散着。

一时间，红津不敢动弹，眯起眼凝视了良久。女人的双手并在腰后，好像被绑住了。

女人忽地转过头来，瞪大了眼睛，随即翻身坐起来，甩开额前的头发，对着红津"呜呜"直叫。她的嘴巴被银色的胶带封了好几层。

红津下意识地后退一步，头顶重重地撞上天花板。料想的情景成为现实，接下来要怎么做，她拿不定主意了。

女人扭动着身体向前挣扎，左腿却始终蜷缩在床上，她没办法下床——一条细长的铁链拉住脚踝，另一头固定在插入墙壁的铁钉上。

过了一阵，女人停止挣扎，低头呜咽起来。舒缓悠扬的歌声持续不断，和女人的哭声缠绕在一起，红津恍如置身梦中。

她走到女人身前，颤抖着伸出双手。女人察觉到了，探出下巴，把胶带一角凑到红津指尖。

"你、你别喊啊，别喊。"

女人拼命点头。

胶带的黏性很强，红津着实费了一番工夫。

"阿松呢？"女人张口就问。

"他……他出去了。"

"求求你，放了我吧，阿姨，求你了。"

红津隐约觉得认识这个女人，她长得很漂亮，看起来和阿松差不多年纪。

"我不会告发的，我什么都不会说，我保证。阿姨……"

"阿松他为什么要这么做啊？"

女人迟疑片刻，摇头说不知道。

"他有弄伤你吗？"

"没有，他什么都没做。只要我不说，没人会知道这件事的。"

红津揉了揉眼睛，看向她的左脚踝，那上面扣着一只手铐。阿松给她穿了厚实的羊毛袜，还在袜口加了一层护带。

"快找找看，有没有手铐的钥匙。"女人洞察到红津的犹豫。

手铐的锁眼是圆孔的，不用试也知道，上午配的另一把钥匙根本插不进去。

连接铁链的钉子有拇指粗细，用金属膨胀管死死地固定在墙上，红津拽了一次便放弃了。

东南角有个柜子，横杆上挂着一件深蓝色的毛呢大衣，旁边的抽屉里叠放着女式内裤和贴身棉衣，但没有钥匙。而最有可能藏钥匙的地方——写字桌中间的抽屉，被锁上了。

地下室远离床铺的另一边是盥洗区域，洗脸盆上放着杯子和牙刷，两块毛巾挂在镜子旁的铁钩上。最里边还有另一道门，里面是卫生间。马桶安装在齐腰高的水泥底座上，对面墙上竟然还装了喷淋头和热水器。

整个室内相当暖和，应该是哪里开着取暖器。红津的内心越来越震惊，这些都是阿松一个人布置的。虽然没有什么复杂的装饰，但仅仅两个月时间，一般的工匠没有毅力做到如此。床、柜子和桌子没法搬进来，只能用散料亲手制作。

"那个抽屉里呢？写字桌中间的抽屉是锁上的，你有钥匙吗？"女人喊道。

是的，红津早就想到了，另一把钥匙能打开这个抽屉。

抽屉里塞满了光盘，陈旧的封套上印着外国风景。红津把抽屉拉到最大，在一圈电线之间看到了银色的小钥匙。

她关上抽屉，回身对女人缓缓摇头。

"没有，找不到手铐的钥匙。"

8

秋原把铁盘上的鸡蛋夹到对面，半熟的蛋黄流淌出来。

"确实太生了，不过偶尔吃一个，问题不大吧。"宋先平看了她一眼，说，"要不再叫份别的？"

秋原摇头。送到房间，不知道要等到什么时候，况且她本来也不饿。

"佩兰的记录我查过了，上个月她确实只有四个单子，这一点倒没有说谎。"

"要单子少还不简单吗?"

宋先平不说话了,慢条斯理地切着牛排。

难怪今天选择了酒店的套餐,他大概是觉得没有在借单纠纷中偏袒秋原而有些愧疚吧。

通常,他们会在城北挑选餐厅吃晚饭,因为宋先平的生活圈集中在云岸县南部,在北边不容易碰到熟人。餐厅只是普通档次,而每月四晚的酒店花销是一笔不可忽略的费用。入住手续由秋原办理,宋先平晚些赶到,最后先于她离开,就像是一位来访的客人。

秋原从不留宿酒店,零点前退房是可以按钟点房价格结算的,宋先平每个月能为她开支的钱很少。他的妻子对联洋的账目一清二楚,当然也包括丈夫的收入。尽量节省开支,总归没错,今晚这两百元一份的牛排实在有些奢侈。

"话说回来,业绩不达标会影响第二年的底薪,连续三个月出现这种情况就得辞退。佩兰这么做还是有风险的。"宋先平说。

也不知他是不是故意装傻,四朵金花合谋算计秋原,怎么可能连续三个月让佩兰背锅?肯冒风险,不正说明怨念积深吗?

宋先平似乎意会到了秋原的心思,轻叹一声:"身在职场,这种事情算是家常便饭,只有足够小心,别人才找不到下手的机会。以后注意就是了,跟她们尽量少接触。"

这话和薛琴说的一样,可是从宋先平嘴里说出来,秋原内心深处产生了一丝轻蔑的反感。

或许是因为怀了他的孩子，眼前的男人和自己的关系发生了改变，不再高高在上，甚至不再风度翩翩。秋原仍期盼他能摆脱现有的家庭，但这种期盼夹杂着一种要挟和令她厌恶的优越感。这几天注意力被腹中的孩子转移了，几乎没有主动想起宋先平，秋原时刻警惕着荷尔蒙对自己情绪的改变。

"她们几个看我不顺眼不是一天两天了，我有预感，一场暴风雨在等着我。"

宋先平皱起眉头，笑了。

"我说真的，我在考虑要不要去新店。"

宋先平做出思考的样子，紧接着说："不行，我忍受不了相思之苦。"他仍然在开玩笑。

"你也去，就不用忍受了。"

他脸上的笑容终于慢慢退去，摇头说："这比我离开联洋还要困难。"

"那就离开联洋。"秋原注视着他说，"现在的日子，你不觉得难受吗？"

宋先平垂下眼皮，点了点头。"我也盼着这一天，但还没到时候。"

秋原放下刀叉，走到窗前凝望街灯。过了一阵子，宋先平从身后揽住她的腰。

脖子感受到嘴唇的温热，秋原深深呼吸，情不自禁地伸手抚摸对方的脸颊。

她很喜欢宋先平亲吻她的方式，牵住她手腕轻轻地拉向自己，然后低下头凑过来。鼻息越来越近,两人的额头触碰在一起,接着是眉毛、鼻尖和嘴唇,好像两件精密而柔软的器物有条不紊地啮合在一起,款款而下,宛如温柔的夜色遮蔽了理智。

"我们一起回嘉园吧,好不好?重新把书店做起来,不管多辛苦我都愿意。"

宋先平的声带发出微弱的振动,好像应了一声,又好像没有。他把手掌伸进秋原的内衣,贴着小腹向上滑行。

秋原心头一颤,右手迅速按住了自己的胸口。

"怎么了?"

秋原低头不语,喉间涌上哭泣的冲动。

"今天不行吗?"

"……我怀孕了。"

宋先平的喘息停止了。秋原转过身,只见他向后退了两步,回到茶几旁颓然坐下。

"你确定吗?多久了?"

"六周。"

"你打算怎么办?"

"这个问题不是应该你来回答吗?"秋原把这句话咽了回去,只淡淡说了句"我不知道"。

空气逐渐凝结,秋原在静默中感觉快要窒息了。

"让我想一想,你给我点时间。"

往后的一周,秋原和宋先平没有私会。经理室窗台上的那盆卷柏没有变化。他究竟用所谓的时间来朝哪一个方向努力,是考虑劝她放弃孩子,还是已经和妻子摊牌?秋原不想去猜。

宋先平躲在玻璃墙背后的脸化作几层叠影,面目难辨。这段感情对他而言,只是逃避现实的一个出口。在浪漫和儒雅的背后,他有着懦弱的一面。放弃书店,投靠李萱父女;发现生活失去尊严,进而出轨;得知情人怀孕之后,又变得彷徨无措,这些足以证明宋先平缺乏直面困境的勇气以及对现实的预判。

可是,秋原并不是现在才意识到这一点的。既然如此,为何选择接受呢?仅仅是因为害怕孤独吗?最难审视的,总是自己的内心。

秋原的预感应验了,暴风雨如期而至。准确来说,它早就开始了。

临近月底的一天,姚珊气势汹汹地冲进盥洗室,在水槽前站定。她的胸口起伏不定,嘴唇绷得发白。

秋原从镜子里看了她一眼,继续洗手的动作。

"怎么了?"本来不想理会的,可她的样子过于反常。

姚珊忽然放松下来,交抱双臂,冷哼一声,然后看戏似的盯着秋原。

秋原只好若无其事地擦干双手,把纸巾丢进垃圾桶。

"陈秋原,你给我回来!"

秋原在门口转身。

"我承认,我是嫉妒你,可是嫉妒不犯法吧?"姚珊走上前来,眼中满是怨恨,"你这么做简直太过分了!"

秋原不明所以。"我不知道你在说什么，我……"

姚珊闪电般地抡起手掌，秋原猝不及防，左脸重重地挨了一记耳光，身体向右倒去。

"你以为宋经理袒护你，我就拿你没办法？你不知道这里是谁的地方？给一点余地，你就整天招蜂引蝶，真是下贱。等着记过处分吧！"姚珊眼看就要摔门而出。

这一巴掌的力量大得惊人，秋原扶墙抵住眩晕，反手一撑，冲上前拽住对方的手腕。

"你把话说清楚！"

两人相互拉扯推搡。姚珊吊起凤眉，嘴里连续吐出污秽不堪的字眼。

莫名的屈辱，让秋原头脑发热。她抓住对方的衣领，猛然降低重心，仰面将她拉倒，再翻身一压，摁住了她的头。

姚珊动弹不得，下翻白眼发出笑声，脸上却满是惊恐。"你完蛋了，你敢打我，你完蛋了……"

卢阿姨听到动静，推开门，惊叫一声，扔掉拖把想拉开秋原，却被她的眼神吓到了，又退出去朝大厅喊人帮忙。

第一个冲进来的是小琪，这时秋原已经松开姚珊坐在地上了。姚珊其实并未受伤，故意赖着不起来。小琪以为情况严重，张开十指，方寸大乱。子阳也过来了，他顾不上这儿是女厕所，跑到秋原身边蹲下。

其他人蜂拥赶来，阿曼甚至准备打电话叫救护车，被姚珊制止了。

直到店长出面，秋原才明白姚珊究竟在发什么神经。

店长和秋原父亲年龄相仿，是老板李致的一位连襟，作为股东参与公司运作，平时很少来店里，这天却恰好在场。秋原猜测，姚珊挑事早有预谋，怕宋先平不站在她这一边，因此提前通知店长。

店长叫上宋先平，四人一起坐在办公室里。姚珊啜泣着状告秋原抢她的客户。

今天早上，她想赶在月底前打一轮回访电话以寻找机会，得知某位潜在客户竟然已在本店购车，接单的销售正是秋原。那位客户名叫孙瑞兵。

——是那个张口就要买福克斯的孙先生！

抢单是销售行业的大忌，可是秋原忽然失去了争辩的力气，一眨不眨地看着姚珊的眼睛。

9

出租车拐进一条五六米宽的小路，金桂雅苑的大门出现在右手边。

秋原很快找到了四幢二单元的入口。大约十米开外有个圆形花坛，她坐在花坛边静静等候。

下午5点40分，一辆白色福克斯从眼前经过，倒了几个来回才在两栋楼之间的空地上停稳。司机的驾驶技术还相当生疏。随后，一个男人手提公文包跨出车门。

"孙先生！"秋原从花坛后现身。

孙瑞兵的脚步卡顿了一下，他想改变方向，但秋原已经站到他跟前了。

从店长办公室出来之后，秋原立即给孙瑞兵打电话。刚刚报上姓名，他便推托有事在忙挂断了。中午再打过去，他没有接。

抢单的事情无论怎么看，错误都在秋原，找到买主也不见得有多大意义，公司只认系统记录不认过程，姚珊早于秋原一周将孙瑞兵的资料登记在案是事实。秋原接受处分，但她心里窝着火，非把事情弄明白不可。

"买车那天，你不是第一次来我们店，对吧？你为什么不告诉我其他人接待过你？"

"你也没问我啊。"

秋原确信自己当时向他确认过这一点，只是没有得到回答。他急于询问车身颜色，把秋原的问题盖了过去。秋原没有深究，默认答案为否，这确实不够谨慎。可是如果他存心撒谎，事后矢口否认，一样拿他没办法。

"你跟姚珊是什么关系？"

"什么……我根本就不认识她。"孙瑞兵不敢直视秋原的眼睛，忽然想到什么，点着手机说，"我想起来了，她接待我的时候，我留的是公司配的手机号码，我买车那天留给你的是我自己的手机号码。"

"所以呢？"

"所以就、就是个误会啊。因为电话号码不一样，系统就会认为是两个客户。"

"姚珊连这一点都告诉你了？"

"我……对啊！"他脖子一拧，死不认账。

也罢，再纠缠下去也毫无意义。

秋原望着孙瑞兵上楼的背影，回忆起他买车那天的神情、话语，每个细节都极不自然。还是自己太急功近利，才中了她们的圈套。

停在一旁的车崭新，光可鉴人，秋原恨不得一肘砸烂车窗。

吴泽峰坐在角落倒数第二张桌子。这和他的性格相符，行事低调稳妥，尽量避免极端。他看到秋原进门，放下手机起身迎接。

"7 点 35 分，我算得挺准，菜刚上来。"他帮秋原拉开椅子，尽力表现得像从前那样自然。

"没有打扰你工作吧？"

"再忙也得吃饭。你找我，我一定奉陪。"

除了头发理得更短，他的容貌没有变化。五官轮廓平坦，因为常年健身，皮肤紧绷，自有一股精悍之气。不过想想也是，距离上回见他也才不到一年，有变化的只是秋原自己吧。

"你的脸……"吴泽峰歪着头看过来。

姚珊的掌印还未完全退去。秋原别过头说："大概是报应吧。"

"报应？"吴泽峰一愣，随即面露愧疚之色，"前段时间碰到盛总，他还说到你呢。不好意思，又提起这个话题了。"

"我想找盛总帮忙。"

"哦？"

吴泽峰是择风传媒的总经理，是秋原上一份工作的老板，同时也是她的大学学长。

刚进大学不久，就读中文系的秋原便开始为将来的工作担忧。在老家耽误了三年，心态自然和普通新生不同。徒长几岁，眼界却比不上别人。

秋原经历过营生的艰难，有容人之心，和同学相处和睦，可也仅仅是和睦而已。室友都称她为"温柔的秋姐"，这个土到掉渣的绰号中隐含着年龄和心态上的隔阂。四年时光，她没有结交到可以倾诉衷肠的朋友，也未曾经历一场完整的恋爱。

大二那年，秋原加入了广告设计社团，结识了社团负责人吴泽峰。吴泽峰是个才思敏锐、很有想法的人，他建立网络社区，帮助社员交易文案和设计作品，自己没有从中牟利。以此为基础，招募了不少社员。吴泽峰比秋原高两届，实际仍小一岁，但他身上看不到学生的稚嫩。

毕业前夕，吴泽峰顺理成章地成立了营销公司——择风传媒。他对自己的名字有另一种解读：选择追随风的脚步。

他没有挑选社团内任何一名同届毕业的社员作为公司员工，而是招聘了三名有经验的设计师，自己担任销售和策划工作。直到一年前秋原辞职，择风传媒的团队也仅维持在五六个人。大学社团仍在不断壮大，由他得力的学弟主持，成了他廉价的劳务市场。

"等你毕业，如果我的公司还没倒闭，你也不嫌弃，就来上班吧。"

吴泽峰意外地向秋原抛出橄榄枝，此后两年没有联系，却在秋原完成毕业答辩的当天下午拨通了她的电话。

言而有信，一句看似轻巧的邀约在两年后准时兑现。那一刻，秋原既感激又感动，她推掉两家公司的面试，义无反顾地追随学长。

公司的发展突飞猛进，秋原的工作内容也从单一的文案策划转型为以销售为主的前端设计，跟着吴泽峰在各地奔波，收入也有了大幅增长。

秋原有自知之明，她在大学社团的表现并不突出，吴泽峰的选择或许掺杂了个人原因。秋原没有问，他也始终不敢越线。共事三年，两人的关系波澜不惊。

吴泽峰在工作和生活上都是一板一眼的，平心而论，不是秋原理想中的对象，但换个角度考虑，是个值得依靠的男人。假如他开口表白，秋原认为自己会慎重考虑。

直到一年前，两人不温不火的关系走到了尽头。

当时，吴泽峰为攻克一个客户犯愁，对方是生产通信设备的大型企业，老板盛国良的合作态度始终暧昧不明。在一次会谈后，他向吴泽峰明示对秋原有好感。

"合同一签就是三年，如果拿下来，这三年内哪怕没有其他项目，我们的利润也至少翻两番。三年之后还会有第二个三年……关键就是现在。"酒宴中途，吴泽峰把秋原叫到走廊，对她双手合十，"这次要拜托你了。"

秋原不可思议地看着他，心中寒凉如水。

"我知道，这对你来说很委屈，可这是我们翻身的机会，择风传媒要从一个小作坊变成真正的企业，没有这样的大客户支持根本不可能。盛总这边我已经铺了五年……"

"五年？"秋原笑了，"你邀请我来上班的那句话，就是五年前说的吧。"

"你听我说，情况不会是你想象的那样，我会尽量把他灌得不省人事，你扶他到房间，陪他一会儿，然后见机行事。到时候他怎么也说不清。"吴泽峰伸出双手拢住秋原的肩膀说，"我会一直守在房门外的，你放心。"

他没有食言，只不过守在房门外是为了拉紧门把手。

盛国良四十七岁，正是酒量最好的年纪，但架不住车轮战，抱着马桶吐了十多分钟。秋原忍着恶心帮他擦干净嘴巴，把他拖到床上。吴泽峰给她的指示是，至少要脱光对方的衣服，才能把事情搅浑。

看着盛国良肥硕的身体，这一步怎么也执行不下去。犹豫间，对方竟然清醒过来，秋原想逃出去，但拉不开房门。

盛国良摇摇晃晃地走到门边，拦腰抱起秋原，一把摔到床上，然后狗熊般的身躯死死地压住秋原，嘴里发出黏腻的喘息声。情急之下，秋原抓起床头柜上的某个硬物，奋力朝对方的脑袋砸去。

那是一尊半尺高的铜像，底座正中太阳穴。盛国良在医院昏迷了十一个小时，被确诊为轻度脑震荡。

秋原在酒店走廊里的哭声惊动了一整层楼，她发疯似的对吴泽峰又抓又打，折断了一片手指甲。

事后，盛国良非但没有追责，还和吴泽峰一同设宴向秋原赔礼道歉。

"我老盛是好色之徒，这一点谁都清楚。潜规则是没错，但这种事是双方互利，你情我愿，我从来没有做过强迫别人的事情，那一天是真的喝醉了。"他恶狠狠地指了指身旁的吴泽峰，又说，"这小子真不是个东西，这瓶酒我跟他一人一杯轮着喝，你什么时候原谅我了，什么时候喊停，好不好？"

吴泽峰不敢吱声，开始倒酒。

一张圆桌只有他们三人，秋原坐在一头，两个男人远远地坐在另一头。那一刻秋原幡然醒悟，他们俩才是一伙的；吴泽峰和他所有的生意伙伴身处同一条船，而自己只是他手上的船桨。

秋原从包里拿出一张便笺纸递到桌对面，那上面写着三个人名以及他们的手机号码。

吴泽峰看了一眼，用镜片后的目光询问意图。

"我想知道这三个人之间的通话记录和短信记录，就这个月的。这对盛总来说是小菜一碟。"

"恐怕很难办，这么做是违法的。"吴泽峰的眼睑收缩起来。

"难办，我才来找你。"

"是……跟这个有关吗？"吴泽峰指了指秋原的脸。

"你别管那么多，行还是不行？"秋原扬起下巴。

吴泽峰摇着头说："我没这么大的面子，三个人一整个月的通信数据，这不是一下子能统计出来的。秋原，如果我自己能查，就算违法也会帮你，可是让别人冒风险……"

"让别人冒风险的事你又不是没做过。"

吴泽峰的脸红了，很用力地咽了口唾沫。

"好，退一步，不用一整个月，我只要11月15日那一天的。"

吴泽峰环视餐厅，终于点头答应："我尽量争取。动筷子吧，菜都凉了。"

秋原喝下一口柠檬水，起身离座。

"秋原……"吴泽峰追到身后说，"要是现在的工作不顺心，你随时可以回来。"

要是一个月前听到这句话，秋原恐怕会笑出声来，可是现在，她尽管没有回头，内心却隐隐触动。

## 10

刚才还在埋怨儿媳妇，怎么话题突然就转到那个案子上来了？阿玉是顺着哪一句话提起的呢？半分钟前的谈话红津也想不起来了，她发觉自己魂不守舍。

"这男人也真是老不正经，都跟咱们差不多年纪了，还在外面搞花头，有这下场，活该。"阿玉一边做着手工，一边嘴里说个不停，"苦的是他家里人，不过好在儿子养大了，从电视上看起来，已经参加工作了。"

大勇走的时候，阿松还在念初中。这句话微微刺痛了红津，阿玉也意识到了，从塑料袋里抓出一把桂圆让红津吃。

桌上堆满了形状各异的椭圆形布包，是成品娃娃的组件，阿玉的工作只是把它们缝在一起。要是眼睛没坏，红津也能做，而且一定做得比她更快更好。

"死掉的男人和失踪的女人……是那种关系吗？"

"肯定呀，这还用说？三更半夜躲在车里……"阿玉鼻梁上堆起皱纹，舌头"啧啧"有声，好像闻到了什么刺鼻的味道。

"哦……"红津想着那女人的样子以及衣柜抽屉里的内衣。内衣有好几套，其中一套的款式明显不同，看着让人脸红，应该是女人自己的。

阿玉扭了扭脖子凑过来，压低声音说："哎，你知不知道那个女人是谁？是老严家的姑娘。"

"哪个老严？"

"还有哪个，五组那个老严呀。"

"我不认识。"

"你到底是不是我们村的？"

南洋村占地广，下设七个小组，共计四百余户。二组的红津不认识五组的人，这再正常不过，像阿玉这样的万事通才少见。

经她一描述，红津发现自己只是一直不知道老严姓严而已。这个出名的酒鬼曾是大家茶余饭后的笑柄，传言他喝醉了酒便会施以家暴，老婆受不了跑了，留下年幼的女儿给他当出气筒。

没过几年，女儿出落成水灵灵的大姑娘，竟也勾三搭四起来，不仅和社会上的小混混出双入对，就连学校的老师也因为她引咎辞职。于是，传言的风向来了个一百八十度大转弯，说这姑娘不学好是遗传了母亲的水性杨花,老严不是喝酒家暴赶走了老婆,而是因为老婆嫌贫爱富才沦落成酒鬼。究竟是怎么回事,谁也搞不清楚。

"他现在怎么样?"红津问。

"在人家厂里扫地呢,好像挺安分,不喝酒了。"

"女儿不见了,怕是很难熬吧。"

阿玉嘟起嘴,点点头。"前几天还在挨家挨户找人帮忙,可是警察都找不到人,几个邻居顶什么事啊。"

"这都好几天了,警察……一点办法都没有吗?"红津小心地探问。

"谁知道呢。公安局局长嚷嚷着要装监控,现在哪还来得及,早干吗去了。估计也就摆摆噱头,事情出在金丰村,装监控还能装到那种犄角旮旯?"

红津低头不语。

"也是碰巧,那天电视台正好去采访一个养鱼的,路过现场被他们撞到了,不然这事情不会这么快报出来。"

"是嘛……"

"那可不,刚刚案发,一点头绪都没有,万一破不了案,警察多没面子。"阿玉看了红津一眼,又说,"你好像没啥精神嘛。"

红津连忙挺直腰站起来,揉着眼睛走到院子里。

灰蒙蒙的田野一片空旷,可以望到山脚下的树林。大部分的土地都转包出去了,从前热闹的农耕景象一去不返。

南洋村二组只剩七户人家,留下的人说是不习惯住在笼子一样的公寓里，而且上下左右都是陌生人，没法串门说闲话。其实，还不是因为买不起房。留下的几家散落在村里各个角落，彼此相隔一段距离，这些年早就没有来往了。

门前的公路一直延伸到视线尽头，把村落和田地分开。这时，远处的地面上扬起尘土，一辆轿车缓缓驶来。

"阿松最近怎么样啊？"阿玉在屋里喊道。

轿车停在一栋房子前，从车里下来两个穿深色衣服的人，一边戴帽子一边往院子里走。车身蓝白相间，车顶上装着扁圆的长条灯。

是警车！

红津的心像被绳子拴住吊了起来。

"家里有点事，我先回去了。"她头也不回地冲出院门。

"啊，搞什么名堂？明天再来啊！"

警察进入的院子和阿玉家隔了两户人家，阿玉家和红津家又隔了四户，但那些房子都空着，时间相当紧迫。

红津跑进厨房，把那捆藏了两天的栗树枝拉到灶台旁解开，手忙脚乱地往里塞，想尽量挡住入口处的木板。她挪动身子左右观察，确保从哪个角度看都不明显才缓了口气。

楼梯上传来脚步声，阿松从二楼的卧室下来了。

红津害怕警察上门，但也害怕阿松知道她偷偷去过地下室，她不知道该怎么面对犯了错的儿子。如果可能，真希望警车就这样从家门前驶过。

不，不能逃避，万一被发现，阿松这辈子就完了。

红津走到客厅,见阿松拔掉电视机插头,连着矮柜一起拖开。

"你要干什么?"

阿松不理会,把墙角的木板平放在地上,然后把电钻连上插座,又从盒子里抓出一个小塑料袋往地上倒,铁钉和螺丝滚了出来。

搁了两天的电视柜,怎么忽然又想起来要做,而且偏偏在这个节骨眼上。

"警察、警察要来了。"

阿松猛然回头,从下往上打量红津。隔了几秒,脸上紧绷的肌肉放松下来。"我看到了。"

"啊?"

他快步走进杂物间,拎出一个蛇皮袋,转身进了厨房。红津一直跟着。

"这是什么?"他用下巴指向灶台下。

"我怕被……"

阿松闷哼一声,放下袋子,蹲下身往外清理树枝。"帮忙啊!全拿出来。"

红津手足无措。

"你不想想,新的柴火放灶台底下,这是要干什么?"

"那我一会儿点着?"

"现在哪里是做饭的时间!"

红津没了主意,只拼命地拉扯着横七竖八的栗树枝。

等清理得差不多了,阿松从靠近后门的角落里拿出两块垫脚用的水泥板,将其塞进灶台,勉强盖住了入口的木板。仔细看去,水泥板黑黑的,好像用火熏过。

阿松又拉过蛇皮袋,把里面的东西抖落在水泥板上——是烧焦的木炭。啊,灶台下当然是烧剩下的木炭,这才合理!红津觉得自己太笨了。

"用抹布蘸上菜油,在锅里擦一遍,一点点就够了。"

红津马上反应过来,照做了。确实,嵌在灶台上的大锅好久没用了,干得发白。

"等下警察问话,你来回答,就说什么都不知道。"

红津顿时紧张起来,但是只要忘记自己去过地下室,其他照实说,应该能应付过去。看样子阿松早有准备,这让红津稍稍宽心。

"还有,我会一直在客厅做柜子,如果警察问起,你就说电钻是借来的,急着还回去。不问就不要多说,其他的事也一样。"

红津连连点头。

坐立不安地等了十来分钟,警察还没有过来。红津想去院子里看看,又怕守着人来的样子很可疑。但愿他们只是随机抽查,已经走远了。

片刻之后,院门的合页发出尖锐的吱呀声。红津手拿扫帚迎了出去。

看身形,两名警察都很年轻,一人上来打招呼,另一人抬头扫视房子。

"大妈,向你打听个事。"对方大概以为上了年纪的人都耳背,声音很大。

这时红津发现一个问题,他们站立的地方,正对下去离地下室那女人的床很近，说不定她会听到交谈声。可是如果把警察请进门，风险就增大一分。

问话的警察从胸口口袋里拿出一张照片。"见过这个女人吗？"

红津接过照片，眯起眼仔细看，又慢慢从房屋的阴影中走到太阳底下。与此同时，屋里发出电钻打孔的巨大噪声。红津忽然明白了，阿松为什么选择在此时做电视柜。

"我眼睛不好，看不太清楚……嗯，应该没见过。"

"你平时都在家吗？"

"在家的。"

"最近有没有看到可疑的人从这里经过？"

红津摇头，然后把照片递回去。

问话的警察走到屋门口，看到阿松下蹲的背影，回头问红津："你儿子？"

"是，家里就我和他两个人。"

阿松应该能察觉到门口的光线被挡住了，但他没有停下电钻，直到警察拍他的肩膀，他才回头。他看了眼警察手里的照片，回了句没见过，又继续干活。

如此冷漠镇静，反而有些不自然。只有熟悉阿松的人才知道他本来就是这样的性格，不知警察心里是怎么想的。

"我能进去看看吗？"警察高声问红津。

"啊，可以。"

他首先进了杂物间。红津刚想挪步，阿松朝她使眼色，示意不要跟着。

接下来是厨房。红津呆呆地看着石灰四溅的墙面，手心满是冷汗，一两分钟好像几小时那么久。

"打扰了。"警察象征性地检查完一楼所有的房间，又瞥了眼楼梯，似乎觉得没必要上二楼。

"连茶都没喝上一口，真是难为情。"

另一名警察一直守在院子里，他看到同伴走出来，钻进车里发动了引擎。

红津瘫坐在椅子上，长长地出了一口气。她心中五味杂陈，眼前的麻烦暂时过去了，可接下来要怎么办？她有些讨厌自己了。

阿松放下电钻，抱膝坐在地上。

"你什么时候发现的？"

"前天。"

"妈……"

红津心中一动，儿子很久没有叫自己了。

"她是小月，你记得吗？"阿松站起来走到跟前，眼神忽然变得温和起来，"嗯，这么久没见，你当然认不出来了。她小时候来我们家吃过饭，就是我过生日那天。"

红津想起来了，阿松小学二年级时，在家款待了一桌同学，那是他唯一一次生日聚会。

班级里相习成风，每隔几周就会收到生日会邀请，轮到他，当然也不好意思不开口。大概是看样学样，阿松坚持要在饭店里请客。但大勇和红津都舍不得花钱，决定生日会就在自己家里办。

孩子们一进门就傻眼了，他们全都来自县城，没见过这么大的房子，可也没见过这么简陋的装修。他们看到红津在绿油油的池塘里淘米洗菜，一个个露出恶心的表情。结果，午饭时只有一个小女孩动了筷子，其他人只喝饮料，吃到中途都纷纷表示要回家。

那之后，阿松把自己关在房里，两天没上学。第三天，是大勇扛着他去了学校。红津不明白一个孩子怎么会有这么大的气性。

想到这里，红津似乎明白了什么。

"那个吃饭的女孩就是小月？"

"是啊。"阿松居然露出腼腆的微笑。

红津叹气道："她爸是个酒鬼，从来不管她，她是给饿的……"

"不，你不懂。"

"你为什么要这么做？把她关起来，还把地下弄成这样？阿松，你有什么事想不开，跟妈说呀。"

阿松好像根本没听见，他走向窗口，眼里聚起病态的光芒。

"她是个好姑娘，她原本不是这样的……"

"不是怎么样啊？"红津觉得自己快哭了。

"她一定会变好的，一定会的。嗯，一个月不行就两个月，两个月不行就一年，一年不行就两年，总有一天她会明白的。"

## 11

12月1日，星期二，孩子八周大了。

秋原站在早班公交车内，手握冰凉的拉环，心里想着是不是该给小家伙起个名字了。再过几个月，就大腹便便了，就会有人让座了。

如此漫无边际地畅想着，内心变得柔软起来，尽管她不确定这一天是否会到来。她现在需要这样的柔软，这几天情绪过于亢奋了。和孙瑞兵以及吴泽峰交谈，其实没必要气势汹汹的，这于事无补。回想一年前反击盛国良的情景，也让她感到后怕，力气再大一分，或者位置再偏一些，可能就会葬送一条人命。奋力摔倒姚珊的那一下，她很担心下腹部的状况……

因为抢单受处罚，秋原被扣除了上个月所有的提成，并且从今天开始，接待轮班调至最差时段——早上八点半至九点半。

现在时间还早，和孙瑞兵来买车的那天一样，展厅里只有卢阿姨在打扫卫生。

"早。"

秋原若无其事地打招呼，接着去茶水间泡了一杯菊花茶，然后坐回到工位上，边喝边观察卢阿姨的动作。

听子阳说，卢阿姨年近六旬，但看面相也就五十岁出头，或许是比较清瘦的缘故。她扎着橘子大小的发髻，穿一件灰色的粗布短棉衣，看起来是个朴素而勤恳的人。

她拖完地，拎起水桶走向盥洗室。秋原放下杯子跟了进去。

"每天都这么早，真辛苦呢。"秋原对着镜子整理鬓角。

"都老太婆啦，只能吃这碗饭，没办法呀。"卢阿姨笑着抬起拖把，放进水槽里冲洗。

"阿姨住哪儿？"

"就在仁和路那边,开电动车十几分钟。"

"那倒挺方便。"秋原从镜子里看着她,"你在这儿做了多久了?"

"快三年了,这儿刚造完我就过来了,那些装修废料还是我拉出去的呢。"

"是嘛。"秋原打开水龙头沾湿手指,尽可能让自己显得漫不经心。顿了顿,又问:"那么当时……是谁介绍你过来的?"

卢阿姨陷入了短暂的沉默。或许是被接连提问,她感觉到了异样的气氛,也可能是这个问题本身难以回答。

"没人介绍,我是看到外面贴的招工启事,自个儿来应聘的。"她在第一个隔间里换上厕所专用拖把,弯下腰忙活起来。

"贴在外面?公司围墙外面吗?"

"唉,是啊。"

"里面还全都是装修废料,外面已经贴出招工启事了?"

卢阿姨的动作变快了。秋原关上水龙头,扯了一张纸巾,转身倚着洗脸台直视她。

"你和姚珊之前就认识了吧?"

"之前?什么意思?"她抬起头来。

"她在宋经理的书店做服务员那会儿。"

她半张着嘴,面露迷茫。"小陈,你今天是有什么事要跟我说吗?姚珊是我来这儿上班才认识的。"

"那么孙瑞兵呢?"

"啥?"

"他是你儿子吧？"

"什么啊……"卢阿姨直起腰笑了，伸出食指朝秋原一点，"我儿子都三十好几了。"

"原来孙瑞兵没有三十好几，阿姨你是怎么知道的呢？"

"他那天来……"她卡着半截话，愣住了。

"来什么？来买车？"秋原离开水槽向前跨出一步，"我刚才可没说那天来买车的人叫孙瑞兵。"

"不就是那天早上嘛，我在旁边拖地，听到他说自己名字了。"

她还在狡辩，但心思全乱了，草草拖了一遍，逃跑似的离开了盥洗室。秋原不疾不徐地跟到大厅。

"阿姨，我有什么地方得罪过你吗？这件事，我相信不是你的主意。"

"你在胡说些什么呀！"

"那天你在厕所隔间里，恰好看到我进来，于是发短信告诉守在门口的孙瑞兵，让他进来买车。"

"哎哟……"

秋原不假思索地打断她："当时你收到了他回复的短信，赶在我之前出去了。因为他在短信里说，他不想做这个事了，所以你急着出去阻止他临阵脱逃。我说得对吗？"

那天卢阿姨在只有清洁用具的隔间内等了好几分钟，如果贸然出现，外面的人必定知道她在偷窥，但是任由孙瑞兵回去的话，任务就完不成了。

当秋原来到大厅看到孙瑞兵时，卢阿姨高声喊道："小陈哪，有人要看车,来。"

这句话表面上是在招呼秋原,但仔细回想,"来"这个字说得特别小声,而且亲切。小声是因为传递对象就在跟前,亲切是因为熟识。这个"来"是对孙瑞兵说的,卢阿姨在鼓励他迈出这一步。

事隔两周,秋原不确定自己的记忆是否准确,但只要朝这个方向考虑,孙瑞兵紧张不安,卢阿姨绕着他拖地,就都说得通了。

"姚珊给了你什么好处?"

"没有!我不知道,我啥也不知道!"卢阿姨涨红了脸,抓着抹布四处寻找可以擦拭的地方。

门把上的风铃响起,宋先平走进展厅。卢阿姨如释重负,趁机走到别处去了。

秋原悻然坐回工位,也不搭理宋先平,不料他径直走了过来。

"我今天要去市里拜访一家店面,你跟我一起吧。"

通往嘉园市的新县道建成不久,时速限制90公里,但红绿灯过多,而且必须经过拥堵的高铁站才能抵达市中心。因此,大部分人还是和宋先平一样,选择走狭长蜿蜒的老公路。

沥青路面经过阳光和车轮常年的洗礼,泛出淡淡的灰白色。

嘉园市和云岸县交界段多为丘陵地带,没有秋原故乡的高山深涧。然而,地貌越是平坦的地方,人心却越是深不可测。

驶出云岸县地界,农田向后退去,左侧出现了低矮的山坡,右侧的行道树外是密不透风的树林,让人联想起金丰村的案发现场。

其实可以拒绝同行，但秋原愿意给宋先平机会。可他一路上手握方向盘，默然不语，只有车载空调呼呼作响。秋原懒洋洋地枕着靠背，头望着窗外。他已经沉默两周了，秋原并不抱多大期待。

两情相悦和双方愿意共同抚养一个孩子是两码事。如果宋先平就此沉默下去，直到某天形同路人，也不见得有多糟糕。

走访对象是嘉园市口碑上佳的汽车二级经销商，店长是宋先平岳父的好友，他带两人参观了气派时尚的展厅。他和宋先平边走边聊，探讨功能布局以及企业文化的重要性，不过聊的最多的还是李致父女的生活近况。他们是初次见面，宋先平受岳父之命，过来混个脸熟。整场交流不到一小时就结束了，并没有什么实质性的收获。

临别时，店长邀请他们共进午餐。宋先平说下午有事在身，婉言谢绝了。

"找个地方吃饭，还是先回去？"

上车后，宋先平终于吭声了。秋原能感觉到他故作轻松的尴尬。

"回去吧。"

开了没几分钟，马路右手边出现一家商场，宋先平把车拐向门口的停车位，他说忽然想喝咖啡，问秋原要什么。秋原摇头。

"奶茶？"

"真的不用了。"

宋先平保持推开车门的姿势，僵了一会儿，又把车门拉上了。

"这两天有点忙。我考虑过了，还是……尽早去医院吧。"

秋原没有说话。

"这个周末，我陪你一起去。"他转身靠过来，握住秋原的手，"工作你暂时不用担心，好好调养一段时间。"

"不用担心的人是你。"

"嗯？"

"这件事，不需要你再担心了。"

"什么意思？你打算怎么做？"

秋原轻轻把手抽离出来，望着车外的行人。"你要买咖啡就快去，不买就赶紧开车。"

"你别这样，我好歹是……"他沉下一口气说，"你不能自己一个人做决定。"

"难道你现在的决定不是一个人做的吗？"

这句话原本是出于针锋相对，却在不经意间提醒了自己，秋原紧接着问道："我们的事，你有没有告诉过别人？"

"怎么可能？！"

最近一次和薛琴见面，秋原差一点就对她和盘托出，宋先平如果也有值得信任的朋友，有所表露也不是没可能。

"我总感觉，有人知道了我们的关系。"

"为什么？"他一下子紧张起来。

"不知道，我不确定。"

沉默再度在狭小的空间内弥漫开来。宋先平抹了把脸。

"你现在，已经把自己当成一位母亲了吗？"

秋原转过脸看着他。

"我能理解你现在的心情，但是母亲的责任不是生下孩子，而是在那之后。不能给孩子健全的家庭，你不觉得这样太残忍了吗？"

"什么是健全的家庭？父母双全就一定健全吗？行了，不要再说了，回去吧。"

"秋原你听我说，你现在只是因为陷入了困境，才会这样决定。工作和感情上都遇到了麻烦，她们几个想方设法要把你赶走，而我……我也不能给你未来，所以，你潜意识里才把孩子当成唯一的……战利品。"

战利品？秋原瞪大了眼睛，只觉血气上涌。"你这个混蛋！"

"如果打掉孩子，你的生活就会被全部抹去……千万别这么想，你还年轻，你的未来可以是另一番样子。我是个混蛋，没错，我们或许不应该走到这一步，但你现在得相信我，生下孩子对谁都是灾难。"

正当僵持不下之际，宋先平的手机响了，他不耐烦地看了一眼，好不容易遏制住挂掉的冲动。

"在嘉园，出差呢。"他快速地调整呼吸，平静地回应对方。

从他不敢怠慢的神情就能猜出来，电话另一头是他的妻子。

"好吧，我现在过去。"宋先平挂了电话，立即发动引擎。

"我老婆也在这里，得接她一起回去。真是见鬼了。"

秋原有些紧张，居然要面临和他妻子同坐一辆车的尴尬局面。交代行程的话已经说了，宋先平找不到拒绝的理由。

挂挡后，他为难地看着秋原，迟迟没有踩下油门。秋原领悟过来,下车换到了后排座。

大约二十分钟后,车抵达另一家大型购物中心。李萱提着两个纸袋从广场上小跑过来,她身上披着一件淡粉色的羽绒外套,拉链头上还挂着标签。

"好看吗?呀,有同事在。"她钻进副驾席,向秋原点头问好:"你好,今天辛苦了。"

"不,还好。"秋原笑着回应。

秋原在联洋成立两周年庆典时见过李萱一次,她当时穿着黑色晚礼服,站在父亲和丈夫中间,一副难以接近的样子。今天却是扑面而来的青春气息。她比秋原大两岁,看起来反倒更年轻,也不知是不是着装打扮的缘故。秋原不自觉地移动上身,在后视镜中看了一眼自己略显憔悴的面容。

"特地过来买衣服?"宋先平问。

"是啊,没人给我买,只好自力更生咯。"李萱转头对秋原挂下嘴角,露出恶作剧般的表情,又对宋先平说,"你还没回答我呢,这衣服好不好看?"

"嗯。"

"嗯什么呀,你都没看。"

"在开车啊。"

"很适合你。"秋原说。

"真的?会不会有点装嫩?"李萱的眼睛清澈而明亮。

"不会,板型和你的身材很搭,颜色虽然比较清新,但对你来说没问题的。"这是秋原的真心话。

李萱笑靥如花。"这款我看中很久了，网上有很多翻版，但不敢买，这次总算下定决心，我要赶在世界末日之前拥有它。"

今年12月21日，恰逢冬至，在玛雅预言中，世界将迎来毁灭。最近好几个同事都在说这个事，子阳更是信誓旦旦地说要陪秋原一起度过那一天。

"看来不便宜啊。"宋先平瓮声说。

"我不敢说，你非骂我不可。"

"世界末日快到了吗？哦，不知不觉已经12月了。"宋先平自问自答。

"对啊，还有二十天。"李萱伸出两个手指凑到丈夫面前晃了晃。

"说得跟真的似的。"

"那可不，我那几个小姐妹都忙着囤货，昨天还有人买了蜡烛。"

"蜡烛？"

"要断电的呀。"

"命都没了，还要电来干什么？"

"假装一下行不行？你个木头。"李萱转过脸来，说："啊，不好意思，见笑了。怎么称呼你？"

"陈秋原。"

李萱把食指放在嘴唇上。"你是过完年才来的吧，难怪没见过。做汽车销售员很头疼吧？"

行程后半段，李萱几乎一直保持半侧身的姿势，和秋原聊着天南海北的事。

原本以为会尴尬，甚至充满危机，秋原却意外地倍感轻松，反而比和宋先平独处好多了。李萱一副心无城府的样子，她真的是掌控联洋的富家千金吗？还是说，这全是伪装？她又是出于什么目的，在这样的情形下伪装自己呢？一句夸赞就赢得了好感，她对秋原毫无防备，谈吐间感受不到任何敌意。而在丈夫面前，恰到好处的任性，明明是一副小女人的姿态，这也是伪装？

不对，眼前的女子和薛琴口中的李萱完全是两个人。

"你真了不起，短短几个月就适应了新工作，我每天就想着吃喝玩乐，真是太浪费生命了。"

"也不一定是坏事，先天条件好，才有时间思考更深层次的东西。"秋原把宋先平曾说过的话照搬出来。

"别提了，哪有什么更深层次的东西，我爸让我学生产管理，成天和机床螺丝打交道，五金厂压根就和女人格格不入。还有每周的两次培训，真是让人昏昏欲睡，要不是能顺便放松一下，我才坚持不下来。"

每周两次？

"培训……那这样一来，周末也泡汤了。"

李萱摇头。"安排在周末就好了，是周三和周五，都是晚上6点开始，每次晚饭都来不及吃。"

还有周三这一天……

秋原看向宋先平的背影。与此同时，一道戒备的目光经后视镜反射而来，在与秋原视线相交的刹那，恢复如初。

## 12

　　隔天下班后，秋原去住处附近的菜市场买了新鲜牛肉和蔬菜，打算给自己炖一锅营养汤。

　　吴泽峰的调查结果在那时发送到了秋原的手机邮箱。

　　秋原在交给他的便笺纸上写下的三个名字是：姚珊、孙瑞兵、卢水英。

　　三人在11月15日当天的联系记录，罗列在一份内容寥寥的表格中。秋原把袋子全都换到左手，站在出口旁细看起来。

　　从上午8点31分到34分这三分钟内，卢水英和孙瑞兵共有五次短信联络，卢向孙发送三次，孙向卢发送两次；第一条由卢水英发出，彼此交替。这和卢阿姨在隔间内偷窥的时间相符，秋原的猜测八九不离十。

　　两人之间的通话记录则是早晚各一次：早上7点49分以及傍晚6点整，都是卢水英呼叫孙瑞兵。傍晚的电话自然是为了确认计划结果，而上午那通电话的存在，也间接印证了秋原的另一个推测。

　　要实行这个计划，孙瑞兵必须在秋原的接待时段上门购车。当然，如果能赶上只有她一个人在场的情况，就更为理想。最近，秋原为了回避子阳，不再提早到岗，这一点卢阿姨是清楚的，那么他们是怎么知道秋原会在15日那天第一个到店呢？

　　7点49分……

　　急诊大厅的挂钟浮现在脑海。拿到孕检报告是在7点20分，接下来的行动依次是回诊室问医生、付钱、取药、步行七八分钟到达滨海街的公交站,这差不多花费了半小时。也就是说,在海边等车的秋原被人看到了。

看到她的人打电话给卢阿姨,让她通知孙瑞兵做好准备。

然而,这个目击者不是姚珊,因为在表格中,姚珊名字右侧的栏位一片空白。她和其他两人没有联络过,至少在那一天没有。

秋原将手机放回口袋,慢慢走回住处。

和姚珊发生冲突之后,她心中一直存有疑虑,假如姚珊是计划的制定者,那么她在洗手间的作为就全是演戏。秋原不认为她有如此逼真的演技,若不是发狠把她拉回来,她甚至都不会说明理由。

姚珊也被蒙在鼓里,是这样没错。

秋原凝视着煮开的牛肉汤,静静地思索着。透明锅盖下的肉块,随着破裂的水泡不断颤动,厨房里香味弥漫,白汽触碰到天花板,慢慢翻卷开去。

如果把姚珊的名字换成另一个人的,会怎样?

晚上七点半,牛肉已经熟透,加入切好的番茄和少量洋葱,稍候片刻,即可出锅。秋原又炒了一盘香菇青菜,慢慢吃完,已经接近8点。

屋子里安静下来,秋原划亮手机,屏幕上方显示着让人心神不宁的日期:2012年12月2日,星期三。今天恰好是星期三。

犹豫良久,她终于下定决心,穿上外套出门了。

目的地在三四公里开外。一路上不时有亮着空车灯的出租车经过，秋原双手插进衣兜，拎包挂在手腕上，保持散步的行走速度，没有抬手拦车。她想给自己更多的时间考虑，说不定很快会放弃行动。

半个小时后，她走到了联华超市，那个公共电话亭在超市门外的人行道上。

这是这座小城唯一一个秋原有印象的电话亭，她甚至不确定电话是否能正常使用。现如今，多么无助的人才会走进这个小小的空间里啊。

关上铝合金框玻璃门，世界悄无声息。路灯透入的光照亮了一半按键，秋原摘下听筒放到耳边，里面传来提示投币的语音。

口袋里还有几枚硬币。秋原定了定神，另一只手拿出手机打给薛琴，她很快接通了。

"秋原……"

"薛姐，没在忙吧？"秋原用抓住听筒的手朝公共座机投入一枚硬币，然后按下一串她早已滚瓜烂熟的手机号码。

"刚吃完饭。怎么啦？"她的语气轻松而亲切。背景相当安静，不像在餐厅或商场一类的地方。

"好久没见了，有点事想找你聊聊。"

"嗯，行啊，明天怎么样？"

最后一个按键落下，秋原紧紧盖住听筒下端，顿时心跳加速。

"明天的话……"

听筒内传来呼叫音，与此同时，手机那一头——薛琴所处的空间轻轻地响起了熟悉的音乐铃声。

秋原闭上双眼，她的呼吸乱了。

"明天怎么样？喂……"

"你好。"宋先平低沉的嗓音从听筒里传来。

而秋原的另一只耳朵，同时也听到了宛如远在旷野另一端的回声："你好。"她绝望地把听筒挂回公共座机。

"明天晚上，我有事。"

"嗯……"

秋原等着薛琴把话说完，准备挂断电话。她全身都在颤抖，已经无法再强装镇定。

然而，薛琴沉默了。三秒，四秒……可怕的沉默。

"秋原，你在哪儿呢？"

秋原挂断了，她用力握紧左手，恨不得把手机捏碎。

街灯化作一个个单薄透明的亮斑，和车流的光芒叠加在一起，忽大忽小。远方的夜空被挡在一片斑斓的朦胧之后，泪水聚满眼眶，但是没有淌下来。

秋原没有直接回家，她需要一些声响来陪伴自己，路边零食铺里的音乐，车轮碾过水泥路面的声音，以及掠过耳畔的风声。不知不觉，她走上了滨海街。

得知怀孕的那天早晨，她也像这样凭栏眺望大海。当时的感受重回心头，此刻黑色的海面加剧了漂浮不定的孤独感。秋原抚摸着小腹，嘴里念念有词：原来你早就预料到了啊……

既然如此，那就离开这里吧。

"成全这些家伙，她们不必再挖空心思，整天想着怎么对付我了。原来我给大家带来了这么大的困扰，我身上到底有什么问题？"

"会不会有一天，连你也讨厌我呀？"

黑暗的夜空中浮现出母亲的脸。

秋原摇了摇头："不会的，我不会成为那样的母亲，我会给你最好的世界。

"他说，我是因为一无所有才紧紧抓住你不放，绝不是那样的。他怎能理解我们的感受？他对生命没有敬畏之心，对待感情也同样没有。他只是一个污浊的傀儡，有他在，事情只会变得更糟。忘记他吧，只有我们两个，这才是未来的样子。"

第二天上午，秋原将昨晚写好的辞职信打印出来，走进经理室。

宋先平艰难地从打印纸上抬起目光，与秋原对视一眼，又低下头去，长长地呼出一口气。

以薛琴的洞察力，她一定已经明白了，甚至在电话挂断之前就识破了秋原的伎俩。

宋先平今天硬着头皮来上班，不知怀揣着怎样的心情。他以为秋原会大闹一场，还是料到了她会平静地诀别，而后如释重负呢？

从昨晚开始，秋原发觉自己并不了解这个男人，最起码，她难以把握自己在他心目中的位置。

辞职信简单正式，和网上能找到的范文没多大差别，没有任何旁枝末节的展开,秋原不想给他借题发挥的余地。他应该能明白,这不仅仅是辞职信,哪怕是白纸一张,也足以表明这段关系走到终点了。

"已经想好了吗?"他说了一句废话。

"你什么时候批准,我什么时候走。"

按规定,辞职申请要提前一个月提交,就算宋先平不予批准,秋原最迟也可以在下个月月初离开联洋。

"有些突然,给我点时间让我想想。"似曾相识的对白。

他当然需要考虑,对他来说最棘手的问题还没有解决。

"拿不定主意的话,去问薛琴吧。"

秋原不再顾及他的颜面,丢下一句嘲讽转身离去。

接下来的工作和平时没什么不同,资料备案,电话回访,整理信息,同时观察客人数量,随时准备增补上去接待。中午甩开子阳,独自去了快餐店,下午重复上午的事情。

四朵金花形同陌生人,卢阿姨甚至不敢来秋原座位附近打扫,这样没什么不好,甚至比以往更好。孩子带给秋原前所未有的平静,往后的心思也将全部留给他。

傍晚6点多,秋原的住所响起了敲门声。薛琴站在门口,脸上挂着落寞的微笑。

秋原有些意外,她这儿平时没有人来,开门前的一瞬间,她以为是宋先平。

"抱歉,没有事先打电话就直接来了,不过我知道,就算打了你也不会接。我能进来吗？"

秋原自顾自坐回沙发上。薛琴走进屋里，带上了门。她解下围巾，和手提包一起放在沙发扶手上，但没有坐下。

"你现在一定恨死我了吧？"

秋原借由沉默让自己平静下来，随后才缓缓说道："不，谈不上，你的处境和我是一样的。可是，一想到你那么害怕我，把我当成心头大患，每天绞尽脑汁算计我，我怎么恨得起来？我对你只有同情。"

"是嘛，真厉害。"她似乎并不生气。

"你来找我做什么？还有什么必要？两个情妇在这里交涉，他在家陪老婆，还有比这更可笑的事情吗？"

"不管你信不信，我和宋先平不是你想象的那种关系，至少跟你和他的关系不一样。"

秋原把目光从漆黑的电视机屏幕移向薛琴，胸口一阵燥热，但马上恢复了。"或许只是你单方面这么认为而已。"

"我有些好奇，你是怎么知道的？"

"是李萱。"

"什么？"

"她不是你说的那种人，根本不是。"

"啊……原来如此。"

"我觉得很奇怪，为什么会出现那么大的偏差。你在那天对我说的故事里，完全虚构了另一个李萱。其实虚构的只是一小部分，只要把李萱换成你，就都是事实了。"

"是啊，我跟你说得太多了，真的太多了，我自己都没有意识到……"薛琴幽怨地看向窗外，"联洋没有我，根本不会有今天，我多么希望我就是她。"

"做梦。"

"那你呢？"她回过头来说，"你又何尝不是？你问问自己，如果宋先平只是个无权无势的普通人，你会跟他走到这一步吗？"

秋原听到自己的鼻息变重了。

"难道不是吗？为什么周子阳就不行？"

"你胡说！"秋原站了起来，她终究还是先沉不住气的那一方。

"别嘴硬了。"薛琴嘴角泛出笑意，"我们俩之间现在不必再隐瞒什么，就像镜子里外的人，彼此看得明明白白的，而且一模一样。"

"谁跟你一样！我不会耍那种下三烂的手段。"

"你还是不明白，"薛琴摇着头说，"如果你因此而选择去新店发展，这对谁都好。你刚进联洋的时候，我就是这么想的，真的。这里不适合你，我真心实意为你考虑，而你……"

"你找卢阿姨给我设陷阱，利用四朵金花对付我，这是真心实意为我考虑？"

"不然还能怎么样？你和宋先平走到这个地步，让我怎么跟你讲道理！秋原哪，你可不是个听劝的人。长远考虑一些，你就会发现自己其实没有什么实际的损失。"

"你别自以为是了，我不需要别人来为我考虑。薛姐……"秋原决定还是这么称呼她，"我问你一句，你这么处心积虑，到底在维护什么？就算真的有一天你取代了李萱，她爸能容下你和宋先平吗？"

"我有我的计划，你不用担心这个。"薛琴把长发捋向后脑，环视装修简陋的室内，"好了，我今天来无非是想告诉你，辞职的事你可以再想想。如果你愿意去新店，在那儿好好做，不会再有人为难你了。当然，你和宋先平的关系到此为止。"

这番话全然是一副掌控者的语气，联洋和宋先平在她手中，就像玩具一般可以随意摆弄。

薛琴走后，秋原去了厨房，从窗口可以望见她下楼开车的身影。她是一个人来的。

秋原靠在墙上，良久才渐渐放松下来。

薛琴不知道她怀孕的事，宋先平对她保留了这个秘密。

13

红津把暖风机上的粉色睡衣翻个面，从头到尾捏了一遍，裤管那里还有点潮。

"实在不行，买套男式的让她穿吧。"

"她不会喜欢的。"阿松拨开虾壳，吃得有滋有味。

今天天气很好，太阳把院子照得暖洋洋的，可阿松不准红津把小月的衣服拿出去晒，每次都得花一两个小时烘干。

"晚上……让她上来吃饭吧？"

阿松放慢咀嚼速度，把桌上的菜挨个看了一遍，什么也没说。

"都一个多月了,这么下去也不是办法,人会生病的。最近,她很安分。"

这几天的广播节目也没再提金丰村的案子,主持人恢复了之前的油腔滑调,昨天请了个卖保健品的一起推销冬令补品,今天又开玩笑说什么世界末日。时间一长,就算是谋杀绑架,老百姓的关注热情也会消退。或许阿松是对的,时间可以改变一切。

"晚上晚一点吃饭,等天黑透,七点半吧。"阿松扒完最后一口饭说。

这意思就是答应了,红津笑眯眯地看着儿子。

"我出去一下。"

"哎,下午有空的话,去干货摊买点桂圆。"

"嗯。"

"菜市场门口那家就可以,挺新鲜的。"

"阿玉说的?最近她家尽量别去,说多了容易出岔子。"阿松在门口回过头交代。

红津应了一声,把剩菜收进橱柜里,准备留到晚上吃。等货车的引擎声远去,她从厨房盛出一碟牛轧糖,打开灶台下的盖板爬了下去。

小月背对着门口坐在写字桌前,听到动静连忙回过头来,眼中满是期待。

"今天可以出去了吗?"

"来,尝尝这个。"红津弯腰走进去,把塑料碟子搁在桌上。

"行吗?外面天气怎么样?"

"大太阳。不行，阿松在橘园里修剪树枝，没走远。"

阿松解开了小月脚踝上的铁铐，那是两周前的事。她现在可以在宽敞的地下室里自由活动，条件是不能发出声响。晚上倒还好，再怎么嚷嚷，把声音传到其他人住的地方是不可能的。白天可不好说，万一有人经过就麻烦了。整整两周，红津没出过家门。

在小月的百般恳求下，红津答应她，趁阿松不在时带她到院子里透透气。答应归答应，心里还是有所顾忌，怕她找机会逃跑。红津相信以自己干了三十多年农活的体力，控制一个细胳膊细腿的姑娘绰绰有余，但凡事就怕万一。因此，每次阿松出门，红津都对小月谎称他是去料理橘园了。

"不过，今天晚上可以。"

"晚上？"

"嗯，晚上我们三个人一起吃饭。"红津竖起食指，指着客厅的位置。

小月的眼神黯淡下去了。是啊，对她来说，这没什么值得高兴的，虽然暂时可以离开压抑的地下室，但有阿松在，她一点机会也没有。

红津走到水槽旁开始洗碗。

阿松很用心地变换每天的饭菜，也做得越来越精致，他开始在意生活的味道，不像从前只有母子俩时胡乱应付。今天的清蒸鲈鱼盛盘后，又再浇了熟油，小葱嵌在绽开的鱼肉里闪闪发亮。但小月只吃了一口。

"早上新做的牛轧糖，现在口感正好，你好歹吃一点。"

小月无动于衷，定定地看着桌面出神。几本书叠在桌子左上角，一直没有变过位置。

能安静地坐下来，已经很不容易了。刚开始那几天，她不停地叫唤，发疯一样地捶打盖板，手掌边缘全是淤青。阿松只好再把她铐起来，重新用胶带封住嘴巴。这样折腾了几次，她不敢再闹，便一边扯头发一边绕着墙壁走动。可是天花板太矮了，时间一长，脖子扎了针似的酸痛，她干脆伏下身，像动物一样爬行，累了就随地躺下，有时候怎么叫也叫不醒。

"吃点甜的，人会感觉有精神的。阿松他爸就是这样，好端端的会头晕，吃口糖马上就好。他口袋里总是揣着我做的糖，特别是冬天……"

红津当然知道小月的精神状态跟低血糖没关系。说着，她忽然伤感起来，停下洗碗的动作，看着面前的镜子。水是热的，白气把镜子糊住了，眼睛本来就看不清，自己有些浮肿的脸变得像浸了水的画一样。

"大勇死的时候，兜里还剩两块糖没吃呢。"

小月的脸转过来一小半。

"那时候阿松十五岁，还是十六岁，之后他就不怎么跟我说话了，就跟你现在差不多。"红津苦楚一笑。

"怎么回事？"小月轻声问。

"他呀，怪我没给他爸讨个说法。"

当年，政府来村里修建公路，把地都要了回去。作为土地征用工，大勇去了国有钢厂上班，红津则被分配到医院，在住院部当卫生员。本以为苦日子一去不返,哪知道没过三年,大勇就出了意外,从主任办公室外的走廊上摔下来,撒手人寰。

"一个倒栽葱,脖子着地的。医生说,他都来不及感觉疼,这样挺好的。"

"没算工伤吗?"

"算的,不过不是工伤,那个主任……他是个贪官哪。"

大勇所在的科室负责设备技术检测,厂里要买谁家的设备,除了采购部,就是科室主任说了算。他从设备供应商那里拿了天大的好处,货款翻了一倍不止,工厂做了冤大头。大勇看不过去,直接找主任交涉,对方当然死不认账。他跟同事商量,却发现大家都对此心知肚明,只好决定去找厂长。

同事劝他,你就省省吧,年底的奖金从哪儿来,主任的油水不是他一个人吞的;这点钱对厂里来说算得了什么,又不是厂长自己的钱;你去了,多半也是碰钉子。

结果如同事所料,厂长睁一只眼闭一只眼,表示会找主任核实,结果半年过去了也不见动静。

主任虽然不怕厂长,可也架不住大勇一天到晚折腾,弄得全厂上下不得安宁,便放下身段找他谈心,想笼络他变成自己人。可大勇一口浓痰吐在主任领子上就走了。

"阿松他爸,是被这个主任害死的。"

小月听到一半,呆滞地点了点头,眼神仍是散开的。"这又何必呢,这种事在哪儿都是一样的。"

"没办法,大勇那脾气,不听劝呀。"

过了三五天，两个流氓在下班路上截住红津，把她从自行车上抱下来，扒光了衣服绑在村口的树上。

大勇冲进主任办公室的时候，有其他部门的两名员工在场。后来警察录口供，两人都说纠纷起因是大勇和主任在产品标准上的认同有偏差。其他同事也纷纷表示，大勇为人固执偏激，常常因为技术和管理问题在例会上拍桌子瞪眼；和主任发生肢体冲突，不慎翻下栏杆，是很有可能的。

至于流氓，警察找不到他们和主任有关联的证据，整件事以厂方赔款了结。

红津提到自己被欺负时，小月抬头看过来，眼里变得清澈。红津说对方只是脱掉她的衣服，并没有做别的，这两个小混混是准备好了要被抓的。

一个老头最先发现红津，见她光着身子不敢上前，大声喊附近的女人过来帮忙。结果，半个组的人都看到了红津赤裸的身体。

阿松正值青春期，觉得母亲受了世间最大的侮辱，再加上父亲突然走了，整日躲在家里痛哭。

"家里的柴刀不见了，你知道吗？"他瞪着血红的眼睛朝红津嘶吼，"阿爸是拿着柴刀去的，死的应该是那个畜生，阿爸是被他们推下去的。这笔钱你怎么能拿？！"

那一刻红津恍然发觉，阿松不再是孩子了。可是，他也仍然是个孩子。

"我能有什么办法……"

红津忍不住流下眼泪，双手都是洗洁精，只好用小臂擦拭。

过了一会儿,听到桌上传来油纸翻动的声音,小月伸手取了块牛轧糖。

"阿姨,我小时候吃过你炒的花生。"

"真的吗?"

"嗯,阿松怕我把花生衣吸到气管里,都搓掉了才给我。其实不会的,他大概有过这样的经历。"

红津想起来了,阿松平时很少提要求,上小学四年级后却隔三岔五地向红津讨吃的,样子很腼腆。原来,这些吃的都给了小月。

"阿姨!"小月像忽然从睡梦中惊醒过来,转身说,"求你帮我做件事。"

红津眨了眨眼。

"我写张纸条,你给我爸传个信。"

"……"

"只告诉他我还活着,这样就可以了。就一句话,行吗?"

红津心软了,想想也是,小月生死未卜,老严还在忍受折磨。不如等她写完,看看再做决定,于是去上面拿了纸张和笔。

小月真的只写了一句话就递回来。

"我家在五组26号,门牌上有写,很容易找到的。"

红津把纸条凑到灯下看。

阿爸:
    我还活着,我很好,别担心,我会回来的。

女儿小悦

红津反复细看每个笔画，都看不出有什么问题，看着看着，眼泪又下来了。

"找个信封装起来，把手伸进栏杆，可以扔到正屋门口。"

红津只是点点头，心里还没想好，暂且把纸条收进口袋。她从水槽里端起洗好的碗筷，转身往门外走去。

顶开盖板的时候，手指的触感让她愣住了。她探出头来检查盖板底部，发现中间的木条上有一道很深的划痕，如果再深一点，木条就断了。

"怎么了？"小月看到红津返回，大概以为她改变主意不愿传信了。

红津不理她，低着头四处寻找可以划开木板的东西。地下室里没有任何锐器，一来怕小月反击，二来也担心她自寻短见，阿松杜绝了所有隐患。牙刷、杯子、挂钩都是软塑料做的；床和柜子的边缘也全部刨成圆角；一等小月吃完饭，红津就会把筷子和瓷碗收走。到底会有什么锋利的东西呢？

啊，是镜子！

镜子右下角缺了一小块，只有指甲大小，难怪阿松没有发觉。

红津慢慢靠近小月，摊平手掌向前伸出。小月退到床上，抱住膝盖一个劲摇头。

碎片就藏在褥子底下，红津看不清，摸遍了整个床铺才找到。她感到自己的身体在发抖，可是，不应该那么生气才对。

"别告诉阿松，我不能再被铐起来，不能了……"小月抓住红津的手呜咽不止。

红津站着一动不动，心中某个憧憬变得明确起来，正是因为小月试图逃跑才变得足够明确。她抽出手，轻轻抚摸小月的长发。

"我不告诉他，可是镜子得拆掉，就说怕你想不开会弄伤自己。"红津捧起小月的脸，又说，"以后呀，我来帮你梳头吧。"

因为许久不见太阳，小月的脸就像雪娃娃那样白。

"对了，明天是冬至夜，你得跟我们一起吃糯米饭，吃桂圆烧蛋。你不喜欢吃甜的，我就不放糖。吃下去，明年日子就好过了，听到了吗？今晚到上面吃饭，可要表现得乖一点哪，不然阿松一生气，不知道什么时候才能再上去。嗯，过了冬至，日头一天比一天长，一切都会好的。"

14

"欠了一屁股债，每天过着像过街老鼠一样的日子……只要电话铃一响，心脏就感觉像被人狠狠揪了一下。"宋先平开始演苦情戏了，"半夜睡觉怕人砸门，走在路上担心随时有人从巷子里冲出来把你套进麻袋里。我不是说笑，真的有人经历过这些。"

苦情的部分应该是真的，秋原听他说过几回。

他在嘉园市经营的书店排场很大，除了饮品区和演奏区，还腾出了500平方米的空间为不知名的艺术家免费筹办展览。

他也知道卖书挣不了钱，有心将书店打造成文化名流聚集地。可是他选错了土壤，对嘉园的文化素养预估过高。撑了几年，还是无法得到创业基金会和投资商的垂青，能抵押的东西都给了银行，依然走投无路，头脑一热便跳进了民间借贷的陷阱。

当时听来，仿佛是一个成功男人必经的磨难，可现在秋原觉得很无趣，这些过往跟她又有什么关系呢？

"自己选的路，没什么好怨天尤人的。"秋原望着窗外浓重的夜色，她有点想回去了。

从递交辞呈的那天起，宋先平一直要求私下见面，十多天过去了，秋原始终拒绝。

她买了防辐射背心，准时服用叶酸，每天坚持自己做饭，按部就班地完成工作，只盼着离职的那一天。离职后有两个选择：回老家待产，或者让母亲过来。

母亲没准会歇斯底里地砸烂家里所有的东西，没办法，这是硬着头皮也要过的一关。孩子毕竟是她的血脉，总不至于拉着大肚子女儿去堕胎吧。只要秋原守口如瓶，她没办法找到孩子的父亲，事情就不会闹大，时间会冲淡一切的。

今天，宋先平忍不住打来了电话。

"晚上待在家别走，我过来找你。"

"现在我们之间只剩公事，有什么话明天上班再说。"

"我会一直守在门口等你开门。"

他很少这么坚决，秋原怕事情失控，只得约他到两人之前常去的咖啡馆碰面。

咖啡馆位于城北一家儿童游乐场附近，相当偏僻，而且游乐场关门之后鲜有客人。

"我也不明白当初怎么会有那么大的豪气，相信自己一定能成功。"宋先平不时用手掌抚摸额头,指尖掠过发际,鬓角变得越来越乱,"你说得没错,我现在走的路是别人选的。李萱找她爸帮我还债,这些钱就好像是一份聘礼,把我这个人买走了。结婚的时候,我什么都没有,就是一件商品。这种感觉你能体会吗?"

他低头凑过来,仿佛要从秋原眼中寻找答案。秋原只是看着窗外。

"世上没有平白无故的恩惠,我确实害怕回到原来的境地,但事情会比这个严重得多。李致的手段你不知道,我不管走到哪里都不会有出头之日。"

"你怎么还是不懂呢?"秋原快失去耐性了,"我现在对你没有任何要求,你做你的丈夫,做你的女婿,一切照常,就像认识我之前一样。"

"你是在装傻吗?你要生下孩子,让我怎么一切照常?!"最后两个字是从牙缝里挤出来的,他渐渐变得让人有些害怕。

"你是不是告诉薛琴了?"

"什么?"

"我怀孕的事。"秋原揣测他如此急躁是受了薛琴的鼓动。

"没有!你别老是扯上她行不行,这是我和你之间的事情。"

"不,这是我一个人的事情。"

"孩子会长大的……你知道没有父亲是什么滋味吗?"

"我不知道,我也不想知道。"

"你有没有考虑过我的感受?你怎么变得这么冷血,你把我当成什么了,下崽的工具啊!"

真是无药可救！秋原头也不回地冲出咖啡馆。宋先平追到门外，从身后紧紧地抱住她。

"对不起。"他低下头，把脸埋进秋原的长发里。

寒风拂面，秋原深深吸气，鼻腔感到一丝刺痛。

"我明白了……"宋先平喃喃地把这四个字重复了好几遍，"以后，照顾好自己。"

秋原轻轻挣脱他的手臂。

"我送你回去。"

实在不想和他再多待一分钟，可是这里交通不便，暂且忍耐一下吧。秋原坐进宋先平轿车的后排座。

驶出游乐场，沿着老县道往南，很快就会看到云岸大酒店的标志性尖顶。

或许是夜色迷惑了方向感，秋原一开始竟然没有注意到宋先平正在向北行驶，直到几分钟后惊觉前方道路的尽头仍是一成不变的黑暗。

"怎么回事？你要去哪儿？"

宋先平没有回答，反而加大了油门。

"说话啊！"秋原大喊，握紧拳头连续挥向他的肩膀。

"嘉园妇保医院。"宋先平浑然不觉。

"我要下车，停车！"

"秋原，你冷静一点。"

"要冷静的人是你……"

"再迟就来不及了。我有朋友在那儿，他办事很稳妥，没人会知道这件事的。"

他疯了。

秋原倒吸一口凉气,握着门把手,作势跳车要挟对方。车门开了一条缝,疾风顿时灌入车内。宋先平猛地转过身,一把扯住秋原的袖子,但瞬间被挣脱了。车头忽然向左偏移,秋原那一侧的门朝右甩开。她奋力攀住门把,上身已然悬在车外。

宋先平只得踩下刹车,车身转了九十度,横停在县道中央。秋原好不容易控制住身体,抓起拎包向远处走去。

"秋原——"

"你有种就撞死我!"她回头呼喊,同时按亮手机屏幕准备报警。

宋先平双手捂脸,颓然靠在车门上,并没有跟上去。

秋原不敢停下脚步,走过一个弯道后侧身望去,已经连车灯的光线都看不到了。

竟然会走到这一步……

她缓了口气,走到一棵树下,回想和宋先平温存的点滴,仅仅几个月,却恍如隔世。

快十一点半了,现在只能打出租车公司电话叫车。

司机询问具体位置,秋原只能回答从游乐场往嘉园方向大约十分钟的车程,这个表述相当模糊。路远又不好找,司机不耐烦起来,秋原表示愿意付双倍价格。

"行吧,我过来大概二十分钟,你站在路旁别乱走。"

秋原挂掉电话,无比寂静的黑暗笼罩周身。途经这条老公路的车辆很少，但少得有些出人意料。她想站到路灯下，又怕有人看到，对她图谋不轨。

行道树外是灌木丛生的缓坡，秋原凝望良久，心底泛起莫名的恐惧，一阵颤抖随着心悸从胸口传到下腹。她蹲下身，把手机放在膝盖上，看着时间一秒一秒地往前走。坚持一下，二十分钟很快就过去了。

手机屏幕忽然跳转到来电画面，铃声响彻夜空。啊，是子阳。

"睡了吗？"

"没、没有。"秋原捂住嘴巴，眼泪夺眶而出。

"再有十五分钟，就到世界末日啦。"

"……"

"好像没什么动静嘛，海面平静得很，完全没有海啸的征兆。"他发出温暖的憨笑声。

"你在海边？"

"对啊。秋原姐，你记性好差，我一个月前就说了，这个时候在滨海街等你。嗐，我知道你不会来的，别在意啊，反正末日又不是真的。不过，有没有一点点感动呢？今天的你对我有感觉了吗？"

"别，别再说这个话了。"

"对不起啊，那我不打扰你休息了，明天见。"

"子阳……"

恰在此时，两片橙色的光斑在远端闪现，照亮了粗粝的路面。车来了。

"嗯？"

"没什么，没事了。明天见。"

秋原站起来跨出一步，准备向前方招手。但她迟疑了，来车的行驶速度快得不可思议，而且车身颜色……好像并不是出租车。

这个念头尚未落定，车灯的光芒宛如迅速生长的金针刺向秋原，瞬间填满全部视野。

秋原连忙向一旁闪躲，但没来得及，她听到自己发出尖叫的同时，膝盖好像被蜇了一下。

紧接着，车身难以置信地竖立起来向前翻滚。不止车身，整个大地裹挟着一切——路面、树林、山坡——绕着秋原的身体旋转不止。她觉得自己好像一只打旋的风筝。

猛然间，一声闷响从背部穿透胸膛，然后是枯枝接连被折断的声音。

眼里的星辰终于不再摇晃，她想爬起来，却感觉不到手脚的存在。血腥味在喉间弥漫，咳出的血沫喷溅到了眼睛里。

过了一会儿，更可怕的事情发生了，她试着转动眼珠，可是看到的繁星始终静止不动。

"我看不见了……我就要死了。"

这世界到底是怎么回事？

父亲布满老茧的手握着梳子，轻轻地拂过头顶；母亲坐在一旁化妆，穿着结婚时穿的旗袍；吴泽峰俯身压住自己，眉角青筋浮现；薛琴信手抹去酒杯上的口红印；宋先平的唇间吐出蛇芯……

幻象倏忽消失，空中浮现出一串数字，是秋原再熟悉不过的组合形式，但此刻她无法识别。

忽然，一对纷乱的脚步声由远及近，秋原知道这不是幻觉。

脚步声在耳畔消失。随后，女人的哭泣声从稍远处传来，男人粗重的喘息似乎就在身旁。

——不能报警，不可以。她没救了，你看清楚，她已经死了。男人说。

"不，我还活着，救救我……我有孩子了，我不能死。"

秋原可以听到男女的交谈，却听不到自己的呼喊。

——沉到湖里吧，我有办法，相信我。

秋原仅存的心跳被禁锢了。

畜生！不可原谅！这究竟是为什么？

不知过了多久，秋原感觉自己被人扛在了肩膀上，一摇一晃地逼近深渊。

## 第二章 湖底魅影

1

新郎来自遥远的北方，正式的婚礼已经在老家办过了，这次只有四桌客人，全部是新人的同事。

现场的气氛异常欢闹，喝了两个小时不见冷场。四桌人相互敬酒，混成一片，老老实实留在原位的都是同事家属。

在陆冰燕的印象中，只有大学同学的婚礼能这么热闹。虽然场面类似，但仔细体会眼前的觥筹交错，不时能感受到同事间的冷嘲热讽。因为口吻戏谑，承受者还不能轻易当真，一旦气氛变得严肃，一杯酒下肚也就暂时烟消云散了。职场情谊大概就是这样的吧。

"你老公很能干呀！"

身旁传来一个女人的声音。缓了几秒，冰燕意识到对方是在跟自己说话，慌忙放下手机。隔着两个座位，一个三十四五岁的女人笑盈盈地看着她。

"是、是嘛。"好愚蠢的回答，冰燕刚应声脸就热了。

女人上身着巨大翻毛领的黑皮短装，略显俗气；下身着紧身裤，膝盖处露出肉色。

"我老公动不动就提你们家久旭，说不到一年就荣升总监，而且还这么年轻，太厉害了。"

冰燕保持僵硬的微笑，不知道该说什么。

久旭挤在最远那一桌，正往同事杯中倒酒。他喝了不少，耳根泛红，神情举止多少有些意气风发。这桌人的注意力都集中在他身上。

大学毕业之后的几年，久旭为设计一款手机应用程序投入了大量精力，以此为敲门砖，去年进入这家嘉园市头号软件公司。公司买下软件版权，单独为他设立新部门，史无前例的操作招致不少老员工的嫉妒。这女人说久旭能干是出于奉承，但冰燕知道丈夫是有真材实料的。久旭很努力，为了能和她结婚受了不少苦。

"收入应该甩别人一大截了吧？"

"现在绩效还不太稳定，起伏挺大的，具体我也不太清楚。"

"是嘛，老公的钱可要管好啊。"女人露出诡秘的笑容，"你们结婚多久了？"

"半年多。"

"哇，正是好时候。我老公……算了，不说了。"她翻起白眼，摇摇头。

女人抛下一个话头，不料冰燕没有往下接，过了一阵又耐不住，对着手机叹息道："太可怜了。"

没办法假装听不见了，冰燕无奈地朝她看去。

"这男人也真是，女朋友那么不正经，现在还要写长篇大论帮她洗白。"她把手机递过来说，"要不是闹出这个事情，他们现在已经结婚了吧。"

最先映入眼帘的是一张男女合影，女性看起来有些眼熟，照片上方用粗体大字写着：等你回来做我的新娘。

"原来是那个案子，现在有进展了吗？"冰燕问。

女人探出下唇，摇了摇头。"我估计悬。"

"也是，这都一个多月了。"

"我转发给你，加个微信吧。"

上个月中旬，一辆停在金丰村僻静小路上的轿车内死了一个中年男人。这起案件从一开始就暴露在各类媒体上，而后续真正牵动人心的是，与死者同行的女性严小月离奇失踪。

严小月就职于鸾凤城，一个公众眼里的风俗场所。死者胡某被证实是鸾凤城的常客，并与严小月交好。由此一来，案件的猎奇性得以充分渲染，严小月的形象也随之分化为残忍的凶手和防卫过当的受害者，一些博人眼球的自媒体报道中还出现了第三者跟踪杀人的猜测。一个多月过去了，警方的侦查毫无进展。

反正闲来无事，冰燕打开链接专心看了起来。

案发前，严小月婚期将近，于是请了两天假回云岸县老家探亲。男友忙于工作，要第二天中午才能赶到，但未婚妻在一夜之间成了失踪者和嫌疑人。这篇文章的作者，正是严小月的男友。

文章没有提及与案件相关的细节，而是朴实地叙述了他和严小月相识相恋的经过。文笔自然柔和，情感真挚，既没有为严小月申辩，也没有对中伤她的言论发泄不满。

——等你回来做我的新娘。

读着读着，冰燕意外地被感动了。

"唉，写得还真不错呢。"女人也有同感，"这么看，这个严小月好像也没那么差劲啊，男朋友只是一个小公司的行政助理，没钱没势。一般来说，在那种地方工作的女人，不都想着傍大款被包养嘛。"

"也有为生活所迫的吧。遇到了对的人，人生就能焕然一新。"

"也是，就像你一样啊。"女人马上捂住嘴，随后又说道，"我是说后半句，后半句适合你。"

冰燕笑着点头，表示会意。

临近晚上9点，宴席终于稀稀拉拉地散场了。久旭站在厅门口，和新郎新娘一起逐个送走同事。

"时候不早啦。"冰燕走到久旭身旁，趁一个空当小声耳语。

新娘注意到了，递过来一盒包装精美的回礼。"今晚还要赶回去吗？"

"是啊，还有方案没做完。你们今天也辛苦了，早点休息。"久旭拍拍新郎的肩膀，俨然一副老大哥的样子。

走进电梯后，冰燕咕哝道："干吗这么周到，一个个送走，我们自己不也是客人嘛。"

"嗯？我现在可是总监了，要关照同事嘛。"他口舌黏腻，醉得比冰燕预想中的厉害。

"你得考虑主人的感受呀，关照也不用非在这个时候，搞得你像新郎似的。"

"我怎么不是新郎？只要你在我身旁，我永远是新郎。"他搂住冰燕的脖子，嘟起嘴凑上来。

"哎呀，有摄像头。"

来到楼下大堂，久旭径直走向休息区，一屁股瘫坐进沙发里，双手捂着脸按摩眼睛。

"你看你，路上睡一会儿吧，我来开车。"

"稍微休息一下就好，你晚上开车我不放心。"

"慢一点就是了。"

久旭摆摆手，没有商量的余地。

冰燕上大学时就考取了驾照，但在结婚买车之前都没有实际上路的经验。久旭每天从云岸县开车去嘉园市上班，来回需要花费两个小时。冰燕曾违心地暗示他可以在嘉园租房，周末回家就行，久旭非常贴心地拒绝了。总体而言，冰燕驾驶的机会很少，赶夜路确实有些冒险。

酒店服务员开始陆续撤走竖立在门口的牌子，那上面写着各对新人的姓名和设宴场地，总共有七八块之多。

没想到今天有这么多人结婚，正逢冬至固然算个说法，但真正让年轻人在意的是传闻中的世界末日。"在世界终结的前一刻，我最想做的事就是和你结婚。"这种极端的浪漫，大概很受新娘欢迎吧。

说起来，现在离所谓的末日零点只剩两个多小时了。

久旭刚倚着靠背打起呼噜，手机便响了。冰燕从交谈内容判断，电话那头是他公司的副总，一个作风凌厉但思路不太清晰的中年女性。在随后的一个小时之内，她又打来三次电话，询问方案进展，并事无巨细地交代明天出差的工作流程。久旭不堪其扰，到 11 点整，只昏昏沉沉地睡了一个小时。

"真的不要紧吗？我们还是在这里住下，明早再回吧。"冰燕对站起身来的丈夫说。

久旭觉得不稳妥，没有同意。明天他要赶去外省的客户单位做报告，是升职以来首次展现独当一面的能力的机会，不容有失。火车票订在明天一大早，从云岸南站上车。

明知时间紧迫，偏偏还要喝那么多酒，久旭时而会显露不成熟的冲动。不过，或许也正因如此，他才能取得今天的小成就。冰燕明白，他的才华即使在一线城市也有被赏识的机会，可是父母不愿离家多年的女儿继续在外漂泊，久旭没有别的选择。

路灯只亮单边，而且间隔很远，幸好老县道上几乎没有别的车辆，久旭可以一直开着远光灯。

冰燕从小睡中醒来。路边掠过标有"云岸界"的指示牌，此后弯道和起伏逐渐变多，车速却越来越快。

"哎，你慢点。"

久旭脑袋猛地一抬。他刚刚在打瞌睡，右脚自然下放，不知不觉踩深了油门。

"换我开吧。"

"不用。"他呼出一口气，用力甩了甩脑袋。

"那停下来歇会儿。"

"这路上没地方停车，又黑灯瞎火的，停着反而不安全。"

车内隐隐飘散着一股酒味。冰燕伸过左手给他揉捏后颈。

爬过长长的上行路段，左侧出现了丘陵的岩壁，右边的缓坡向下延伸至黑暗深处。用作隔离的行道树不算密集，万一有个闪失，完全有可能冲下坡去。冰燕被自己的想象吓到了。

"停一会儿吧，久旭，停下来，我都快坐不住了。"

久旭投来疑惑的眼神，正在此时，他的手机又响了。

"什么事……对……在回来的路上……"

都几点了，还阴魂不散。这副总脑袋瓜真的不好使，有什么话一次性说完不行嘛！冰燕忍不住在心里抱怨。

"怎么回事……你要我做什么？"久旭转过头来看着冰燕。

好像不大对劲。

忽然，前方晃过一个人影，急速向车头冲过来。冰燕这才意识到车速究竟有多快，她甚至来不及呼喊，就知道刹车已经迟了。人影和车头同时躲闪，但都朝着同一个方向。

冰燕听到一连串沉闷的巨响，如果闭上眼睛，会以为是包裹着橡胶的石块滚到了铁板上。她下意识地举起双臂遮挡，可还是晚了，她看到了撞击的惨烈状。

车头与小腿，引擎盖与腰臀，挡风玻璃右侧的钢架与头颅……

是个女人。她简直像木匠推起的刨花冲出刀口一样，轻飘飘地划向夜空。

冰燕的意识凝固了。

"你怎么样，有没有受伤？"久旭喘息着问。

"怎么办，这下怎么办……"

久旭摆正车头，将车停靠在树边，关掉车灯。他猛然握紧拳头,接连捶击方向盘,眼鼻痛苦地扭结在一起。

"报警吧。"冰燕哭了出来。

"不。"久旭喉结滚动,低头凝视前方,"我下车去看看,你留在车上。"

冰燕一把扯住丈夫的袖子,说什么也不敢离他半步。

两人手拉着手走下土坡,朝人影消失的方向找去。迈过近处的杂草,目力所及之处尽是密密麻麻的灌木,枯枝被踩断的声音让人心悸不已。

很难判断摔落的距离有多远,女人身体着地后还可能继续向前翻滚。找了许久,终于借助光线微弱的路灯发现一处形态异样的灌木丛。

久旭打开手机手电筒向下照去。

人就在脚下,惨白的光线正中脸部。冰燕尖叫一声,倒退几步蹲了下来。

女人仰面躺着,对周遭的一切毫无知觉。发梢和鲜血如藤蔓一般缠绕在脸上,黑洞洞的双眼里倒映出整片夜空,残留着困惑不解的惊恐。

久旭也不敢多看,移开手机,用手背挡住鼻尖。

"完了……"冰燕懊悔不已,就应该坚持自己开车,不,留在酒店才是正确的选择,可是现在想这些还有什么用?

"久旭,你说话呀!报警吧,报警,叫救护车……"

"不能报警,不可以。"久旭从喉咙里挤出凶狠的气声,"她没救了,你看清楚,她已经死了。"

好像有另一个人躲在胸腔里哭泣，冰燕捂住嘴，不让他发出声音。

"我喝了酒，报警就全完了。"

"就说……就说是我开的车。"

久旭走到冰燕身旁，蹲下身搂住她。"不可以，别傻了，谁都不能有事。我们把尸体处理掉。"

"……什么？"

如果毁尸灭迹，就真的和杀人凶手毫无分别了。

"这附近有个湖，记得吗？沉到湖里吧，我有办法，相信我。"久旭捧住冰燕的脸，不让她继续摇晃，"我们好不容易才走到一起，为了娶你，我付出了多大代价……我们结婚才半年，我们还要生孩子呢。不能报警，明白了吗？"

寒风中传来幽魂般的呜咽，冰燕浑身一颤。

"听到了吗？"

"什么？"

"她在喊救命。"

久旭叹了口气，说："你还是回车上去吧，这里交给我就行了。"

"我不要。"

"来。"

久旭拉着冰燕跌跌撞撞地走回车旁，然后打开后备厢。

"沿着回去的方向再开一小段，左手边第二个路口，有根涂红的石柱，就从那个位置拐进去。记住，是第二个路口。"

后备厢里有个塑料收纳箱，久旭边说边从收纳箱里翻出网球袋，拉开拉链，把袋子里的东西一股脑儿倒进收纳箱。

"顺着那条岔路开，直到没法开为止，就会看到一个湖。湖边有很多碎石，你尽量多找一些，装到这个袋子里，然后在那儿等我。尸体不能上车，否则可能会有麻烦，我背过去的话，半个小时应该能到。"

"背过去？"

久旭紧紧地抱住冰燕。"振作起来，一定不会有事的。抓紧时间，那条路很窄，你小心一点。"说完，他转身消失在土坡下。

冰燕钻进驾驶座，几乎无法冷静思考，她把久旭交代的话在心中默念一遍，轻轻踩下油门。

开了一段，有车从后方慢慢逼近，冰燕心跳加速。

有没有人闲来无事，默默记下别人的车牌号码呢？应该不至于吧，这个牌照是随机选号的，没有任何特别之处。冰燕降低车速，让后面的车尽快超过。那是一辆出租车。

第一个路口……第二个，涂有红漆的方形石柱，就是这里。冰燕向左打方向盘，拐进岔路继续前行。这里完全没有路灯，世界只剩眼前的一小片光芒。

车胎碾压石子的声音越来越响，右前方陡然空旷起来。借助月光的反射，平静的湖面出现在视野中。

想起来了，去年拍婚纱照时，摄影师曾带他们来过这里。由于当时还有施工队在场，最终没有取景。听久旭说，县政府计划在这里打造一片山水民宿，但因为资金不到位，工程搁浅了。湖是人工开挖出来的，大大小小十多个，湖水如翡翠般纯净。

冰燕下车拿出网球袋，随地捡起石块往里塞，直到塞满为止。

湖边格外寒冷，冰燕躲进车里等候。过往的幸福时光在脑海中掠过，一幕幕舍她而去。

真的，这就是末日降临……

半个多小时后，久旭蹒跚的身影终于出现。他把尸体驮到湖边放下，躺在地上歇了好一阵。

"我好害怕。"冰燕不敢靠近，远远地喊了一声。

"我也害怕。"

"以后该怎么办？"

"先把现在的问题解决掉。"

久旭翻身坐起来，拿过一旁的网球袋，抬起尸体上半身让她背着，随即又把自己的衣服脱到只剩一条底裤，然后架住尸体的腋窝，慢慢向湖心倒退。

"这样真的行吗？你也会沉下去的。"

"水不深，我会看情况的。别担心，你待在车里就好。"

黑暗中看不清湖对面，也就无法判断湖有多大，湖心在什么位置。从久旭下沉的幅度看，湖底十分平缓。慢慢地，久旭的头顶看不见了，片刻后又从更远处浮起来，如此反复多次，越来越远。冰燕只能看到碎裂的月亮在水中荡漾。

## 2

7点，闹钟响了。冰燕从沙发上惊醒过来，绒毯滑落到地上。

好像做了一个短暂的梦，梦里的景象逃也似的飘走了。

她不记得是什么时候睡着的，羽绒外套仍裹在身上。如果穿着睡衣在床上自然苏醒，她会认为昨晚发生的一切就是刚刚逃走的梦。

洗手间里传来电动剃须刀嗡嗡的声音。

"没睡吗？"冰燕走上前扶着门框。

久旭放下剃须刀，点点头，然后转身轻轻地抱住她。

"没关系，路上可以睡。"

"不去真的不行吗？"

"这次的项目很重要，但我必须去不只是因为这个，假设是其他情况，比如你病了，我一定会留下来陪你。"他拂开冰燕额前的头发，目光在妻子的脸庞上缓缓游走，仔细打量每一寸肌肤，"正因为发生了这样的事情，我们才必须保证一切照常。一个女人在昨晚消失了，万一警察找到什么关联，任何反常的行为都会加重我们的嫌疑。"

这番话昨晚就已经说过了，冰燕不是不明白其中的道理。

"你这边也一样，八点半准时开店，平时该做的事今天一件也不能落下，知道吗？难为你了。"

冰燕低头拨弄着久旭的毛衣领子，泪水不争气地涌出眼眶。

"我觉得，我可能永远都忘不了这件事了……"

"别这样想，我们是无心的，既然意外已经发生了，不管怎么处理，她最后的归宿都是一样的。好了，我得走了，进展顺利的话，后天就回来。这两天照顾好自己，不要看新闻，也别去你爸妈家，我交代的事别忘了。"

冰燕默默点头，红着眼送他到电梯口。

行李箱是久旭收拾的。他在毛衣外加了棉布衬衫和黑色西装，领带系得一丝不苟。这些事，他自己也能做得很好。

冰燕有时会觉得，她被需要，是久旭刻意营造出来的。当然，这没什么不好。久旭希望她对生活充满期待，坚信自己可以成为家庭的构筑者，而不仅仅是相夫教子的平凡女性。

只不过，她能做好的事情，除了普通家务之外，也就只有帮丈夫整理和搭配着装了。从小到大，冰燕就是一个平凡的女孩。

她给自己的长相打七分，化淡妆出门会有一定的回头率，但绝非令男人一见钟情的类型。别人说她温柔善良，那也可以理解为缺乏青春活力。在学校或是职场，大多是外向甚至有些刁蛮的女孩子更受欢迎。总之，不论外貌和性格，冰燕都觉得自己很普通。

生活只要安稳，冰燕就很满足，日复一日也没什么不好。参加工作以后，她就没有挪过地方，那是在招聘会上第一家投递简历的公司。起初想的是以积累社会经验为主，哪知道一做就是四年。回云岸后，若不是久旭鼓励她开店，也许就一直在父母的小餐馆里帮忙，最后继承家业。

怎样走完自己的一生，才不会留下遗憾？冰燕不知道这个问题的答案是什么。或者是，她无法准确定义遗憾。时间自然而然地流淌着，无论做什么，都不能改变速度。最后，人会消失得无影无踪，留下的东西也许将短暂地成为别人的记忆，但保有记忆的人也会消失。终有一天，她会变得像从未来过世上一样。既然如此，只要能获得内心的安宁，平静地度过每一天，就不会留下遗憾了。

保持这种态度生活，久旭会很失望吧。

他时常数落自己的同事，浑浑噩噩，不思进取。从某种意义上来说，冰燕又何尝不是如此，明知他不可能含沙射影，但还是会感到羞愧。

别再想这些了，今天还有重要的事情要做。

冰燕洗漱完毕后，把久旭换下来的整套衣服放进阳台上的水槽里，先用双手大力揉搓，然后塞入洗衣机，加消毒液清洗。洗好后，再这样重复一遍。

尸体的出血部位在脸上，久旭背起她之前，先用她的外套裹住了头部，自己的衣服应该不会沾到血渍，但可能会留下一些肉眼无法察觉的东西，比如毛发或纤维组织。冰燕在心理上觉得恶心，照她的意愿，会毫不犹豫地扔进垃圾桶。

"肯定不会再穿了，但是不能扔，至少现在不行，扔了就有可能被发现。一样东西从变成垃圾到完全消失，要经过很长时间。暂时先洗干净收起来，过段时间再处理。"

久旭一直强调，那条路上没有监控，当时也不存在目击者，唯一可能引起怀疑的就是物证。

所谓物证，除了衣服之外，还有他们的轿车。车是结婚前买的，算是冰燕最贵重的嫁妆，只做过两次常规保养，还很新。

原本以为碰撞痕迹会成为最大的麻烦，幸运的是，车头、引擎盖、前挡风玻璃，以及撞击力度最触目惊心的右侧A柱，都看不出什么变化。

昨晚回家之前，久旭把车停在巷子里，借着手电筒的光仔细检查，只在前保险杠右侧找到一处浅浅的凹陷，冰燕用手触摸才能发觉。车灯完好无损，看不出一丝裂缝，真是不可思议。若是那女人躲闪再慢一步，撞在车身正中间，前挡风玻璃必然被压成碎片。

车子在湖边小路上行驶过，胎痕缝隙内嵌满了小石子，久旭用螺丝刀逐一挑出，并检查轮毂内侧是否卷入了枯草断枝。车上没有抹布，他在自己的纯棉内衣上倒了些矿泉水，仔细擦拭每一处死者可能与车身触碰的地方。

幸好没有用车搬运尸体，否则清理工作可能做到天亮都做不完。

晾完衣服已经八点半了，必须马上出发。冰燕经营的工艺品店生意冷清，倒不担心有客人等待，但隔壁的服装店也差不多在这个时候营业，去太晚会引起注意的。

店铺离家很近，步行不消五分钟，但今天要开车过去。

拉起卷帘门，推开玻璃门，熟悉的木质芳香扑面而来。她从小喜欢和生活美学相关的东西，咖啡杯上的美式卡通形象能看上几小时，手指抚摸刷过清漆的木碗外壁，满足感便会充盈心间。相比花哨的装饰品，冰燕更喜欢质朴优雅的器具。她认为，物件如果脱离了实用价值而仅仅为观赏而生，就没有生命力可言了。

"把这种感觉分享给别人，把自己对生活的态度传递出去，这不是很有意义吗？"这是久旭说服她创业的理由。

这件有意义的事情，不知能否一直持续下去。冰燕望着属于自己的小天地，心头蒙了一层厚厚的阴霾。

她绕着中岛展台走了一圈，把每件商品拿起来擦拭一遍，很快就无事可做了。两拨客人走后，店里又恢复了寂静。久旭说别看新闻，但她此时很想打开手机看一眼。

会看到怎样的新闻呢？云岸县又一名年轻女子离奇失踪。

她结婚了吗？有没有孩子？她的父母大概和自己爸妈差不多年纪吧。他们会像严小月的男友那样，在媒体上诉说对她的思念，他们会一直找下去，一直痛苦下去。或许，告诉他们真相反而更好。天哪，我都做了什么……

冰燕捂住脸，感到腰腹间疲惫不堪。然而渐渐地，一个奇异的联想冒了出来。

那个女人会是谁呢？临近午夜，孤身一人在县道上行走，这是多么危险的事情。那周围什么都没有，距离云岸城区还有好几分钟的车程，天气这么冷，一路从城区走过来，简直难以想象。

她一定是被迫的，因为之前的处境更加危险，她当时正试图逃离危险。会不会……她就是严小月！她被绑架了，那时刚刚从绑架者手里逃脱。

冰燕越想越觉得可能性很大，如果这个猜测没错，那就太幸运了，严小月的失踪将掩盖她的死亡，没有人会意识到这件事。

想到这里，冰燕为自己的兴奋感到羞耻。天知道严小月这一个月经历了什么，好不容易逃出来，又莫名其妙地被夺走最后一丝希望。冰燕看着电子钟，感到度日如年。

总算熬到了中午，她匆匆锁上店门，开车来到附近的汽修店。

稳妥起见，久旭认为有必要洗车，高压水流可以把看不见的地方也冲洗干净。

身穿橙色坎肩的小哥手拿抹布，热情地迎了上来。

"保养吗？"

"对，顺便洗一下。"

"没问题。"

其实，下一期的保养里程数还没到，但若特地来洗车，目的性就太明显了。万一这小哥日后被警察问询，他会优先回答保养，而不是强调洗车。保养的理由也很充分，久旭平时上下班需要用车，所以趁出差的时候让妻子代劳。

休息室有好几排单人沙发，坐着六七个男人。冰燕走到最后排坐下。

墙上的电视机正在播放连续剧，在白噪声的影响下，冰燕不知不觉打起了瞌睡。

忽然，有人轻拍她的肩膀。

"不好意思，打扰您休息了。"是刚才接待她的小哥，"这是您的东西吧？"

冰燕下意识地接过他递上来的小物件，一时有些茫然。

是一枚银质的小饰品，形似火柴棍，一头用大约两厘米长的细链连接搭扣。这是……耳坠？

"你在哪儿找到的？"

"前挡风玻璃和引擎盖的夹缝里，被水枪冲出来掉在了地上，已经弄干净了。"

冰燕把耳坠紧紧地握在手心里,顿时全身僵硬。

3

有人敲门。冰燕的心脏好像就安在门上,跟着一起怦怦直跳。她蹑足来到猫眼后一看,原来是母亲。

"我说了不用来啊。"

"哟,你脸色这么白,不舒服就该在家休息,反正你那店也没什么生意。发烧了吗?"

她手里拎着套了好几层的塑料袋,里面的东西透出紫色,是煮熟的红豆糯米饭。

今天冬至,原本说好要去爸妈家吃晚饭。久旭出差,冰燕一人很难找到推托的理由,但她实在不想去,就打电话给母亲说身体不舒服。

买下新房后,久旭给冰燕父母准备了两套钥匙,他们坚持不收。久旭跟着冰燕回到云岸县,作为一个外乡人,父母并不认可他,觉得女儿应该有更好的归宿。如今,心里免不了还有些疙瘩吧。不过结婚也才半年,慢慢总会好的。

"要是我不来,你晚上打算吃啥?"母亲看着光溜溜的灶台,双手一摊。

没考虑晚饭的事,关了店门只想往家赶。一天下来没怎么吃东西,竟也不觉得饿。

冰箱里还剩一些蔬菜，母亲拿到水槽旁清洗。冰燕过去帮忙，但被赶回到沙发上。

父母结婚以后，双双辞去厂里的工作，在车站附近开了一家小餐馆，生意倒也不错。现在车站搬走了，老客户该来还是来。母亲的手艺更好，主菜都由她烹饪。在满是油烟的厨房里泡了二十多年，肺终于还是出问题了，类风湿因子也处于警戒线，医生说不想得肺癌就别再做厨师了。后来请了师傅帮忙，父亲继续当掌柜，母亲算是退休了。

"两个蛋够吗？三个吧。"喊声从厨房里传来。

"要不然还是不吃了，没什么胃口。"

"怎么能不吃，当真讲，昨晚就应该吃的。久旭的同事也真滑稽，哪有挑冬至结婚的。我就知道你不会准备，所以特地买了酒酿，还有这桂圆，你看多新鲜。"

父母这一辈都很注重传统风俗，认为冬至这一天是万物更替的开始，鸡蛋代表新生，吃糯米则有辟邪的说法，意思是与过去的种种不顺告别。冰燕平时对这些虽然不排斥，但自己操持总觉得很麻烦。今天转念一想，不禁有些彷徨。

"久旭什么时候回来？"

"可能后天吧。"

"那我明天再过来。"

冰燕想拒绝，又觉得确实需要人陪伴，就没说话。久旭知道了，可能会责怪自己不够谨慎。不管发生什么事，母亲当然会站在自己这边，但她不是口风很紧的人。

"我跟你说个事。"母亲停下手里的活,以便让这句话听起来足够清楚,"最近我们这儿不太平。"

"嗯?"

"你以后晚上不要一个人出门。"她后仰着上半身从厨房门口露出脸来说,"今天又有一个人不见了。"

什么?冰燕不敢相信自己的耳朵。

"你听到哇?你在干吗?"

"不见了,是什么意思?"

"失踪呀,上个月不是也有个姑娘失踪嘛,金丰村那个。"

"今天……你是怎么知道的?"

"是邵姨的儿子……"

"她儿子失踪了?"

"不是不是,失踪的人是她儿子的同事。"

"男的女的?"

"女的咯。就因为是女的,事情才麻烦。"

冰燕只觉全身燥热,仿佛有虫子爬过背脊。是又一个,沉到湖底的女人不是严小月。

母亲边讲边继续切菜,刀刃切断菜茎,"咔咔"作响。

邵姨的丈夫是医生,一家人在七八年前从医院宿舍搬进新买的商品房,恰好和同期买房的冰燕一家成了上下楼的邻居。邵姨和母亲性格相合,很快成了朋友,到现在也来往密切。那时候冰燕已经上大学了,只在寒暑假回家偶尔见到他们。

邵姨的儿子比冰燕小几岁,是个一说话就笑容满面的大男孩,多年来淳朴热情的性格一直没变。他今年年初开始在本地的汽车经销店工作，冰燕家的车就是由他介绍购买的。

母亲说，邵姨的儿子今天上班，发现那个同事一直没到岗，电话打不通，家里也没人，感觉情况不妙便报警了。

警察先是去他们公司调查，后来发现他在昨晚午夜前后和失踪的同事通过电话，似乎对他起了疑心。

"我刚才出门的时候，正好碰到警察去邵姨家带她儿子出来。"

"带出来？"

"带到派出所呀，邵姨的腿都软了。"

"是他干的吗？"

"我觉得不太可能，这小伙子人这么好，我从他高中看到现在……不像。所以我才叫你少出门，这肯定是哪个变态干的好事。莜麦菜要不要放蒜头？"

"啊，都行。"

腋下出汗了。冰燕轻轻地深呼吸，让自己尽量冷静下来。厨房到客厅的距离，成了保护她表露情绪的屏障。必须在晚饭做好之前恢复常态，否则以母亲的精明程度，不生疑实在不太可能。

"要我说啊，小阳跟他同事的关系肯定不简单，搞不好是在谈朋友。"

小阳……对了，邵姨的儿子叫周子阳，名片夹里应该还存着他的名片。

"你想啊，同事不来上班有什么大不了的，又打电话，又去她家里找，其他同事怎么不着急报警？昨晚大半夜还通电话，肯定是这关系，没错。"

冰燕觉得母亲说得有道理，恋人关系诱发犯罪的概率很高，警察或许是出于这层考虑才决定调查周子阳。昨晚发生的事情，仅仅一个白天就有了怀疑对象，警察的效率让人害怕。

简单的饭菜准备好了。母亲知道女儿不喜欢吃凝块的蛋黄，便打成蛋星和桂圆煮了汤。冰燕低头默默吃着。

"最近好像瘦了呀，别老惦记着减肥。"母亲在家已经吃过了，坐在桌对面朝女儿左看右看。

"没有。"

"早先邵姨还开玩笑，让你做她儿媳妇呢。"

"什么时候？"

"你刚从省城回来那会儿。他儿子人是好，可是看起来不像很能干的样子，你不觉得吗？"

久旭能干，但是家里没有条件，要成为合格的女婿真不容易。

"其实嘛，还是因为关系不好处理，我跟邵姨这么多年姐妹，忽然要做亲家，感觉有点怪怪的。邵姨人品没话说，但是性格太耿直，有时说话没轻没重，万一你和她婆媳不和，那我就尴尬了。不知道……小阳那个失踪的同事是个什么样的姑娘。"

她絮絮叨叨，冰燕有些心烦意乱。"你就别关心这个了。"

"啊，对了，我想起个事情。"母亲忽然睁大眼睛，"买车的时候，我们是联系了小阳才过去的，但接待我们的是个女销售啊，记得吗？"

冰燕从勺子上抬起目光。

"小阳把自己的单子让给了这个女销售员,失踪的姑娘会不会就是她?你想,小阳自己有单子不做,让给别人,换作是关系一般的同事,谁愿意啊?哎哟,这个世界可真小。"

结婚当天,父亲给久旭的红包里除了现金之外,还有一把车钥匙。这是冰燕为丈夫准备的惊喜,买车时只有她和父母三人去了联洋汽车。她记得周子阳过来打了声招呼,就引荐另外一名同事接单。没错,是一位气质不凡的美女,可是具体的五官样貌现在已经想不起来了。

冰燕草草吃完饭,进房假装休息。母亲洗了碗,关照几声就回去了。冰燕立刻来到书房,找出名片夹,一页页往下翻。

名片大多是久旭收集的,数量不多。周子阳的名片很快就找到了,可除此之外,再没有联洋汽车销售员的名片。

书房平时都是久旭在使用和整理,冰燕花了不少工夫,终于找出半年前的购车合同。最后一页有经办人和销售顾问两项签名,写着同一个名字:陈秋原。

冰燕把这个名字默默念了两遍,一种巨大的痛苦席卷而来。

她曾离冰燕很近,面对面坐着聊天,也许还握过手。她的耳坠,此刻就在冰燕的外套口袋里。

4

橘红色的余晖斜照进来,掠过客人的肩头,恰好落在他手里的瓷碗上。他饶有兴味地打量着,忽然好像受到了某种情绪的感染,抬头望了眼玻璃门外的夕阳,然后果断付钱买下了。

"欢迎下次再来。"冰燕象征性地送他出门。

这样的客人不多见。总的来说,这家店的格调和云岸县难以融合。客人们离开之后,不知会在心里做何评价,展架上的商品没有多大的装饰价值,仅仅当器皿使用,价格又太贵。

久旭却很看好生活美学的未来,他想把生意放到网上做,没有什么是互联网容不下的。创立自己的品牌,组织手工艺者加入做原创,一定有出路。万事开头难,现在只是缺少概念和故事。

现在是下午4点27分,久旭正在返程的高铁上,再有两个小时就能到家了。

昨晚母亲走后,冰燕打电话给久旭,向他说明女人的身份。

"她是联洋的销售员?"

"是的,是她把车卖给我们,然后被这辆车……撞死了。"

"冰燕……"

"我没事。"

接着,冰燕提到了那枚耳坠。久旭大为吃惊,自责过于马虎,没有检查到位。

今天清晨5点,冰燕按照久旭的指示,趁天没亮开车出门,途经叶家桥时,将耳坠抛出车窗扔进河里。这枚饰物和它的主人一样,毫无感知地坠入了深渊。

为了安稳地活下去,这也是无可奈何的事,冰燕一遍又一遍地安慰自己。

警察调查的进展不知道怎么样了。那天晚上他们去土坡下找人，车就停在路旁，真的没有人看到吗？

冰燕再次确认时间，现在关门还太早，但她忽然很想回家做一桌饭菜，然后静静等待丈夫回来。于是她走进洗手间，将泡淡的红茶倒入纸篓，冲干净杯子，准备打烊。

当她回到外间，看见有个男人立在门口，她吓得脚步一顿，杯子差点脱手。

来人身穿戴有肩章的藏青色制服——他是警察！

"陆女士吗？"他走上前来，从胸袋里摸出警察证。

冰燕盯着对方手上的证件默不作声，她好像一个字也不认识了。

"不好意思，打扰了，我们这两天在查一件案子，想问几个问题。我能坐下来吗？"

"啊，请坐……"

靠墙有一张布艺三人座沙发，冰燕跟他并排坐下，但屁股一沾座又马上站了起来。

"我去烧水泡茶。"

"不用客气。"

冰燕没有停留，拿起电水壶走进洗手间，她需要缓口气。

为什么偏偏在这个时候？久旭绝不可能在下一秒就推门而入，这关只能靠自己挺过去。

她战战兢兢地坐回沙发，和警察保持半个座位的距离。

警察样貌普通，大约三十来岁，他不疾不徐地从一个蓝色文件夹里抽出一张彩页纸。

"认识这个人吗？"

纸上并排印着两张照片，一眼就能看出来是同一个女人：一张是放大后的证件照；另一张是坐在办公桌后的半身照，像是在不自知的情况下被抓拍的。

冰燕感到失重般的心悸，全身的汗毛都竖起来了——半身照中，女人的右耳上分明挂着那个耳坠！

"她在联洋汽车工作，是一名销售员，从昨天开始没去上班，其他人都联系不到她，家里也没人，但生活用品都还在。现在有理由相信，这个女人失踪了，而且很可能是在被迫的情况下。"警察稍做停顿，见冰燕没有接话便继续说道，"她的一名同事，在前天，也就是20日晚上11点45分左右和她通过一次电话，那时没有异常，但仅仅几分钟之后，她的手机就失去了信号。"

"那你找我是……"冰燕鼓足勇气说了半句话。

"其实在那之前，她还接到一个电话，对方是出租车司机，也就是说，她当时在外面，想打车回家或者去其他地方。可是，司机到达指定地点，怎么也找不到人。105县道，距离云岸县十分钟车程的位置，这是她当时跟司机描述的地点。当然，汽车开十分钟到底有多远，不好确定，不过再怎么模糊，一定是在嘉园市和云岸县之间。这是你的车吧？"警察从文件夹内抽出第二张纸。

白色的别克君威，在黑暗的县道上很惹眼。拍摄角度位于斜后方的高处，车尾的两盏牌照灯将车牌号码照得清清楚楚。

"是不是你的车？"警察低头看过来。

"是的。"这根本没法抵赖，冰燕大脑一片空白。

"开车的人是你吗？"

"……是的。"

"车上还有没有别人？"

"我老公。"

"好。这是德庆加油站的摄像头拍下的，属于嘉园市地界，也是105县道路段，时间是20日晚上11点16分。接下来是这一张，南洋村五星路口，21日凌晨2点11分，已经到云岸县了。这两个地方相距32公里，就算是夜间行驶，一个小时也差不多了，但你们开了三个小时。"他把纸张放在沙发上，弓起背用手肘支住膝盖，"那么请问陆女士，这多出来的两个小时，你们去了哪里？做了什么？"

确实如久旭所言，那条路上没有监控，可是路的两头都有，又因为过往车辆极少，所以很快被警方锁定了。

"休息……"

"嗯？"

"我们在车上休息。那天晚上我们去嘉园参加婚宴，久旭喝了酒，我不太会开车，所以在酒店待到11点才走。久旭开了一会儿，觉得不行，酒劲还是很大，只能换我开。后来实在太困了，坚持不下去，我们就把车停在路边，一直睡到……睡到快2点才醒来。"

警察保持原有的姿势，一动不动地看了她十多秒。"停在哪个位置？"

"我说不上来。"

"不是你在开车吗?"

"我只是沿着路往前开,看到大酒店的尖顶就知道到县城了,至于半道在什么地方停下来的,我一点也不知道。"

警察闷闷地"嗯"了一声,转过脸陷入沉思。

"不好意思,忘了倒茶。"冰燕站起身,离开令人窒息的空间。

"真的不用了,你几点关门?"

"你说平时吗?"

"不,今天,我想检查一下你的车。如果现在没到打烊时间,我可以等。"

"车停在家里。"

"那就麻烦你了。我们走过去吧,反正也不远。"

冰燕看了他一眼,慢慢地站起身来。警察知道她家住在哪儿。

路上,警察问了几个关于久旭的问题,冰燕如实回答。

"出差了吗?什么时候走的?"

"昨天上午。"

他意味深长地点点头。

下班高峰期快到了,驶入小区的车辆为数不少。两人来到冰燕的车旁,左右两边的车位都空着,可以把门开到最大。

他戴上橡胶手套,小心翼翼地钻进车里,把储物空间翻了个遍。

冰燕在一旁默默等候,告诉自己不用担心,车里不可能留下异常的痕迹。久旭下湖的时候光着身子,脱下来的衣服直接放在车上,也不会沾到什么。

"麻烦开一下后备厢。"

冰燕按了一下遥控钥匙上的按钮。

后备厢里放着一个透明的塑料箱子,里面原本只有雨伞和矿泉水,现在多了一副网球拍和一双球鞋。久旭为了清空网球袋,把东西都倒进了箱子里。

"喜欢打网球啊,我们这儿有网球场吗?"

"嘉园市有。"

"噢,对,你丈夫在市里上班。"

他关上后备厢盖,又绕着车身走了一圈。

冰燕以为煎熬终于结束了,不料他又要求做技术勘验。

"不好意思,我并不是刻意刁难,但你们确实在时间和地点上都和这件事情有关联,从我的立场考虑,不能简单地认为是巧合。"

"你是说……是我们把那个女人带走的?"

"我没有这么说。"他低头脱下橡胶手套,发出清脆的回弹声,"究竟有没有,证据说了算。"

没办法,冰燕只得同意。

"有两种方式,我找技术组过来,或者你把车开到局里。在这里做勘验的话,动静有点大,左邻右舍都会看到,所以我建议你选第二种。走吧。"

5

派出所大厅里的喧闹好像会一直持续下去,电话源源不断,服务台后的接线员同时应付着三部座机,她身旁的男同事正唾沫横飞地和六七个为讨薪打伤老板的工人交涉。

墙边的椅子上,一个打扮妖艳的女人不知为了什么抱头痛哭,脸上有两道黑色的泪水。冰燕在一旁如坐针毡,生怕女人突然对她倾诉什么。

脚边放着久旭的行李箱,他刚下火车就直接打车来派出所,现在已经在问询室待了半个多小时。

汽车停在后面的院子里,也不见有技术人员过去检验。带她来的警察让她到问询室等候,自己去忙别的事了。久旭来了,说要对他单独问话,又把冰燕赶到大厅。问询室不止一间,但包括接待室在内的其他房间全都有人。

这凌乱的场面反而给冰燕一种远离危机的错觉,有这么多亟待处理的麻烦事,警察说不定难以集中精力对付这个案子。

久旭怒气冲冲地从问询室走出来,警察在他身后叫住他,两人没有大声叫嚷,但看起来很不愉快。冰燕拖着行李箱走上前去。

"照你这么说,只要在那条路上耽搁一下,就会变成嫌疑人。"

"你非要这么理解,我也没办法。"警察好像已经被久旭惹毛了,"我再说一遍,我没有把你当嫌疑人对待,配合警察是公民的义务。"

"有义务就要被无限期侵占私有财产吗?不管怎么说,明天一早我必须拿到车。"

久旭揽住冰燕的肩膀,径直朝出口走去。警察还想说句什么,但被闯入大厅的年轻警员吸引了注意力。警员领着一位中年妇女,迎面大步走来。

"她家里人来了。"

走下门口的台阶时，冰燕听到那名警员说了这么一句，便隔着玻璃门回头望去。

那位妇女大约五十岁出头，眼眶泛红，鼻翼湿漉漉的，她紧张地瞪着正在陈述情况的警察，仿佛必须看清对方的口型才能听懂似的。

某种似曾相识的感觉涌上心头……是那个女销售员的影子。她是陈秋原的母亲。

下午看了警察递过来的照片，感觉还不是很强烈，或许是注意力完全被耳坠吸引的缘故。此时，尽管只看到她母亲的侧脸，但当初被接待时，她的一颦一笑，举手投足间散发的独特气质，一幕幕都在脑海里重现。

"怎么了？"久旭向后看去。

"是她妈妈。"

"谁的妈妈？"

"湖底的女人……"

"你说什么！"

久旭抓过行李箱，拉着冰燕来到路口。他伸手拦出租车，接连经过的好几辆车上都有客人，没有车停下来。

"在外面不要提这个事。"他看起来很急躁，白气在嘴边窜动，"警察瞄准车子，说明他们没有别的办法。"

冰燕觉得未必如此，久旭只是单纯想安慰她吧。

"你不该对警察发脾气。"

"不,你要考虑警察的心理。对无辜的人来说,这完全是一件莫名其妙的事情,而且没有车我确实很麻烦,发泄情绪才合理。警察什么人都见过,一味顺从,反而更可疑。如果我不假装生气,他不知道要问到什么时候才肯放我们走。"

久旭可以掌控自己的情绪,冰燕刚认识他时就深有体会。这能帮助他游刃有余地应对各种场面,但有时也会让冰燕感到自己和丈夫之间的距离很遥远。

"你难道一点都不后悔吗?"

久旭诧异地看过来,刚开口想说什么,却被一声汽车喇叭打断了。一辆出租车挪到跟前,司机摇下车窗眼巴巴地望着他们。

两人坐在后排,各自面朝窗外。司机觉得是情侣间闹别扭,从后视镜中露出似笑非笑的眼神。

沉默一直延续到家里,久旭闷闷不乐地进卫生间洗澡去了。

冰燕打开电视机,不巧,现在不是嘉园和云岸电视台的新闻时间。她想了想,从手机里翻出那天婚宴上同桌的女人发给她的关于严小月事件的链接,然后查看同一家媒体的最新文章,没有发现关于失踪案的报道。

久旭对着镜子吹头发,手指插入发丛,向上抬起,发梢在他指间一缕一缕落下来。

冰燕拉开行李箱,将里面的东西取出来放回原位。

"明天再整理吧,洗了澡早点睡。"

冰燕只当没听见,把脏衣服塞进洗衣机里。

突然，久旭用腹腔挤出的声音用力喊她的名字。冰燕强忍着委屈，倾倒洗衣液的手不由自主地颤抖起来。

"这两天太难熬了，我数着时间等你回来，可是……"

久旭叹了口气，走过来轻抚她的背脊，过了良久才说道："我觉得很愧疚，但是我不后悔，这件事不允许我们后悔。"

"如果她当时没死呢？你会不会救她？"

"没有如果，她死了！"

"我听到她喊救命……"

"胡扯！"久旭一副不可理喻的表情，在全封闭的阳台上走了一个来回，"你不要活在自己的幻觉里，行吗？她的瞳孔已经放大了，我亲眼看到的，你见过死人的瞳孔吗？"

"别说这个！"

冰燕被自己的尖叫声吓到了，她觉得眼冒金星，周身有难以捕捉的亮斑飞舞起来。久旭连忙抱住她。

"我现在做什么都没有心思，不知道明天怎么过，以后的每一天我都不知道该怎么办。"

"时间会平复一切的。相信我，现在已经没事了。人口失踪是民事案件，这次警察行动这么快，只是因为不久前刚失踪了一个女人，而且当时还发生了凶杀案。如果不能证明这两件事有关联，他们的积极性很快就会消退的。"

冰燕痛苦地摇着头。"不是这个问题，你不明白。"

"好，那你说，应该怎么做？我们现在去自首，好不好？"

一时间，冰燕说不出话来。她并不是没有想象过身陷囹圄的情景，冰凉的铁门，灰色的墙壁……她害怕幽闭，她知道久旭比她更害怕。以此换回内心的安宁，真的有人具备这样的勇气吗？

"至少……至少应该告诉她家里人，她已经走了，不要再找她了。"

久旭陷入沉思，似乎被这句话触动了。"现在这么做太危险了，会给警察留下线索的。过段时间吧，等风头过去，我想想办法。"

冰燕打开卷帘门，隔壁服装店的女老板也恰好开门。

"哇，真漂亮。"她指着冰燕手里的大塑料袋说，"我都没心思装扮呢。"

今天是圣诞节，冰燕打算把昨晚买的一棵塑料圣诞树放到店里。树干分三节，组装起来齐头高，还配了许多丝带、铜铃等挂件，缠绕在枝杈间的小灯泡能调节不同的闪烁方式。再准备一些用作赠品的精致礼盒放在货架上，一定会给客人留下好印象的。

"我多说一句啊，你最近好像有些憔悴，身体没事吧？"女老板的目光一直落在冰燕的腰腹之间。

冰燕下意识地抚摸脸颊，笑着说是因为睡眠不足。女老板知道她新婚宴尔，大概是好奇她有没有怀孕吧。

走进店里，打开给商品打光的筒灯。墙上的翻页日历停留在12月20日，冬至的前一天。

冰燕还不太习惯在网上购物，这本日历是下半年唯一的快递，每页下方写着如今人人不屑一顾的鸡汤金句。她把日历从挂钩上摘下来，翻到今天这页，只见上面写着：

> 日日重复同样的事，遵循着与昨日相同的惯例，若能避开猛烈的狂喜，自然也不会有悲痛的来袭。[1]
>
> ——太宰治

猛烈的狂喜……

回忆往昔，能说得上狂喜的事情，勉强算来就只有和久旭结为夫妻吧。喜悦是毋庸置疑的，因为重新获得了安稳的条件。一个人原本安稳地生活着，到了一定年龄，如果不能和另一个人共同生活，似乎就会失去安稳。其中的缘由，冰燕无法进一步思考。

言下之意，狂喜与悲痛互为因果，或是具有同一个根源。如果没有遇到久旭，这些事都不会发生……不，这或许是外人的逻辑，我岂能这样想？太可笑了，我为什么要想这些。

冰燕又翻过一页，才把日历挂回去。明天快点来吧。

圣诞树组装好了，效果令人满意。她找出花边便笺纸和马克笔，准备写几张优惠活动的价码，这时有人推门走了进来。

"早。"

冰燕心里咯噔一下。熟悉的面孔，又是那个警察。冰燕看过他给久旭的名片，他叫黄宇。

"正式的检验报告已经出来了，车里没什么问题，只有你们夫妻两人的痕迹。抱歉，给你们添麻烦了。"

"没事。"

---

[1] 摘自《人间失格》。

扣车的第二天下午，久旭去派出所取车，那时黄宇脸上的神情已经说明了结果，如果有异样，连车带人都回不来。他所谓的正式报告只是个程式，没必要特地跑一趟来传达。他今天来，必然有其他意图。

"我还有几个问题，耽误你一小会儿工夫。"果不其然，他环视店内，将目光落回冰燕脸上。

"请说。"

"你认不认识一个叫宋先平的人？"

"不认识。"

"你丈夫也不认识他吗？"

他似乎问了一句多余的话，如果冰燕知道久旭和这个叫宋先平的人相识，就不会直接否定第一个问题。

"我不知道。这个人怎么了？"

"那天晚上，你丈夫开车时有没有接到过电话？"

冰燕愣了一下。"车是我开的。"

"噢，对，顺嘴说岔了。"他露出罕见的笑容，"有接到吗？"

冰燕装出回忆的样子。警察可以轻松查到久旭的通话记录，他这么问的目的是什么呢？

"有的。"

"是谁打来的，知道吗？"

"是他公司的领导。"

"说了什么？"

"久旭第二天要出差，领导让他做好准备。"

"电话内容是你听到的,还是你丈夫告诉你的?"

冰燕看了他一眼。"我只听到久旭说的话,不过这显而易见啊。"

"电话是几点打来的?"

"你为什么不直接问他呢?"

黄宇用舌尖顶住脸颊,顿了顿说:"我会的。"

他已经察觉到冰燕和久旭在这件事上的态度截然不同,他想以冰燕为突破口,找到两人供词的矛盾之处。

"麻烦你回答我刚才的问题。"

"大概9点多的时候,打过来三个,具体时间我不记得了。11点多……可能快12点了吧,又打来一个。"说到这里,冰燕的心跳开始加速,那个电话之后,悲剧发生了。

"最后一个电话,久旭说了什么?"黄宇把脸凑过来。

冰燕短暂地闭上眼,又睁开。"我想不起来了。"

"一句都想不起来了?既然如此,你怎么判断这个电话是谁打来的?"

"我……"

"是因为有前几个电话的干扰,你想当然地认为,前面三个电话是公司领导打来的,所以想必第四个也是,是这样吧?"

黄宇挺直腰身,冰燕的沉默好像就是他想要的答案。

6

冰燕和久旭是在大学三年级的时候认识的。学校附近有一家小巧的面包店，久旭在那里打工做导购员。他比冰燕大一届，当时除了准备答辩无事可做，又不想去正规公司实习，便出来挣些零花钱。

为招揽学生，店里推出一项折扣极大的促销活动，但要求出示学生证才能享受。

"巧了，我们一个学校啊！"久旭看着冰燕的学生证说。

之后的某次，冰燕在柜子前犹豫不决，他冷不防地凑上来说，红豆吐司卖完了，试试葡萄口味的吧。

冰燕十分诧异。她认为葡萄味的太甜，那天却接受了久旭的建议，回去尝了尝，甜腻的程度似乎没有想象中的那么夸张。

再后来，久旭特意为冰燕留了一份提拉米苏蛋糕。那天是冰燕的生日，久旭记住了学生证上的出生日期。

一年后，冰燕大学毕业，走上职场。久旭退掉原本地处偏僻的出租房，在冰燕公司附近租下一户室的单身公寓，两人开始了共同生活的日子。

"我给未来的妻子画了个画像。"

"画像？"

"在我脑子里，年龄、性格、喜好，什么都有了，唯独缺一张脸。"

"啊？怪吓人的。"

"我看不清楚，应该长什么样我完全想象不出来，看到你的时候，我就明白了。"

最初确定关系时，冰燕问久旭为什么对自己一见倾心，他回答命中注定,他用这个所谓的画像来解释何为命中注定。

冰燕当时不以为意,后来才慢慢相信他并非信口开河。久旭是一个目标明确的人,他说他的女朋友一定会成为他的妻子,否则就是在浪费时间。

然而,和其他年轻的都市情侣一样,最现实的问题无法攻克。那段日子,省城的房价仿佛每一觉醒来都会往上蹿一截,久旭家里条件不好,他不会向父母要钱。

妈妈隔三岔五打电话来,让冰燕回家帮忙照顾餐馆的生意。

"都四年了,你还想待到几时呀?马上就是老姑娘了。云岸不比大城市,三十岁就没人要了,到时候我上哪儿去给你找对象啊?"

父母知道冰燕有男朋友,但好像从来没放在心上,他们的要求很明确,如果冰燕执意留在省城,就必须嫁给当地人。

"可是省城的小伙子怎么会看上你一个乡下姑娘,回来吧,这儿排着队呢。"

久旭没有犹豫,辞去工作,和冰燕一起回云岸县。他已经换了三份工作,都没有长期发展的打算,一直专注于自己的程序开发,四处找投资人合作,这也是让冰燕感觉不踏实的地方。

他自信满满地向冰燕父母讲解他的研究方向,以及对未来的展望,也不管他们能不能听懂。

"久旭啊,我相信你的眼界。"父亲喝了点酒,抑扬顿挫地说,"不过,眼界要变成资本,这中间还有很多不确定因素。你看,冰燕结婚,我们自己出钱买房,这没什么问题,可是作为老的,不能一辈子照顾小的。男人嘛，终究还是要先证明自己。"

母亲嫌这个表达不够清楚，在久旭第二次不请自来时，直接说："没有房产证就没有结婚证。"

久旭沉默良久，眼里憋着血丝，低下头请求道："给我两年时间，两年……我一定会给冰燕幸福。"

父母看到他的样子，有些于心不忍，没有当场说出决绝的话。两年积蓄换一套房子，无异于天方夜谭。

久旭去了嘉园市工作，每晚和冰燕打电话，周末来找她一起吃饭，不厌其烦地汇报他的开发进度，如何转换思路攻克瓶颈，以及最近哪些商家有合作意向，等等。冰燕渐渐感到疲倦，往日的甜蜜变味了，她不喜欢父母的态度，也不想久旭因此迷失自己，在投机这条路上越走越远。

"找份安稳的工作，不管挣多少钱，我都愿意跟你在一起。爸妈让我找个本地人，是要我待在他们身边，他们真的不是在意钱的事。"

"他们不在意，但是我在意，这种感受你可能不明白。话已经说出口了，我就要让他们无话可说。"

时间一天天过去，冰燕耐不住压力，和一个男人会面相亲了。原本只想着应付一下，喝杯咖啡就再不见面，不料对方穷追猛打，还私自安排双方父母见面，事情朝着不可控制的方向发展，婚期眼看着摆上日程，冰燕后悔莫及。

幸运站在了久旭这边。去年年底，嘉园市首屈一指的软件公司看中了久旭研发的作品，签下版权交易合同。结款当天，久旭把冰燕从餐馆里叫出来，带她去看新开的楼盘。

"房产证八个月后就能领，这是购房发票。"

父母看着久旭，不可思议地半张着嘴，那时距离两年期限还有三个星期。

相亲对象和久旭多次长谈之后终于释然，留下祝福离开了。

所有的阻碍都对久旭退让，他扭转了自己的人生。

在那之前，冰燕已经做好了最终可能会失去久旭的心理准备。因此在结婚当天，相比于"猛烈的狂喜"，她更多的是为苦尽甘来的久旭感到欣慰。

啤酒罐的拉环翘起来，印痕被撕开，发出悦耳的声响。

"昨晚睡着了吗？"久旭抿干净唇上的泡沫。

"好像睡着了，又好像没有。"

冰燕的直感是没有睡着，但已经连续好几天了，白天也不打瞌睡，如果晚上一直醒着，身体不可能支撑到现在。

"喝点红酒怎么样？今天就这样闷在家里，完全没有圣诞节的气氛啊。"

"上午那个黄警官又来找我了。"

冰燕把她和黄宇的对话一字不落地转述出来。

"只要被警察盯上，就没有隐私可言了。"久旭苦笑，转动着手里的啤酒罐，"最后那个电话是我一个朋友打来的，他说有点烦心事，想找我聊聊。"

"在那个时候找你聊？"

"是啊，可能喝醉了吧。"

"是黄警官说的宋先平吗？"

"嗯，就是那家书店的老板，我以前租的房子楼下。对了，你应该见过他。"

久旭入职现在的公司之前，在嘉园市另一家私企做系统运维工程师。碰上周末加班，冰燕偶尔会过去看他。他租住的公寓底层有一家文艺气息颇为浓厚的大型书店，后来得知关门歇业，冰燕觉得十分可惜。

原来那家书店的老板就是宋先平，冰燕只见过一次，印象中是个儒雅温和的男人。

"那段时间，我常常去他店里写代码，一个人在家太安静了，后来慢慢就熟了。他人不错，也有一些无奈。"

久旭话里的意思是，他和宋先平因为相似的困境而成了知心朋友。

"为什么我从来没听你说起过？"

"我想把那段生活忘了，每天想着你可能会成为别人的妻子，同时还得专心工作，给自己找出路……"

冰燕低下了头。

"宋先平现在是联洋汽车销售部的经理，是那个女人的上司。"

"啊？"

"对，就是这样。"久旭点点头，"我不知道他所谓的烦心事是什么，事情偏偏就这么巧。"

"那他……知道那时候发生了车祸吗？"

"他不知道，电话已经挂断了。"

冰燕回想撞击的前一刻，久旭的左手明明还握着手机。

久旭拉住冰燕的手，让她坐到自己腿上，然后轻轻搂住她的腰肢。

"别再想这个事了，已经过去了。我决定处理掉尸体的时候，听到一个声音告诉我，我们一定会渡过难关的，相信我的直觉。我绝对不允许任何人、任何事破坏这个家。"

"老公，我可能……"冰燕禁不住哽咽。

"怎么了？"

"……怀孕了。"

"真的吗?!"久旭迅速捧住妻子的脸仔细端详，笑意从他眼角蔓延开去。

从 2013 年 1 月 3 日开始，各地方电视台相继播出云岸县第二起女性失踪案的新闻，手机端的报道更是铺天盖地。有不少自媒体为了关注度不惜冒侵权的风险，把同样的内容换个排版直接发表。人们又想起了去年 11 月发生的严小月失踪案，云岸县的治安水平一下子被推上风口浪尖。

警方的记者招待会视频也很快公开，派出所所长和刑警大队负责人表示，目前为止，两起案件除了失踪者均为女性且年龄相仿之外，并无其他关联，请求媒体不要妄加揣测，并承诺将于短期内在人员配备和硬件设施等各方面加强城市安防建设。

电视上频频出现陈秋原的照片，证件照上的一双眼睛，紧紧地盯着屏幕前的观众,冰燕不敢直视。

距离车祸已经过去整整两周了,警方想尽可能控制案件的影响,除了避免民众过度惶恐,破案阻力也是原因之一。可是哪有不透风的墙,光是冰燕的母亲,说不定就能衍生出十几个传播渠道。无论走在哪里,冰燕都觉得有人在偷偷观察她,试图发现她的秘密。

庆幸的是,自圣诞节那天以后,警察再也没有找过她。时间正在证明久旭的判断,老天再次帮了他一把。

陈秋原的耳坠化作巨大的钟摆,在那晚的星空下摇摆,从田野划过树梢,破开空气发出混沌声响,宛如来自地狱的呼喊。

冰燕从短暂的睡梦中醒来,冷汗一直渗到毛衣。这种情况已经持续了许多个白天,她只能在阳光下感到昏昏欲睡,晚上则彻夜难眠。

在这样的状况下,她却即将成为母亲。

冰燕想吃下足量的安眠药好好睡一觉,久旭全都处理掉了。

"你是不是疯了?"

冰燕当然知道,安眠药会严重影响胎儿的神经发育。

"我们夺走了她的生命,老天却给了我们一个新的生命,世上为什么会有这么荒唐的事啊……"

所幸,类似的抑郁症状只会短暂出现,她很快惊醒过来,摸着小腹痛哭流涕。

大约过了三周,剧烈的妊娠反应开始折磨冰燕。吃下去的东西远远没有吐出来的多,不要说开店营业,就连生活自理也成了问题。骨骼仿佛逐渐融化，全身没有一点力气，唯一能做的事就是躺在床上等待下一次呕吐。

某天，久旭傍晚回家，发现冰燕昏倒在水槽旁，立即送往医院抢救。医生说她是因为呕吐过度而引发了酸中毒，建议家人时刻陪伴，直到三个月后反应消失。

母亲对着久旭骂了一个上午。

"为什么不早说？女人生孩子就是过鬼门关，你不要以为什么都正常，一不留神大人小孩都没了。唉，我家冰燕为啥这么命苦啊？你工作忙我明白，你忙你的，我的女儿我自己照顾。你赶紧回去收拾东西，明天冰燕跟我回家。"

久旭不大情愿，但为了孩子，也只好暂时忍受一个人生活。

1月25日，冰燕回娘家待产。

熟悉的环境勾起许多学生时代温暖的回忆。她和从前要好的同事恢复联络，向已为人母的同学讨教育儿经验，加上母亲的悉心照料，心情终于慢慢好转，身体也逐渐恢复。

然而，湖底的魅影已然靠岸，冰燕的梦魇才刚刚开始。

7

每年春季，天气总是会在某一天突然暖和起来，这是少女时代的感受。脱掉外套，让春风灌入衣领，身体被风包裹住，变得柔软轻盈。成年以后，春风只是暖风，再也不会让人蠢蠢欲动了。

今天好像就是这样一个日子，6点不到，天已大亮。冰燕推开窗户，闻到温润的泥土味。小区西边的空地一直没有建楼，现在快 4 月了，油菜花说不定开得正旺。

父亲买菜去了，母亲仍在熟睡，冰燕穿上外套，轻手轻脚地出门了。

小区有些年头了，喷砂外墙又旧又脏，铸铁栅栏满是锈迹。不过也正因为建房时间早，地产商还没那么抠门，楼间距足够宽敞，地面被朝霞映成了橘红色。

冰燕走出大门向西望去，那片空地比想象中的远，走了几百米就已气喘吁吁。她担心硬撑下去会影响胎儿，只好慢慢往回走。就沿着小区内部道路走一圈吧，累了随时可以回家。

回娘家两个多月，冰燕只踏出过家门两次，一次是去医院做首期孕检，另一次是晚饭后和母亲散步，其他时间都在床上躺着。

这个月呕吐的症状明显好转，胃口还不错。如果原本就很健康，只需维持以往的饮食习惯即可，孕妇营养过剩对胎儿不好。医生是这么说的，母亲只当没听见，不顾肺病复发的风险，每天做五顿饭，把冰燕喂得胖了一圈。

大腿隐隐酸胀起来，冰燕坐到中心广场边的长椅上休息。与此同时，一个年轻人跑进小区大门，他把嘴巴张成竖立的椭圆，胸口起伏不定，看样子是刚刚结束晨跑。

冰燕认出他了，是周子阳。

一种微妙的关联在冰燕心中闪过，她别过脑袋，假装没看见，不料对方径直朝这边走来。冰燕的余光看到他用手掌贴住胸口，正在调整呼吸。

"总算碰到你了啊。"

冰燕惊讶地转过脸，有一半是装的，周子阳的开场白着实莫名其妙。

"啊，真巧。"

"最近……身体还好吗？"

"嗯，好多了，我可能特别差劲吧。"

"这可控制不了，要当妈妈真的很辛苦啊，幸好我永远都体会不到。"他说着吐了吐舌头。

两家人成为邻居时，冰燕刚好上大学去了，念书加工作在省城待了八年，因此和周子阳接触是从最近两三年才开始的。不过，除了经他介绍买车之外，平时也就在楼梯间问声好。

"早锻炼回来吗？"

"是啊。"

"真不错，现在的年轻人都越来越懒了。"

"今天就是心血来潮而已。"

"哦……那如果能坚持下去，也挺好的，万事开头难嘛。"

子阳穿着薄薄的运动衫，里面只有一件圆领贴身T恤。他双手插进衣兜，有心事似的看着远方。

"去年夏天，一个同事告诉我她有晨跑的习惯，我沿着她跑步的路线去找，从来没遇到过。"

他好像不单单是过来打招呼的。同事这个字眼挑动着冰燕的神经，她不想回应，但又觉得不礼貌。

"可能时间不对吧。"

子阳摇头。"她工作很努力，每天一大早到公司，我也早起赶过去，尽量找机会跟她说说话。后来她为了避开我就不再早到了，我问她为什么，她说以前晨跑，现在不跑了。所以嘛，晨跑是假的，我当然遇不上她。"

冰燕越听越迷惑。

"但是我又觉得，说不定是真的。今天天气这么好，我忽然就想试试看。"

"这么说，今天遇上了？"

"没有，我说试试看，意思是体会一下晨跑的感觉，遇上她已经不可能了。"

这时子阳低头看着冰燕，像是在等她问为什么。冰燕没有说话，于是子阳继续说道："她在去年年底失踪了。"

"失踪？"

"对了，你见过她的，你们买车的时候是她接待的。"

"啊……我看到新闻了，原来真的是她，难怪有些眼熟。真是太不幸了。"

"不幸"两个字一出口，冰燕马上后悔了，这两个字把陈秋原的遭遇放大了，就好像自己早已知道她回不来了。冰燕连忙补上一句："好久没有报道了，不知道现在怎么样了。"

"一点消息也没有。"子阳叹了口气，眯起眼望向东方，"就失踪案来说，警察能做的事大概也只能到这个份上了吧。"

"你和她，你们……"

"啊，我们就是同事而已。"他笑了笑，又补充道，"虽然我对她有好感,可是……嗐,就是这么回事吧。"

虽然两人的母亲来往密切,但冰燕和子阳的关系甚至比不上普通邻居,像这样面对面交谈从来没有过。单恋应该算很私密的情感吧,子阳却毫无防备地讲了出来。是他性格就这样,还是故意说给冰燕听的呢?

冰燕感到不自在,拿出手机看了看时间,然后从长椅上站起身。"我有事,得先回去了。"

"好,多注意休息啊。说起来,还没恭喜你呢。"

"不用客气。你也差不多该上班了吧。"

"用不着啦,两个月前我就不干了。"

冰燕只好收住刚刚迈开的脚步,她后悔自己多嘴说这一句。

"辞职了?"

"是啊……在那种地方本来就做得不开心,秋原不在了,我待下去也没意思。"子阳低下头,难掩落寞之情。

冰燕怕再遇上子阳,接下来几天都没有出门。

要说对话氛围有多古怪,倒也不至于,子阳没准就是对谁都能敞开心扉的人,这和从前的印象也不冲突。是因为谈到陈秋原,冰燕自己心中有鬼吧。

清明节那天,餐馆照例歇业一天,让员工们缓口气,父亲也可以睡个懒觉。傍晚时分,一家三口一起出门逛街,这样的机会很是难得。

母亲自说自话走进了育婴店,说要买罐孕妇奶粉给冰燕吃。

她和老板讨价还价，冰燕和父亲站在店门口，望着车流出神。父亲忽然问起店铺的事。

"如果你那家店要开下去，将来孩子只能让你妈带。"

冰燕不想放弃自己好不容易撑起来的小天地，但也必须考虑现实问题。

"让你妈去你家住，这是不可能的。孩子小，跟你们分开也不行。"

"我知道。"

父亲点燃一支烟，深深地吸了一口。"久旭工作还顺利吧？"

"嗯。"

"要是他发展得真不错，你在家带孩子也没问题啊。缺钱的话告诉我，别让久旭知道。"

"爸，你还是没有从心底接纳久旭吧？"

父亲诧异地看过来，随即眼神变得柔和，他承认女儿说得没错。

"老丈人要接纳女婿，可不是件容易的事，天底下都一样嘛。你结婚前几天，我一直在想你小时候的样子，真不是滋味啊。"

"这么脆弱呀。"冰燕笑着说，"如果是因为这个，不管嫁给谁都一样吧。"

"事到如今，我也不好再说什么，可是久旭……他给人的感觉，怎么说呢，很努力，对你也很好，但会做出孤注一掷的事，总是让人不大放心。你看，假使他搞的那个什么名堂，没能卖出去，他现在什么样可就不好说了。这种事，太依赖运气了。"

"也是。"

"你要是死心塌地跟着他,我们再怎么强硬,最后还是会妥协的。小燕,像他这样的人,如果混不出来,你们的日子会很难过;如果混出来了,你可能会跟不上他的脚步。"

冰燕低头不语。一直以来,她都以为父母排斥久旭是因为他出身外乡,家境贫寒。

"也不一定,你听听就算了,我毕竟是个老头子了,眼界不如年轻人。不过,孩子的事情,你们得好好考虑啊。"

母亲和冰燕并肩,父亲走在前面,三人慢悠悠地穿过步行街。快到小区附近时,冰燕的目光被电影院外墙上的一张海报吸引了。

"这都九点了,改天再看吧。"母亲皱眉道。

久旭对电影没什么感觉,在省城偶尔带冰燕进电影院也是出于恋爱的仪式感。这段时间一直待在家里,尽管也想念久旭,暂时回归单身的状态却也倍感轻松。她怀念起大学时光,忽然很想捧一杯奶茶坐在影院里好好看完一个故事。

"也好,过段时间再出门就不方便了。"父亲同意了,"去吧,散场了给我打电话,我来接你。"

母亲白了他一眼,对冰燕喊道:"别乱吃夜宵啊!"

这部电影有冰燕喜欢的明星,可是好像已经过气了。影片整体的制作水准很一般,剧情也俗套不堪。

这是被海报欺骗了啊,难怪人这么少。太久没有关注影讯,冰燕觉得自己跟时代脱节了。

熬到 11 点，冰燕看不下去了。她走出电影院，左右望了望清冷的街道，把摸出来的手机又放回口袋。

这里离家很近，走到前面的路口，向右转就能看到小区的围墙。她决定自己走回去，十五分钟就能到。

与一对情侣擦肩而过之后，人行道上就空无一人了。路灯一盏接一盏，把影子缩短，又拉长。

不知为何，冰燕发觉自己的影子不寻常，黑色的剪影中好似有另一个颜色更深的形状在蠕动。她放慢脚步回头望去，身后只有平坦的水泥路面。她注意到了路边那棵巨大的樟树，越看越害怕，树影处好像有一双眼睛盯着她。

冰燕深吸一口气，不知不觉加快了脚步。

别吓自己了，樟树离得那么远，如果刚才有人跟在身后，绝不可能在她转头的一瞬间躲进树影里。小区大门就在眼前了。

父母的房子位于小区东侧，紧挨着围墙，离大门有一段距离。起初，冰燕并没有意识到铁栅栏外边的东西是什么，它一动不动地伫立在那儿，像一簇高大的灌木。

这阵惊吓并非突如其来，而是源于意识逐渐清晰，所以冰燕没有尖叫。

灌木忽地化为人形，黑色的连衫兜帽下出现一张女人惨白的脸，她正凝视着冰燕。

冰燕认得这张脸，是她——陈秋原！

冰燕吓得魂不附体，意识先于身体逃跑，双腿不听使唤，眼看就要向前扑倒，她连忙伸出手，想抓住一旁的树干，却抓了空。

衣袖被尖锐的金属钩住,"哧"的一声撕裂了。

过了一会儿,她忽然飘浮起来,像气球般升向夜空。她大声呼救,却听不到自己的声音。

闹铃响了。冰燕从床上弹起来,眼前是自己卧室的房门。她呆呆地坐了好几分钟,才明白那是一场梦。

腋下渗出冰凉的汗水,冰燕只觉得全身绵软无力。她重新躺回被窝里,低头一看,毛衣还穿在身上。

"醒了啊,早饭还吃馄饨吗?"母亲推开房门问。

"我昨晚……"冰燕清了清嗓子,她的声音像患了重感冒,"我昨晚是怎么回来的?"

"什么意思?你自己走回来的呀,你爸还一直等你电话呢。"

冰燕努力回想,什么也想不起来。

窗外传来清亮的鸟叫声,冰燕起床洗漱,对着镜子里憔悴的脸长长地叹了口气。

"哎,对了,昨晚回来碰到邵姨,那件事妥啦。"母亲在厨房里说道。

"什么事?"

"查男女呀。他老公人很好,我们去医院之前跟他打声招呼就行。"

邵姨的丈夫是心血管科的副主任医师,在县人民医院颇有威望。近几年测胎儿性别管得很严,他估计很为难吧。

"都一样啊。"

"怎么一样了,我可不想再要个女娃,都管腻了,养那么大,说给别人就给别人。"

冰燕不禁苦笑,也很感动。母亲已经做好准备,要为她的孩子再一次倾尽全力。

走出洗手间,热气腾腾的馄饨已经放在餐桌上了。冰燕刚想坐下来,一瞥眼看到自己的毛呢大衣,它挂在门口的衣架上。

真奇怪,脱了大衣却没脱毛衣,就这样直接睡了。梦里的景象太过恐怖,以至于连睡前的事都忘了吗?

那是……

冰燕走到衣架旁,抓起外套的袖子,只见袖口处有一道裂缝。忽然,脑海里响起"哧"的撕裂声,冰燕惊呆了。

"你怎么了?喂!"

冰燕回过神,穿着拖鞋跑下楼,来到昨晚摔倒的地方,四下寻找可能划破衣袖的东西。

她注意到一棵长得歪斜的桂花树,物业用木条支撑着树干,并用铅丝固定。铅丝两头并在一起,被拧成麻花,突兀地横出一截。

就是这里!袖子是被铅丝划破的。冰燕转头望向梦里人影站立的位置,现在那儿空空如也。

8

茶几上的小食看起来味道不错,子阳也确实饿了,但他忍住没吃。

虽说是表哥，从小到大却过从甚少，若不是因为严小月案件，两人有过交集，子阳到现在还吃不准表哥的脾气。他一会儿来了看到一桌果壳，怕是要笑话的吧。

总体而言，黄宇性情温和，还算好相处，只是原则性很强，不对别人透露的信息，也不会告诉子阳。

比约定时间晚了半个多小时，黄宇拉开包厢门，为自己的迟到致歉。他换了便装，看起来年轻不少。他只比子阳大六岁，平日的做派却更像上一辈人。

"陆冰燕那边情况怎么样？"他问。

"只碰到过一次，还没发现什么问题。"

"她知道你和我的关系吗？"

"她妈和我妈很熟，我觉得应该知道。那天早上她一见到我，就好像有所防范，匆匆忙忙回去了，之后便很少出门，故意躲着我。"

"防范是对的，就是要让她紧张。是你话术不行吧，留住人不是销售员的基本功嘛，你这一年算是白做了。"

"是吗？我觉得还行啊，眯着眼眺望远方，情绪也很饱满。"

黄宇交给他的试探技巧是，尽量表现出对秋原的深情，对她的失踪无法释怀。由此，让陆冰燕感受到敌意，慌乱之下说漏关键信息。对秋原的深情倒是不用装，怎么向别人表露敌意，这一点着实为难。

"对付老奸巨猾的人，就要装傻，让对方放松警惕；而像陆冰燕这种心理素质一般的人，就得步步紧逼。"黄宇说完摇了摇头，好像对子阳不抱希望,"算了,这也难为你了,我再想想办法。"

"我还是觉得宋先平的嫌疑比较大。"

"你不要掺杂个人情绪在里面。"

"宇哥,我跟你说个事,你别骂我。"

"说。"

"我昨天去儿童游乐场的咖啡馆了,打听宋先平的行踪。"

"你知道他去过那家咖啡馆?"

子阳郑重其事地点头。

秋原在失踪前打过叫车电话,给司机描述自己的位置,她是说从儿童游乐场往嘉园方向开十分钟左右。这个位置其实很模糊,但重点在于,秋原为什么会这样描述。

云岸县北出口连接105县道,那个位置有两个标志性建筑:具有尖顶造型的云岸大酒店和儿童游乐场的摩天轮。大酒店比游乐场更靠北,也就是更接近秋原的位置,而且在夜间更醒目。

可以想象,当时秋原四周必然一片荒凉,没有可以识别特征的景物,她要跟司机说清楚大概位置,必然会提到某个参照物。假设她是从云岸县的某个地点出发,一路向北,经过游乐场和大酒店到达当时所在的位置,那么她的描述应该以距离更近的大酒店为参考,比如我在距离大酒店往北多少分钟车程的地方,但她说了游乐场。

为什么秋原更容易想到游乐场?一种可能是,她没有留意到大酒店。但如果连灯火通明的大酒店都留意不到,又怎么会留意到漆黑一片的游乐场呢?

子阳认为，秋原之所以这样说，是因为她就是从游乐场出发的。

但是游乐场在傍晚五点半就关门了，纪念品商铺和餐饮店也都在晚上9点打烊，午夜时分仍然营业的只有一家咖啡馆。

黄宇发出惊叹："我还真是小看你了。"

子阳拿着秋原和宋先平的照片询问咖啡馆老板。

"女人我有印象，男人的话……他们坐在隔间里面，男人背朝柜台，看不见样子。"

"买单的时候呢？是男人买单的吧？"

"时间太久，记不清了。"

失踪案闹得沸沸扬扬，老板当然知道来龙去脉，一旦男人的样貌确认，他就成了嫌疑人目击者，万一记忆有所偏差，就会给别人和自己带来极大的麻烦。

他们离开的时间是晚上11点左右，老板能肯定的只有这一点。

"可惜咖啡馆没有装监控，不然的话……"

"当时店里还有一对情侣，比他们先离开。"黄宇说，"我找过他们了，也说没有印象。"

"原来你早就查过了啊……"

"你就别对宋先平死磕了，陈秋原失踪的时候，他在家里，至于打电话给江久旭，这没法导出什么结论。能做的我都做了，从他身上已经查不出什么了。"

"是因为领导给压力了吗？"子阳小心地问。

黄宇咂舌，不耐烦地回了句："不完全是这个关系。"

宋先平的岳父李致创办的五金厂，是云岸县的纳税大户，近几年，旗下包括汽车销售在内的其他产业也逐渐兴起，承载着数千个就业岗位。同时，李致还身兼县商会主席和人大代表，在政商两界都属于有头有脸的人物。他的女婿成为案件嫌疑人，县局领导不可能不过问。

某家影响力一般的网络媒体，曾在失踪案曝光不久后发表过一篇文章，其中提到了宋先平的嫌疑。两个小时后，这篇文章就被删除了，其他媒体的转发也在当天完全控制住了。

每次说到这个话题，黄宇总是一笔带过，出于警察的自尊心，他不想让人觉得自己无能为力。

报案当天傍晚，子阳被带到派出所录口供，交代那天晚上打电话跟秋原说了什么。黄宇为了避嫌，让另一位同事负责侦讯。子阳不会撒谎，说在世界末日前向同事问好，把对方气得仰天大笑。所里大部分人都不知道子阳和黄宇的关系，那位同事凶神恶煞地做出种种子阳谋害秋原的推测，随后离开审讯室，过了三个小时才放他回去。

第二天下午，子阳再次被传唤至派出所。这次对方的态度温和许多，问话地点也从审讯室换到了接待室。

警察问他认不认识一个叫陆冰燕的女人。子阳说认识，陆冰燕是他家邻居。警察又问宋先平和陈秋原是否有不正当关系，子阳一下子愣住了。

后来，他缠着黄宇刨根问底，才勉强掌握秋原失踪前后的一些情况。从警方梳理的信息来看，至少存在三方嫌疑人。

首先，是周子阳，在午夜时分与陈秋原通话，表明两人关系不同寻常。通过对联洋汽车其他职员取证，得知周子阳单方面对陈秋原心生爱慕。他心怀不满，由爱生恨，最终导致过激行为，这种可能性是有的。不过，信号基站的数据显示，通话时双方分别处于云岸县南北两地，以两个基站覆盖区域的最近点计算，也有 20 公里以上的距离。而在通话结束后，仅仅过了两分钟，陈秋原的手机便丢失信号。因此，除非呼叫方不是周子阳本人，否则他在时间上不具备犯案条件。

其次，是在 105 县道上逗留时间过长的陆冰燕、江久旭夫妇。但由于逗留地点无法确定，以及车辆痕迹鉴定未显示相关样本，嫌疑尚不明朗。

最后，是陈秋原的上司宋先平。宋先平于当晚 11 点 50 分致电江久旭，这个时间点距离陈秋原手机信号丢失只差几分钟，这难免让人产生联想。经调查发现，江久旭在结婚前的两年，独自租住在嘉园市，其公寓底层的商铺有一家大型书店，经营者正是宋先平。在那期间，两人结交成为朋友，至今仍保持联系。

由此，三方嫌疑人和失踪者产生了微妙的关联，可是又若有若无，让人摸不着头脑。

宋先平和陈秋原是否有不正当关系，从警察口中听到这个问题，子阳的心绪再也难以平静。这是一句疑问，至今没有答案的疑问，但对子阳来说，在那一瞬间几乎就成了肯定的陈述。

"秋原为什么不愿接受我呢？"这个问题自初次表白开始，就像一条挠心的小蛇，每日在脑神经上盘旋。也许她心中已经有了别人。

子阳猜测过这个人是宋先平，时时留意秋原和他之间的互动，但始终没看出端倪，就把疑虑埋进心底，不再深究。

服务员轻轻敲响包间门，问要不要主食。黄宇已经吃过午饭，子阳也忽然没了胃口。

子阳从手机里翻出秋原的半身照，这是他偷拍的，报案那天他把这张照片提供给警方，黄宇已经看过无数遍了。

"宇哥，你看这个耳坠。"

秋原坐在工位上，低头看着桌面出神，眼里浮现出柔情。阳光斜照进来，她的耳坠闪耀着光芒。

"耳坠怎么了？"

"这个耳坠，她是什么时候开始戴的呢？"

"你问我？"

"不是，这两天我一直在想这个问题。"

"她刚入职的时候没有戴吗？"

"没有。"子阳很肯定。

"你觉得是宋先平送给她的？"

"对！"

"然后呢？"

"这个款式很特别，去云岸或者嘉园的首饰店查一下，说不定有购买记录，能证明是宋先平买的。"

"去查，当然也可以，不过就算查到了也不解决问题。"黄宇移开目光，思考片刻又移回来，"他们两人的关系不是解决问题的突破口。如果凶手——先假设这是一桩凶案——是宋先平，动机很可能是为了掩盖出轨，这本身就在我们考虑的范围之内。如果不能找到宋先平的行为证据，动机就没有意义。"

子阳默然不语。

"说句直白的你别在意，你一直调查宋先平，其实是想证明他和陈秋原没有那种关系，你宁愿相信和陈秋原出现在游乐场咖啡馆的是另一个男人，是吧？"

子阳想否认，又觉得那样会显得更加愚蠢。

"就我个人的感觉而言，你恐怕会失望。"

"我知道……"

黄宇叹了口气。"只要这个男人不是你，又有什么分别呢？陈秋原是什么样的人，跟你一点关系也没有，你没必要钻牛角尖：我的心上人居然是第三者，我为什么这么傻……感情本来就是盲目的，你对她还一见钟情，这样就认定了吗？这跟瞎猫撞上死耗子有什么区别？她没有给你机会，也算是一种幸运。"

子阳不由自主地皱起了眉头，黄宇分明是在说，秋原是个危险又不太正经的女人。

"既然动机明确，又有嫌疑，就算没有证据，也可以派人二十四小时盯着宋先平。你不去盯宋先平，反而找我去套陆冰燕的话，难道突破口在她身上？说白了，你还是怕宋先平的岳父吧，警察也就是任人摆布的工具而已嘛。"

"这种话不要乱讲。"黄宇依旧心平气和地说，"子阳，虽然世上恶人很多，可能比小说和电影里还要多，不过大部分的案子其实没有那么复杂的手法，很多都是一时冲动，或者干脆就是意外。你觉得我让你试探陆冰燕，是闲着没事干？"

"那她到底……"

"手机只要开机，不管是不是在打电话，都会不停地向附近的基站发送脉冲信号。如果关机，基站会收到关机信号，把手机的状态改为关机，这样别人打过来就会提示'对方已关机'。但如果直接摘掉电板，或者破坏手机，基站会认为信号太弱无法接收，这样别人打过来就会提示'对方不在服务区'。陈秋原的手机是第二种情况。"

"手机坏了？"

"对。我猜是因为受到了强烈的撞击，她出车祸了。"

"陆冰燕开车撞的？"

"开车的人应该是江久旭。"

"为什么……不送到医院呢？"

黄宇没有回答，思索片刻后说道："这种可能性是最大的，只不过，恰好在那个时候宋先平给江久旭打了电话，你被这一点干扰了思路，把两件事混在了一起，认为这是一个蓄意已久的计划。"

"可问题是，人去哪儿了？你说他们没有带走秋原，那为什么找不到人？"

"我只是说陆冰燕的车上没有陈秋原的痕迹。"黄宇看了一眼手表，接着说道，"这分几种情况。"

105县道只有两头装有监控，排查车辆花了不少时间，追踪到陆冰燕的时候，距离陈秋原失踪已经隔了一天，夫妻俩有充足的时间来应对。如果车祸没有造成出血,即使把陈秋原带上车,也很容易抹除痕迹。

"只有血迹是擦不干净的,毛发和指纹只要有足够的耐心,便都不成问题。所以究竟有没有把人带上车,现在无法判断。"

"无法判断就不能排除没有带上车。"

"是的,我们一直在找。"

子阳对此表示怀疑,三个多月过去了,就算如他所言,警力投入也一定很有限。

"这效率也太低了。"他忍不住咕哝了一句。

"十分钟能开到什么位置,这取决于车速和当事人对时间的判断,前后有五分钟的误差也很正常。这五分钟又能开出多远?路两边的树林很大,还有好几个人工湖,警犬和水上救援队都用上了,你不都看到了吗,还要怎样的效率?"

子阳走出茶室,与表哥分别。他心里一直惦记着刚才的对话,快到家时,想到母亲又要念叨找工作的事,顿时头大如斗,就没有拐进小区,继续漫无目的地游荡。

辞职两个月,家里的氛围让人喘不过气。父亲和他谈心,让他回联洋工作,还说好不容易打下的基础,说不干就不干,太不像话了。父亲帮李致做过心脏手术,真要回去也就是喝杯茶的事。

子阳架不住父母轮番劝导,说出自己辞职的理由。他说去联洋上班只是为了追求一个姑娘,现在姑娘出事了,他没有心思工作。父母惊诧于儿子的幼稚,思考了好几天仍然无法理解。

不知不觉，又来到了旧房鳞次栉比的老生活区，这里离秋原的住处不远。子阳想了想，反正暂时也没有别的事情可以做，于是走进了小巷深处。

秋原在一栋五层住宅楼里租了一套两居室。

"是小周啊。"

秋原的母亲出现在门后。她身穿红色毛衣，袖子捋到肘部，正在收拾东西。子阳说只是顺道路过。她洗了手给子阳泡咖啡。

"不用麻烦了，我一会儿就走。"

秋原不喜欢喝咖啡，冰箱上的速溶咖啡是她母亲住下后自己买的。这个年纪爱喝咖啡的人不多。她是个打扮时髦的女人，五十多岁依然化着淡妆，身材也没有走形。本以为不太好接近，几次攀谈下来，发觉只是有些絮叨，或许是一直沉浸在悲伤之中的关系。她眼眉之间与秋原神似，有一种莫名的亲切感。

在联洋工作期间，子阳从没来过这里。出事以后，跟着黄宇调查来过一次，那时她母亲身边还有一个中年男人。秋原父亲早年去世，男人应该是她母亲的男友。房租半年一交，房子要到六月份才到期。她便和房东商量，住下来等待女儿的消息。时间一长，男友耐不住，先回老家了。

搜寻迟迟没有进展，子阳辞职以后闷在家里发呆，有一天忽然冒出不可思议的想法，来到秋原的住处敲门，做梦似的期待着秋原已经安全回家。开门的却是她母亲。

"留在这里也没什么用，但是回去的话，就好像已经放弃秋原了。"

她一直以为女儿仍然在嘉园市工作。子阳跟她讲了许多秋原的事。

"她在这儿做销售员一年多了……可是她现在失踪了,除了你,没有人过问,就好像她从来没有来过这里。"

子阳听到这番话,心里悲凉,越发觉得秋原可怜。

"秋原表面上乖巧,其实有点倔,不大跟人合得来。我一直催她回家,要是有什么事,起码能找亲戚朋友帮忙。在这里,她就只有一个人。"

一个不太合群的单身女子,独自在陌生的城市闯荡,其中的艰辛旁人难以体会。秋原依附于宋先平,也许不单单是一时意乱情迷吧。

子阳摇了摇头,现在这么判断还为时过早。宋先平这个家伙到底好在哪里?

"不知道是不是年纪大了,老眼昏花,我前几天好像看到秋原了。"秋原母亲端上咖啡,苦涩地笑道。

"是吗?在哪儿?"

"就在楼下,背影真的很像,我差点就……喊出声来。"她哽咽了。

子阳不知道怎么安慰,愣愣地接过咖啡杯。两人静静地坐了一会儿。

"对了,小周,你看下这个。"她起身走进厨房,回来时手里拿着一个白色药瓶。

药瓶上贴着深海鱼油的标签。

"一开始我没多想,后来觉得有点奇怪,年轻人很少吃鱼肝油的,昨天我就打开看了下。"

说着,她旋开盖子,从里面倒出几颗粉色的药片。

"这可不是鱼肝油呀。"

"是啊。"子阳拈起一颗,放到眼前细看。

"出事之前,秋原有没有不开心?"

"嗯?"

"我在想,这是不是抗抑郁的药。"

两人一商量,决定马上通知黄宇。

"等一下,马路对面有家药店,我先去问问。"子阳抓起一颗药片跑下楼。

不是不信任表哥,只是他也有难做的时候,子阳希望药物被警察没收之前自己能心中有数。

"我看看啊……"四十多岁的药店女服务员戴上眼镜,把药片举到阳光下,"谁吃的?"

"嗯……"

"男人还是女人?"

"女人。"

"那就是叶酸,其他药很少是粉色的。"

"叶酸?"

"孕妇吃的。"

子阳走出药店,就在店门口打电话给黄宇,告诉他秋原在失踪前已经怀孕。黄宇少见地在电话里沉默了。

"宇哥,这还不明显吗?"

"你把药拿过来再说。"

"如果反过来,失踪的人是宋先平,秋原是嫌疑人,她是不是早就被抓起来了?"

"这样假设没有意义。"

"你不觉得秋原太可怜了吗?"子阳忍不住大口喘气,"我调查宋先平,是有个人情绪,但我不是为了证明她和宋先平到底有什么关系……我要替秋原讨回公道!"

## 9

开门的声音很轻,岳母缩起脖子,示意久旭小声一点。

"你总算来了啊。"她指了指紧闭的卧室门说,"好不容易睡着了。"

久旭稍稍宽心,换了鞋坐到餐桌旁。

"你饿不饿啊?我们等冰燕醒了一起吃吧。"

岳母说着,把放在餐桌一角的塑料袋拉过来,拿出里面的病历本和检验单递给久旭。

今天胎儿十六周,冰燕和母亲去医院做第二次孕检。B超报告单上有块灰色的扇形,头、身体和上肢都能看清了。验血单上有几个向下的箭头,黄体酮指标和参考值相差很大。

"医生说孩子的状况不太好,打了针,下周还要去复查一次。"岳母忧心忡忡地望着地板说,"真不知道是怎么回事,营养已经很好了呀。"

母女俩从医院出来，在门口的公交站台等车，大约等了三四分钟，冰燕忽然两腿一软，晕倒在地。一位热心的路人去医院叫人，护工抬了担架把冰燕送进抢救室。冰燕很快就醒了。妇产科医生过来检查，说大概是精神压力过大引起的。

"孕期综合征？"久旭问。

"是啊，我以为吐一段时间就好了，这都已经熬过去了，没想到还有什么心理问题。"

"医生凭感觉随口说的吧。"

"久旭呀，你们是不是闹别扭了？"

久旭在沉思中，听到这句话连忙摇头。

"要不，我跟冰燕回去住吧，啊？小夫妻俩老是分开，总归不是办法，我那时候的决定太莽撞了。"

冰燕已经好几天没有正常睡觉了。岳母容易惊醒，半夜经常听到客厅里有脚步声，一大清早起来去看冰燕，就见她目光呆滞地靠在床头。

岳父埋怨妻子把女儿盯得太紧，让冰燕多出去走走，实在不行就回去开店，恢复以往的生活规律，反正离生产还有半年时间。冰燕不愿意动弹，对什么都提不起兴致，胃口也越来越差。

"说起来，就是前几天看电影回来开始的。"

"看电影？"

"是啊，我说太晚了，不要看，她不听。不知道看了什么电影，她不肯说。"

"是哪一天？"

岳母站起来看挂历，看完又马上坐回来。"就是清明节那天，她爸休息……哎呀，这么说还真不吉利。"

久旭皱起了眉头。第二天他接到冰燕的电话，她语无伦次，说昨晚看到陈秋原出现在楼下。

久旭顿时有种功亏一篑的感觉。好不容易走出阴影，身体也慢慢养好了，怎么突然又来这么一出？

他拿出笔记本电脑，上网查阅黄体酮指数偏低的原因。多数专家的意见是卵巢黄体功能不全，有先天关系，也有后天成因，但和孕期的心理状态无关。

等到6点，久旭打算叫醒冰燕吃晚饭，推开房门却见她睁着眼睛，房里窗帘紧闭。

"好点了吗？"久旭坐到床沿，俯身拨开她额前的头发。

冰燕慢慢把目光从天花板移到丈夫脸上，仿佛调整视觉焦距是件极费力的事。

时值仲春，傍晚的阳光还很亮，久旭伸手去拉窗帘。

"别！不要……"冰燕痉挛似的抓住久旭的上臂，"她就在对面。"

"什么？"

冰燕坐起来，指着透出朦胧光线的纱帘说："她就在那栋楼里，偷偷看我，就在那里。"

久旭忧虑地看着妻子，她眼袋乌青，嘴唇好像脱水一样起皱泛白。

"好吧，我知道了。刚才一直没睡着吗？"

"你不相信我？"

久旭抱住她。"明天回家里住吧，妈说跟我们一起回去。"

"报警吧，快报警！"冰燕用力推开他，"不管什么结果，我们在一起就好，不用怕，久旭……等晚上我爸回来，我们一起商量，好吗？"

久旭终于烦躁起来，听着冰燕絮絮叨叨，禁不住血气上涌，站起来用力扯开窗帘。

冰燕躲进阴影里，全身蜷曲成一团，像难以忍受灼烧的疼痛。

这栋楼在小区最西侧，楼下就是马路。马路很窄，对面是一片商住两用区，一幢三层建筑与冰燕房间的窗户相向而对，外墙上缠绕着爬山虎。

"是这幢房子？哪一间？"

冰燕被久旭吓到了，抱着头哭了出来。

这样下去不是办法，必须让她清醒过来。幻觉究竟是怎么造成的？也许附近真的住着一个容貌相似的女人。

"今天在医院门口是怎么回事？"

"她在马路对面。"冰燕瞪大眼睛，看着空中一点。

"怎么又在马路对面了？你到哪儿她跟到哪儿，是吗？她穿什么衣服？"

"黑色的，有点……有点红。久旭，你真的把她沉下去了吗？为什么……"

"我说过很多遍了，她不可能活过来，除非她不是人！"

那晚让冰燕独自开车去湖边后，久旭返回树丛，打开手机手电筒在尸体附近寻找女人的随身物品。她的手提包落在四五米外，而手机就在马路边，屏幕上布满裂痕，已经无法点亮。

久旭把她的外套下摆从背后掀起来盖住头颅，又在脖子处系上纽扣，以防脱落，然后背起尸体朝湖边走去。

随着身体不断摇晃，女人的长发从脖子边落下来，发梢钻进久旭的衣领。不知为何，久旭一点也不害怕，反而越走越坚定。在冰燕父母前低下头，承诺两年后迎娶冰燕，那时的决心也比不上现在。

走到湖边，冰燕已经在网球袋里塞满了石块。网球袋是个圆筒形大包，平时用来放球拍、球鞋和网球，有两条肩带。尸体腐烂时，体内产生气体，会有极大的浮力，网球袋有脱落的风险。

久旭让尸体背上球袋，解开一条肩带的卡扣，穿过女人手提包的拎环，再扣到一起，另一边如法炮制。这样一来，手提包在胸前把两条肩带连接在一起，球袋被牢牢地固定在尸体上，绝对没问题了。

久旭脱掉衣服，身体暴露在冬至的寒风中，他望着躲在车里的冰燕，彷徨了几秒，然后托起尸体往湖心退去。

湖底下沉的趋势比想象的还要平缓，如果斜度不变，湖心最深也不过四五米而已。久旭对自己的水性有十足的把握，他探出水面深吸一口气，扎入湖底拖动尸体。网球袋很重，双脚可以抵住湖底发力。每次下潜不能超过一分钟，回到水面换气却需要好几倍的时间。从入水到返回岸边，足足花费了五十分钟。

"就算被撞以后没有马上死,在水里那么长时间,怎么可能还活着?"

"没有马上死……"冰燕喃喃地重复着。

久旭几近崩溃。"我只是为了强调而做假设,假设懂吗?!"

房门敲响了,岳母在门外招呼他们吃饭。

冰燕不愿下床,久旭自己先吃完,然后把饭菜端到床边。冰燕只喝了几口鱼汤。

久旭不再勉强,让她睡下了。他帮岳母收拾好碗筷,回到冰燕房间,打开电脑开始工作。

下午接到岳母电话时,手头的事还没办完。产品新版本的上线时间一拖再拖,已经不能再耽搁了,久旭把工作分派给两位助手。今晚的当务之急是,远程协助他们完成任务。

大概是丈夫在身边的缘故,冰燕睡得很沉。

忙到晚上10点多,又回复完几封邮件,久旭伸了个懒腰,靠在旋转椅上摇晃身体。目光自然而然地透过窗户,落在马路对面的住宅楼上。黑暗之中,密集的爬山虎形状难辨,仿佛异形生物的投影。

冰燕发出长长的呼吸声,胸口开始起伏,随即毫无征兆地睁开了双眼,像是有人正在呼唤她。

"醒了?"

窗外忽地映出一片黄色灯光,久旭转过头去,是那栋住宅楼底层的楼道灯亮了。

有人回来了。一个女人慢慢地走在楼梯上,她穿着黑色的短款兜帽衫，每走两步，上身便向右倾斜一次。她是个瘸子。

楼梯间是敞开式的，女人走上楼梯平台，刚刚露出脸，一转身又化作幽暗的背影。

二楼的灯亮了，接着是三楼。她停下脚步站定，像是在思考什么，然后面朝久旭，迎着他的目光。

马路很窄，久旭和女人的直线距离仅在十米之内。他屏住呼吸，强忍着没有移开视线。

灯光照出她五官的轮廓。久旭回想起在电视中看到的陈秋原的照片——真的很像！

他不由自主地前倾上身，鼻尖都快要碰上窗玻璃了。

女人的额角有一处伤疤，更加不可思议的是，她右侧的耳垂缺了一块！

这怎么可能?!

久旭猛地拉上窗帘，双手撑住桌子，否则他可能会站不住。

陈秋原的耳坠掉落在前挡风玻璃的外槽里，那是她遭受强烈撞击时被硬生生拉断的。

如果说有人装神弄鬼，她怎么可能知道这一点？甚至于，在冰燕洗车发现耳坠之前，除了陈秋原自己，世上没有人知道。但她已经死了……

久旭痛苦地抱住脑袋，发觉自己的认知开始混乱。

冰燕忽然掀开被子，看着自己的手指大声尖叫。她的手指是红色的，床单已被鲜血染红了一大片。

岳母念叨累了，终于安静下来，走廊里变得悄无声息。岳父站在走廊尽头抽烟。久旭忍受不了这样的安静，他来回走着，听自己的脚步声。

过了一个多小时，医生走出手术室，摘掉口罩缓了口气。

"等醒了就可以走了。"

"孩子怎么样？"

"孩子？这是人流手术啊，孩子肯定没了。护士没跟你说吗？"他边说边麻利地脱下手术服。

久旭捏紧拳头，差一点就要发作。

"怎么会这样啊……大人没事吧？"岳母问。

医生点点头，拍了一下久旭的手臂，说："你来一下。"

岳母要跟上去，被岳父拦住了。

久旭跟着医生走进办公室。办公室里有其他病人候着，医生要先应付他们。他操作电脑，调取档案回答问题，又晾了久旭好几分钟。

"要孩子前没有做过体检吗？"他疲惫不堪地问道。

"没有。"这次怀孕并不在计划之内。

"我看过门诊病历，你妻子的精神状态不太好。医生一般很少会备注这一点，这说明情况还是比较严重的。不过，流产主要还是染色体的关系。"

"什么意思？"

"染色体异常，也就是基因问题。"他竖起食指伸向天花板，"老天爷定的。"

久旭困惑不已，不是无法理解医生的表达，而是难以相信这种事会轮到自己。

"为什么产检没有查出来？"

医生看了他一眼，没有回答这个问题，自顾自说道："异常的染色体会导致胎儿畸形或者功能不全，如果情况严重到不足以维持生命，母体就会排异。这是自然法则的淘汰，比起生下畸形儿，未尝不是件好事。"

"是……我的问题吗？"

"不一定，男女都有可能，或者是双方都没问题，但配对时出了问题，情况很复杂，我给你打个比方……"

"你就直接说以后还能不能生？"

"凡事不绝对，不过就我的经验而言，可能性很低。"

呜咽声从走廊飘过来，很快变成号啕大哭。久旭冲出办公室，医生紧随其后。

推开手术室的门，只见岳母伏在冰燕身上，压住她的双臂不让她挣扎。冰燕张大嘴巴，脖子上青筋浮现。

护士退到器械台旁，赶紧放下手里的东西，用纱布盖住。仅仅一瞥眼，久旭还是看到了。

那是个玻璃皿，里面盛放着一个番薯大小的东西，犹如透出红光的玉石。

久旭只觉天旋地转，胸口的气息迅速膨胀，等着冲出身体摧毁一切。

"为什么给她看这个？说话！"

护士吓得脸色变得惨白,眼巴巴地望着医生。

"这是她的权利。"医生舔了舔嘴唇,"愿意的话,你们可以带回去;要是觉得不舒服,就交给我们处理吧。"

久旭跨步上前,掐住医生的脖子,一直把他推到墙上。

护士逃出手术室。紧接着,走廊里响起了尖锐的警铃声。

## 第三章 原野明月

1

到 6 月还差五天，天气已经热得不像话了。如今，一年到头好像只剩冬天和夏天。比萨店的冷气吹得膝盖发酸，印山城暗自感叹，身体毕竟不比当年了。

"兴趣课嘛，差不多就得了，你妈真指望你将来打职业比赛啊？"

"我觉得挺有意思，打着玩嘛。"小竹再次用叉子戳中一片生菜叶，挑起来送进嘴里。她好像只对蔬菜沙拉感兴趣。

印山城大口嚼着被他称为美国烧饼的食物，吃了不知多少回了还是没习惯。不过今天出来晚，又赶了一个多小时路，着实饿得慌。

"就不能换家有室内球场的吗？一个暑假打下来，你还不成非洲移民？"

"整个嘉园市就这一家青少年网球俱乐部。"小竹晃着黝黑而结实的双腿说，"有机会打就不错了。"

看来她是真心喜欢。也是，女儿现在长大了，有自己的心思。如果跟着他，每天除了读书、吃饭，生活想必没什么乐趣，至少像网球这种高端运动是没机会接触的。印山城内心酸溜溜的，不过很快把心情调整过来，离婚这么多年早已习惯了。

假如小竹是个男孩，跟着单身父亲也没什么可担心的，只要不闯祸，成绩差一点也无所谓。女孩就不一样了，各方面都不能低人一等。高中女生每天在想什么，喜欢做什么事，房间布置成什么样，他一点概念也没有。

"爸，以后别带我来这儿了，不管点什么，吃到最后都是一样的味道。"

"哎呀，你早说啊……我也这么觉得。"

"其实去面馆简单吃碗干挑就不错，别每次都搞得像过生日似的，你有负担，我也不自在。"

"这样啊，那我知道了。"

小竹这番话看似轻描淡写，没准经过了深思熟虑。不知从何时起，父女之间不再无话不谈。印山城面对成年女性时交流的顾虑，对小竹也渐渐显现。虽说这是自然规律，但他不想一下子出现太大的变化，每周一次的见面频率不能再低了。

"那个还在考虑吗，辞职？"小竹凑近了问。

"嗯，嗯。"印山城灌了一口酸梅汁，等不及下咽就点头。

这是上周跟她提起的话题，她的意见是，如果是因为母亲才有了换行的念头，还是算了吧，事到如今已经无法挽回。即使爸爸从警察摇身一变成了大老板，这个家也没法破镜重圆了。

印山城当即愣住，女儿的成长速度令人惊讶。

"我考虑过你说的，老实说，跟你妈有点关系，但不是为了挽回，我总觉得人生可能还有另一番风景。只是我一把年纪，除了办几个破案子，啥也不会，惆怅呀。"

做了十七年警察，经历过大风小浪，日渐感到索然无味。这么说有点对不起这份神圣庄严的职业，但他知道自己的性格和境界都跟神圣不沾边，他对仕途也没有半点兴趣，干到退休恐怕也是现在这副兴之所至的样子。

手机响了，一看屏幕，是副队长沈重。麻烦了，有案子。

"跟女儿约会呢？"

"是啊。"

"吃完了吗？"

"这才刚坐下。"印山城偷瞄了一眼小竹。

"行，我们等你，一会儿由黄宇跟你联络。"沈重说完便挂断了。

"要走了吗？"小竹抽出纸巾擦嘴。

"没有，接着吃。"

印山城暗自懊恼。哪有说"我们等你"这种话的，这还怎么让人好好吃？

小竹心领神会，站起身来，赶鸡似的推动手掌。"走啦，你回云岸还得一个小时呢。"

小竹和母亲及继父住在附近，她想自己走回去，印山城坚决不允。开车送她到楼下，黄宇正好打来电话。

"不好意思，城哥，沈队说目前就你空着。"

上回也是这句开场白，当时印山城在跟一起抢劫伤人案，因为线索中断闲了两天，马上就被指派和黄宇合作，调查金丰村的轿车凶案。结果也是茫无头绪,又被抽调回原本的专案组。

"滨海街有人掉海里了,连人带车一起,今天凌晨的事。"黄宇说。

"就这样而已吗?"

"对。"

"人死了?"

"死了。"

"死得不寻常?"

"寻常就不找你了。情况有点复杂,现在要不要立案还不好说,等你回来商量。现场已经收队了,你直接到局里就行。"

黄宇很能干。印山城觉得,如果没有重大案件必须由刑侦大队出面这项规定,他可以单独解决大部分案子。

七点三刻,印山城抵达云岸县公安局,黄宇在门口等他。

"死的人是宋先平,你见过的。"

印山城关上车门,皱起眉头表示迷糊。

"去年查严小月的案子,咱俩一起去过联洋汽车,他当时是销售部的负责人。"

"联洋汽车……李致的女婿?"

"对。"

在调查严小月人际关系的过程中,发现了她高中时期关系亲近的同学周子阳。周子阳在联洋汽车做销售员,于是印山城和黄宇前往调查。当时接待他们的是周子阳的直属上司。

印山城顿时感到一丝压力。"他怎么搞的,喝醉了?"

"不清楚。"

两人快步迈入大厅,沿走廊朝小会议室走去。侧边一扇门开了,走出一个魁梧的中年男人。

"印警官,辛苦!"他笑逐颜开,顺手敬了个礼。

此人是与政府合作多年的民企老板盛国良,嘉园市有相当一部分的道路监控设备是从他公司采购的。最近几年云岸县运势不佳,破案率下降了许多,天网系统被提上日程。最近一段时间,盛国良带下属窝在这儿,和局领导讨论新工程的设点位置,隔三岔五就能撞见他晃荡的身影。又有机会大赚一笔,难怪他见人就笑。

"盛总辛苦。"

印山城与他并不熟。据说这家伙极重情义,但也极其好色,连女警都打过主意。

"为公共安全尽一份薄力嘛。"他衬衫的领口解开两个扣子,露出脖子和胸膛之间的褶皱。

"全仰仗盛总了。"

"哪里的话,老百姓都说现在的警察跟医生一样,没有设备啥也干不了。这话对印警官可不适用。"他拍拍印山城的肩膀,干笑着走开了。

"他知道有新案子?"印山城问黄宇。

"应该不知道。"

"我怎么感觉他一副等着看好戏的样子。"

黄宇去办公室叫副大队长沈重,三人在会议室集合,桌子上已经摆好了云岸县地图。

"这案子你来跟，我觉得有空间。"沈重比印山城小两岁，今年刚满四十岁。他做事循规蹈矩，缺乏想象力。相对的，他分析客观，执行力高，只讲证据不讲直觉。这一点警界老生常谈，可真正能贯彻到底的人并不多。

黄宇开始讲述现场状况。

报案者是一位退休老人。今天早晨五点半左右，老人晨跑经过滨海街的观海平台，发现水泥栏杆有一段大约两米宽的断档，断档下方是波涛起伏的海面。水泥栏杆虽然有碗口粗，但内部没加钢筋，断面杂乱无章，附近一地粉末，此外还有许多碎玻璃和黑色片状物。

老人有点弄不明白状况，心想多一事不如少一事，就没有报警。回家跟老伴一说，心里越来越不安，熬到下午两点多，又跑去那个地点，一看还是老样子。那时有几个骑车路过的高中生也发现了异常，老人在他们的鼓励下报了警。

黄宇赶到现场一看，明显是车辆坠海事故，立即联络水上救援队。日落之前，吊车从水中拉出一辆黑色大众轿车。司机的尸体蜷缩在驾驶室内，车上没有其他人。

"身份证和驾照都在，应该是宋先平没错，已经通知家属去医院认尸了。"黄宇说。

"保险带解开了吗？"印山城问。

"解开了。"

这说明司机并没有因为入水时的冲撞而昏迷。之后由于车内外的压差过大，门窗打不开，水从车底漫进来，最后把人淹死。

云岸县毗邻杭州湾，其东部和北部被一条绵长的沥青公路——滨海街包围。滨海街全长 11 公里，由南向北延伸大约一半的路程后，大弧度拐弯，向西汇入城市道路。而观海平台就修建在这个拐角的位置，是眺望海面视野最好的地方。

观海平台占地面积不大，由间隔均匀的花坛围成半圆形的区域，无法通车，中间有一尊历史名人雕像。平台面向滨海街的一侧有平缓的石阶。从现场痕迹来看，轿车由南向北行驶，抵达平台附近时没有任何转弯或刹车的迹象，径直冲上石阶，随后撞破栏杆坠海。现场的监控录像也证实了这一点。

"这地方还有监控？"

"大小算个公共场所嘛。"沈重说，"几年前的设备了，清晰度不错，没有夜视功能。"

也就是说，可以分辨车型和车牌，但是看不清车里的人。

"坠海时间是今天凌晨 3 点 37 分。沿着宋先平行驶的路线往回追踪，第二个摄像头在观海平台南边 700 米处，那里是个丁字路口，向西是平塘路，再往南一公里是第三个……"

黄宇边说边点，指尖在地图上从滨海街划进市内纵横交错的道路，一口气说了十几个监控点。他没用笔做标记，印山城完全记不住。

"哎，行了行了，说重点。"

"好。一直到这趟行程的起点——宋先平居住的小区地下停车场——都有监控。停车场里的监控拍到他 3 点 6 分从电梯里走出来，上车出发。随后一路不停，在市区闯了两个红灯，到达滨海街，平均车速预估超过了八十码，然后……"黄宇伸平手掌代替汽车，做了个向斜下方滑落的动作。

"直接下去了？"

"对，没有刹车痕迹。"

自杀两个字从印山城脑子里蹦出来。烟瘾忽然上来了，他从口袋里掏出烟盒。沈重和黄宇同时后退一个座位。

投海自尽的案例并不少见，尤其是在沿海城市。茫无边际的大海让人想到孤独和恐惧，暗合了轻生者的心理，使其投身其中。在他们来看，深渊是诱人的，是温柔的长眠之所。这位汽车经销商的部门领导在经历什么样的痛苦，谁也不知道。不过，即使是义无反顾的自杀行为，也常常受到生存本能的阻碍。有些上吊的人会用另外一根绳子在脖子后面的绳套上打死结，跳河的人会在身上捆绑重物，这都是为了防止自救。

但是，开车坠海的自杀方式似乎做不了类似措施。对驾驶老手来说，眼见迫近大海而踩下刹车，是一种下意识的行为，和窒息时抓住绳套、溺水后挣扎是同样的道理。如果直接跳海会犹豫，那么开车也一样。印山城弹掉第一截烟灰，说出自己的想法，黄宇和沈重都表示认同。

"所以啊，跳海就跳海，没有必要开车。"沈重说，"除非是在开车的过程中突然受了什么刺激。"

"等尸检报告吧。"印山城说。

只要家属不反对，今晚就能出报告。是喝多了，还是嗑药了，以及具体的死因，就都知道了。不过印山城心里清楚，仅仅是这样的话，沈重不会急着让他来。按惯例，所谓的"这案子有空间"，是指很可能涉及谋杀。他把半支烟摁进烟灰缸里，隔着飘上来的袅袅青烟看着两人。

"宋先平接到过一通电话。"果不其然，黄宇从摊在桌上的记事本里抽出一张A4纸，上面密密麻麻打印着好几排电话号码，"3点整，就在他出发前六分钟。他是被这通电话叫出去的。"他把手指落到最后一个手机号码上。

"3点整……"

"对，一分不差。对方的手机号码不是实名制，查不到使用人。这个号码在4点半左右，也就是宋先平坠海一个小时后失去信号。结合附近几个基站的数据判断，信号中断的地方很可能就在观海平台附近。还有，这个手机号码在过去的一个月内，频繁地与宋先平互通电话，而且只和宋先平一个人。"黄宇调整坐姿，靠向椅背，表示陈述告一段落。目前掌握的信息大致就是这些。

从下午打捞车辆到现在，满打满算也就五个小时，死者主要的通信和行踪信息都已调查清楚，即便有沈重帮忙，黄宇的效率还是高得惊人。

"怎么样，有头绪吗？"三人沉默一阵，沈重问印山城。

印山城挠挠寸头，看着指甲说："有头屑。"

沈重闻到臭味似的咂咂嘴："说正经的。"

"丢失信号，是指直接拔卡吗？"印山城问黄宇。

"对！"黄宇前倾着上身回答，眉毛挑了起来，他显然明白印山城这个问题背后的含义。

手机关机时会向基站发送一条关机信息，然后继续与其保持通信，只是大多数用户自己不知道而已。在开机的状态下取出手机卡，服务商也能获悉拔卡的时间点，并根据多个基站的信号强弱大致判断拔卡的地点。其实有不少品牌的手机支持开机换卡，但几乎所有人换卡都会先关机，而这个人没有这么做。

这就让人觉得：拔卡后的下一步行动是，销毁手机和卡。再加上这个号码从头至尾只和宋先平联络，便让人进一步想道：这部手机的存在，就是为了达成宋先平坠海这一目的。目的达成，手机和卡就都没有存在的必要了。

不用说，沈重肯定不喜欢这种直觉性的推论。印山城和黄宇短暂交换眼神，什么也没说。

"这个事，可能和去年第二起女性失踪案有关。那个案子，宋先平是嫌疑人之一。你抽空翻一下卷宗，都在黄宇这边。"沈重说。

对啊，那个失踪的女人叫什么来着……陈秋原，她是宋先平的下属。

经沈重提醒，印山城想起去年为了寻找严小月拜访联洋汽车的情景。当时被盘问的几个人，已有一人失踪，一人死亡。

"半年多时间，丢了两个女人，死了一个男人。如果宋先平的尸检报告有什么蹊跷……我这日子可就难过了。"沈重的眉心皱得能夹住硬币。

陈秋原的案子不知被哪家媒体报道出来，当时闹得满城风雨，印山城全程没有参与，竟也被记者拦下来采访过。

那个女人……一枚耳坠在脖子右侧轻轻摇摆。此时能回忆起来的,也就只有那道银白色的微光。

## 2

李萱坐在大厅的长椅上,把头埋进父亲的胸口,全身不住地颤抖。李致长时间站着,抚摸女儿的长发,眼中含着泪水。

印山城透过不断变化的人缝才能观察到这对父女。太平间外厅里挤满了形形色色的人,他们扎堆交谈,轮流走到李致身旁安慰。其中包括好些县局领导,看着面熟却叫不出名字。这个级别的人好像都长得差不多。

宋先平的父母留在停尸房里,守着遗体不肯离开,哭声被大厅里的噪声掩去了一大半。

每隔三五分钟,就有人推开厅门加入哀悼的队伍。李致的全部注意力都在女儿身上,对旁人视而不见,负责接待的是他的助手和秘书。

"这得等到什么时候?"印山城看了一眼手表,快10点了。

黄宇很有耐性,靠在墙边默不作声。他认为在对方情绪不稳定的情形下问话,只会浪费机会。

现在是一年中气候较为尴尬的时节,对怕热的印山城来说,没有冷气身上就黏糊糊的。他在走廊里来回挪步,经过楼梯间的入口时,有微弱的凉风吹来。

两个女人匆匆赶到,走在前面的稍显年长,大约三十四五岁,风韵不凡。

"是联洋的同事,"黄宇小声介绍来者身份,"销售部经理薛琴;后面那个之前是宋先平的部下,姚珊。"

"你怎么能记住那么多人?"

"为了查陈秋原的案子,宋先平身边的人我都留意过。"

陈秋原失踪半个月后,事件暴露在公众视野中,又过了一个月渐渐平息。随后,宋先平从销售部被调到装潢部,相当于撤出核心业务搞内勤去了。可见,他和陈秋原的关系引起了李致父女的怀疑。

薛琴和姚珊走到李致身旁。李致转过脸看着薛琴,他的眼神有了变化,随后点了点头。

"她原本只是个驻点保险员,现在是销售部经理。业绩再怎么出色,直接顶替宋先平还是有些说不过去。"黄宇说。

"说得过去。"印山城盯着薛琴说。

"嗯?"

"宋先平的能力怎么样我们都不清楚,但可以肯定,他坐上那个位置是因为和李致的关系不寻常。"印山城朝薛琴努了努嘴,"这个女人当然也可以咯。"

黄宇也好奇地看向薛琴。"她和李致的关系不寻常?"

"搜集情报你在行,看人心嘛,还得靠我瞎猜。"

黄宇笑而不语。

李萱走进盥洗室,出来时脸上哭花的淡妆已经洗掉了。她穿过大厅,在众人的目光下走到印山城面前,调整呼吸,然后说:

"可以了。"

他们走到黑魆魆的楼梯间，黄宇用力一踩地面，声控灯发出清冷的白光。

"这里没有合适的地方坐下来，将就一下吧。"印山城说。

李萱点点头。她穿着印有卡通图案的休闲卫衣，看不出已经三十好几了。

"安慰的话就不说了。你丈夫的死看起来有些蹊跷，对此你有什么可以说的吗？"

黄宇拿出硬皮笔记本准备记录。

李萱想了想，缓缓摇头。

"他昨晚……今天凌晨吧，为什么突然出门？"

"有人打电话约他出去钓鱼，是一位客户。"

"钓鱼？那个时候去钓鱼吗？"

"他是这么说的。对方兴致很好，不去有些为难吧。"

"以前有过类似的事吗？"

"有的，不，这么早没有过，一般差不多四五点。"

李萱当时没有多问，虽然有些不满，但耐不住困意，便继续睡觉了，也不知道丈夫说的客户是哪一位。

印山城问，从昨晚回家开始，宋先平的神色或者行为是否存在异常。李萱摇头说没有。印山城又把这个问题的时段延长到过去一个月，李萱说也没有。

"实不相瞒，对方的手机号码是从最近一个月才开始使用的，而且只和你丈夫有过联络。你能想到是谁吗？"

李萱困惑地抬起目光。"我老公是被人杀害的吗？"

"不，不，现在还不清楚。"印山城挠着板寸头，被她泛红的眼睛看得有些窘迫。

"李女士，"黄宇借机开口，"如果说你丈夫是自杀的，你认为有这种可能性吗？"

"自杀？不会的，他怎么可能自杀！"

"也许工作不太顺利吧。之前有媒体报道，说你丈夫和下属陈秋原有婚外情……"

"陈秋原……她不是失踪了吗？"

"没错，宋先平担心恋情曝光，所以让她失踪了。"黄宇伸出手，把李萱的情绪挡回去，"我只是陈述媒体的观点。"

李萱闭上眼，深呼吸。"我相信他是清白的。"

11点左右，客人陆续离开。沈重一直在耐心地和家属沟通，遗体必须解剖以后才能领回，最快也要等到明天上午。宋先平的父母和李致父女都没有异议，至亲不明不白地离世，想必实在难以接受。

印山城到家已经过了零点。就侦查而言，目前能做的事都已经做了，今晚的休息时间正好可以等技术结果，包括尸体检验、车辆内部痕迹鉴定，还有最花时间的死者近期活动轨迹追踪。

小竹已经睡了，今天就不道晚安了。印山城洗完澡，打开手机，翻看和小竹的对话，确认没有新消息，然后把近日的聊天记录重新读了一遍。

小竹说她看到语音消息就头皮发麻，像一排绿色的楼梯，印山城只好学打字。小竹发两三个字就能清楚地表达自己的想法，而他每次回复都要长篇大论。

不管怎么样，手机真是个好东西。如今这个年代，除非对方有心决裂，否则就不存在真正的告别。即便天各一方，也可以把时间交给彼此。

印山城想起高中毕业那年，在车站为初恋女友送行的情景。那时他身材修长，活像一只大章鱼，抱紧女友的臂弯里仿佛还能容下一个人。女友的眼泪和鼻涕浸湿了他的胸口。

掰起手指一数……二十四年了，滚烫的触感早已远去。时间过得真快，再有两年，这种伤心事就该轮到小竹了吧。姑娘身材这么好，一定有男生跟在屁股后头流口水，真让人惆怅啊！

去医院之前，黄宇把陈秋原失踪案的关键信息整理成文档交给印山城，这比翻阅卷宗轻松多了。

印山城快速看完，以自己的方式重新记录了一遍。

2012年12月20日23点50分，陈秋原的手机失去信号。以此为时间信息，失踪事件触发。

大约二十分钟前，陈秋原与出租车司机联络，告知自己所在地为105县道近云岸地界，这是地点信息。

第一位嫌疑人，陈秋原的同事周子阳，于事件触发前五分钟左右致电陈秋原。在时间信息上有所关联，但基站数据显示两人相距20公里以上，地点信息不符，暂时踢出嫌疑人名单。

第二位，江久旭、陆冰燕夫妇，与陈秋原没有社会关系，但时间和地点信息均大致吻合，很像肇事逃逸的案件模型。嫌疑最大，但没有证据。

第三位，陈秋原的上司宋先平，两者疑似存在暧昧关系。事件触发时，宋先平在自己家中，地点信息不符。但在时间信息上，通过第二位嫌疑人间接产生关联。宋先平打电话给江久旭，就在事件触发前的两分钟内。

如果非要把两起案件牵扯到一起——起码黄宇和沈重认为有必要这么做——可以得出以下推论：

第一，宋先平为了掩盖自己和陈秋原的婚外情，借江久旭之手谋害陈秋原；

第二，宋先平的死亡，是一起伪装成坠海事故的凶杀案。

以此为基础，关于第二点，还存在两种可能性：凶手是江久旭，他的命门掌握在宋先平手中，为了自保杀人灭口；或者，凶手是陈秋原，为了复仇。

值得注意的是，失联时陈秋原已有两个多月身孕，如果妊娠没有终止，现在她是个行动不便的孕妇。

这个推论虽然谈不上天马行空，但有很多疑点。

首先，江久旭甘愿把自己作为杀人之刀借给宋先平，两人之间的关系可不只是喝几杯咖啡那么简单。

其次，如果凶手是陈秋原，江久旭对她的谋害或控制必然以失败告终，那么陈秋原又去了哪里呢？当时警方全面铺开搜索行动也没有找到，她是怎么离开105县道的？

还有，凶手仅仅用一通电话就把宋先平拉进大海，简直像从海底伸出招魂夺命的锁链一般不可思议。

算了，想太远了，等技术科的报告出来再说吧。印山城合上本子，关灯睡去。

3

观海平台中央的石雕人像大约两层楼高，头戴纶巾，身披长衫，衣襟下摆高高卷起，仿佛海风不断。脚下是一个稳固的大理石底座，上面光秃秃的，一个字也没有。

"他叫啥来着？"印山城叼着烟问沈重。

"那个……"沈重用食指戳着自己的眉心。

"不知道就说不知道嘛。"

石像面朝大海，神情肃穆，正午的阳光在眉骨下投出浓郁的阴影。创作者是想表现他忧国忧民的气质吧。

"唉，他要是真长眼睛就好了。"

"真长了眼睛……我看也不行吧。"沈重仰望着石像头部说，"视线太高了，除非宋先平开的是敞篷车，否则还是看不到车里的情况。"

"也是。真奇怪，一路过来，所有的探头都有夜视功能，唯独这个没有。"印山城指着伫立在平台出口，远远望去像路灯的摄像头。

"因为这里算公共景观，设备规格和道路监控不一样，配置差一点也情有可原。"

"我不是说这个。"印山城吐出一口烟，朝路口走了两步，"怎么说呢，总感觉这场意外是刻意设计给我们看的，就像是——魔术表演。"

"魔术？"

"魔术师先给观众展示所有可能做手脚的地方，变化前的瞬间，然后挡住最关键的部分不让人看到。宋先平从小区停车场出发，一直到倒数第二个路口，车里的情况全程被监控拍下，这是前面的铺垫，就像魔术师说，看，没问题吧？最后在节骨眼上来个浑水摸鱼，观众也会认为没有问题。"

"你的意思是？"

"我觉得，宋先平在最后两个摄像头之间的那段路上被人挟持了。"

沈重摸着下巴，不置可否，半晌咕哝道："怎么跟刑侦剧似的，也许情况很单纯，比如疲劳驾驶。"

印山城直摇头，然后走到雕像旁，转身正对平台入口的台阶，蹲下身闭上一只眼，向前伸直手臂。

"台阶确实很平，冲上来之后仍然可以保持极快的车速，但是……"他朝雕像摊平手掌，"这座石像可是站在平台的正中央啊，看到了吗，跟台阶的走向在一条直线上，疲劳驾驶的人不会拐弯，可是石像现在好好的，一点也看不出来被撞过。如果宋先平在车轧台阶时惊醒，紧急躲闪，就会拐向两边的人行道，更加不可能撞到雕像背后的栏杆。"

沈重走过来，郑重其事地拍拍印山城的肩膀——由于他过于高大，沈重的动作就像在冰箱上摸东西一样。

"找你负责这个案子,是正确无比的选择。"

"什么啊,你故意的吧?这不明摆着的嘛,你是对瞄准直线有什么障碍吗?"

沈重哈哈一笑,接着眼望大海叹了口气。

他只是为人保守,办案和带队的能力绝对不差。他抬高印山城,一半是开玩笑,一半或许是担心他会半途而废。沈重对这个案子的棘手程度早有预感。

上午,尸检报告和车内痕迹鉴定结果先后出炉。

死因为生前溺水。尸体患水性肺气肿,呼吸肌群出血,呼吸道内存在泡沫和溺液,溺液成分和海水一致。

也就是说,宋先平在海水灌满车厢之前仍然活着,伪造第一死亡现场的可能性被排除了。

另外,未测出酒精及异常药物成分。

没喝酒,没吸毒,也不是疲劳驾驶,除了自杀,就只剩被胁迫的可能性了。

至于车内痕迹,因为长时间泡在海水中,检测结果并没有太大参考价值。

5月的海风迎面吹来,不冷不热,只觉通体舒畅。没有这样的烦心事,该多好。下次有机会找小竹一起来散步,应该不坏。算了,她已经晒得够黑了。一想到女儿,印山城便又开始走神了。

一辆警车由远及近,在台阶外停下。黄宇跨出车门。

"情况怎么样?"印山城问。

黄宇抿住嘴唇摇头。"江久旭前天晚上一直在家,小区有监控记录。"

早上和黄宇一合计,决定优先排查江久旭的不在场证明。黄宇前往嘉园市,找江久旭谈话。对方神色平静,应对自如,说当时自己独自在家睡觉,没有人证。

"他老婆呢?"

"在娘家调养身体,她上个月流产了。"

"怎么回事?"

"染色体异常造成的,也就是落胎体质吧。医院的诊断就是这样,不是人为造成的。"

听黄宇这么说,印山城不禁有些失望。

黄宇走到雕像旁,伸手摸着底座,问两人有没有在现场找到什么灵感。沈重说了印山城关于宋先平遭挟持的猜测。

"问题是,挟持是什么时候发生的?"黄宇思考片刻后说道,"按照城哥你的说法,是在最后两个探头之间——倒数第二个探头距离这儿只有700米,也就是从这里往南700米的路段上。挟持,是要把车拦下来吧?"

"是这么回事。"

"我觉得时间上来不及,两个探头抓拍到的行车画面,时间差只有23秒。"

"23秒……"

"对,平均时速110公里!"

半道杀出挟持者,减速,停车,挟持者上车,再启动,到达观海平台。整个行程700米,只用23秒,这是不可能做到的。

印山城把空气吸进牙缝，嘶嘶作响。

"就算不计停留时间，车速降为零以后再马上把油门踩到底，宋先平这辆车的性能也不足以支撑这个速度。"

那如果挟持发生在更早之前呢？可是，除了最后的700米，开车的人一直是宋先平，夜视摄像头清楚地拍到了他的脸。

"难道说挟持者躲在副驾驶室或者后排座，命令他把车开进大海？"沈重猜测道。

"嗯……倒是有这种可能。"印山城不太利索地说，"不过，就算是被人用枪指着，宋先平会二话不说就把自己送进海里吗？换作是我，我宁可往这座石像上撞。"

如果最后控制车辆的人是挟持者，那么他必须在时速110公里的情况下夺过方向盘，冲上台阶，绕过石像，而这期间宋先平还活着。最后挟持者全身而退，宋先平却被关在车里出不来……这身手非同小可。

"对了，如果是意外落水，从车里出来真的那么难吗？"印山城问黄宇。

"不一定，要看当事人怎么操作，像这个情况，还是比较凶险的。"

平台和海面的落差将近十米，入水时冲击力很大，一瞬间车身被完全淹没，而后再浮起来。电动装置进水失灵，车窗便无法打开。

"因为轿车都头重尾轻，车身会倾斜得很厉害，在短时间内，后门有一部分露出水面，可以爬到后排座打开车门。不过，一般人在情急之下是想不到的。那时候身体失控，连解开安全带都不容易。"

沈重的手机响了，他接完电话一脸兴奋。"轨迹追踪好像能看出点名堂。走，去派出所。"

信息科的警员坐在电脑前，面对云岸县电子地图进行讲解。三人围在他身后。

在淡化的街道和建筑图形上，浮现出密密麻麻的小点，蓝色的线条穿过这些小点来回游走。

"这是宋先平的汽车在过去一个月内的活动轨迹，采集密度是每小时一次，总共有720个采集点。线条越密集、颜色越深，则表示停留时间越长，或者经过的次数越多。"

这是新上线的天网系统的一部分功能。印山城感叹不已，想到从前一步一个脚印地侦查，真是费时费力。

可以看到，蓝色线条在某些块状区域被断开了，并非一直都连着。

"这几个地方没有摄像头，活动情况不明，最明显的一块是这里。"警员张开手指，罩住屏幕上一块长方形的区域。

"是红枫老区啊。"沈重说。

红枫区由两个规模较小的城中村组成，住宅百分之八十为农户自建房。那里小巷纵横错落，人员混杂，菜市场、杂货铺、小饭馆一应俱全，像是城市中的一个独立院落。政府在十年前就有拆迁重整的规划，但因为价高地少，招商困难，迟迟没有动工。因此，在红枫区安装监控成了一件颇为尴尬的事，一直搁置至今。

最近一个月内，宋先平出过两次云岸县，都是当天即回，估计是出短差。其他活动地点主要是自家小区、联洋汽车公司以及红枫区。

"数据我要再整理一下，但就肉眼看的话，他至少去过红枫区五次吧，都是从同一个路口进出。"警员说。

沈重对着屏幕摇晃食指。"打电话把宋先平叫出来的人，十有八九就住在这里，把他找出来！"

黄宇影印材料，调遣下属，准备即刻出发。沈重下午还有其他案子的重要会议，印山城开车送他回局里。

两人在大门口分别，印山城正想掉转车头，却见李萱从办事大厅内走出来，手上提着一个硕大的黑色尼龙袋。印山城转念一想，下车迎上前去。

"印警官。"李萱摘掉墨镜，主动打招呼。

"啊，是来领车上的遗物吧？"

"嗯。"

"看过里面的东西了吗？"

"还没有。"

鉴定科通常会把检验好的物品集中收起来，由办公室通知家属领取。

"你不赶时间吧，麻烦现在确认一下。"

李萱疑惑地看着袋子。

"我已经看过了,但我想让你看一遍。"

两人走回大厅,李萱把袋子放在咨询台上,一件件拿出里面的东西。

宋先平大概是个讲究整洁简约的男人,车里没有额外的装饰,仍然保持着原本的样子,东西也都分门别类地放在不同的收纳处。

大部分是纸质文件,包括与工作相关的文档和保险单。质量较差的纸张已经被海水泡烂,烘干以后皱得不成样子。还有笔记本、各种证件、硬币、陶瓷小挂件,以及一瓶车载香水。

李萱拿起香水瓶仔细端详。瓶子形似印章,远看就如一体化的整块玻璃,透出淡淡的天蓝色。

"这个……我好像没见过,嗯,确实没见过。"

"你丈夫有在车里放香水的习惯吗?"

"没有。这香水怎么了?"

果然如此,印山城心中暗暗叫好。上午在鉴定科,他就觉得这个香水瓶有些耀眼,应该新买不久。

"你最后一次坐你丈夫的车是什么时候?"

"想不起来了,我很少坐他的车。"

"我能留着它吗?"印山城指了指香水瓶。

"可以的。印警官,我丈夫是不是有外遇?"

"这个嘛,现在还不清楚。"

"这瓶香水是女人送的,对吗?"

"也不一定,或许是客户送的。比如说,邀请他一起钓鱼的那位。"

## 4

龙井叶子竖悬起来，然后慢慢地往杯底沉去。薛琴粲然一笑。

"那个时间段，要有不在场证明可不容易呀。"

印山城承认这一点，凌晨三四点是酣然入睡的时候，而家人的证词是不作数的。他并不认为薛琴和宋先平的死有直接关联，只是想给对方施压。刑警试图表明态度而又找不到切入点时，只能突兀地冒出一句：几点几分，你在哪里。谈话过程中，印山城发觉自己一直很被动。

"我单身好几年了，没人能证明。不过无所谓，不能证明不在场，不等于能证明在场。印警官您大可去查，能配合的我一定配合。"

这女人看起来不太好对付。印山城特意把薛琴约在联洋附近的茶馆见面，在公司里谈，有太多借口可以退场。

她穿着职业正装，贴身的西服显得腰肢细长，以她的年龄而言，身材算是保养得不错。西服款式和部门下属的女装一致，只是颜色更深。

"我想了解一下，薛女士成为联洋销售部经理的契机。"

薛琴神色未变，视线在茶杯上停留片刻，眨眼间已经对准印山城。

"宋经理认为自己不适合销售管理工作，主动申请调岗，所以我顶替上来。"

"是吗？据我所知，你之前一直在保险部工作。"

"是，但我也参与一部分公司的管理工作。联洋的企业文化和形象宣传，这些事也得有人来做。"

印山城喝下一口茶，慢条斯理地说："宋先平调岗，难道不是因为他和下属的恋情被发现了吗？"

薛琴把身体靠在椅背上，叹了口气。"印警官，你是基于什么事实这样说的呢？"

印山城愣了一下。

"那天晚上，和陈秋原一起出现在游乐场咖啡馆的男人是宋先平？没有人能肯定这一点。退一步讲，就算是，喝咖啡和婚外情之间有必然联系吗？我现在在跟印警官您喝茶，所以呢？"

"嗯？"

印山城脑子飞速转动，这时候要是说不出反击的话，刑警的颜面可就保不住了。

"那得看喝茶的对象是谁，像我这种小公务员当然没有机会，可换作你们李总……就另当别论了。"

薛琴和印山城对视数秒，释然地笑了起来。

猜对了。

那天晚上，李致在医院抱着女儿谁也不理，唯独回应了薛琴。他眼神中流露出的一丝柔软没有逃过印山城的眼睛。

"李总和妻子分居多年，早就算不上正儿八经的夫妻了。"她居然承认了，倒也爽快。

李致筹备成立联洋汽车的时候，女儿李萱和宋先平正处在热恋阶段。当时宋先平时运不济，李萱劝说他放弃书店，加入联洋。

李致对女儿宠溺无度,同意女婿担任销售部经理。但毕竟放心不下,便安插薛琴监视宋先平,在经营管理和男女关系两方面控制他。

"原来如此,女婿是外人,情妇才是自己人。有钱人的世界当真奇妙。"印山城摇头不止,"宋先平自己知道这层关系吗?"

薛琴点了点头。

如果相信薛琴的话,那么宋先平对她来说只是玩偶般的存在,没必要对他动刀。李致为了女儿,也不会允许薛琴这么做。

陈秋原是宋先平的婚外情人,这一点八九不离十,刚才薛琴矢口否认的态度,更让印山城坚信。如果任由这段关系发展下去,李致势必拿薛琴问罪。

"陈秋原失踪的时候,肚子里有孩子了,你……"

"什么?"薛琴瞪大了眼睛。

"我是说……她怀孕了。"印山城干巴巴地补了一句废话。

"你确定?"

"当然,医院有她的病历。"

薛琴避开目光,仿佛陷入了深层的疑惑。

这件事是黄宇不久前发现的,当时媒体对失踪案的关注热情已经消退,警方的情报不易外泄。薛琴若是知晓,反而不正常。看起来,她不像在演戏。

"……她还活着吗?"

"我知道的话,就不会来找你了。怎么样,想到什么了吗?"

"没有。"薛琴的情绪很快调整回来,脸上恢复了七分锐气,"我说了这么多,你也别再遮遮掩掩了,我跟陈秋原的失踪没有任何关系,你让那个家伙离我远点。"

"那个家伙?"印山城没听懂。

"如果有证据,就光明正大地起诉我,否则就别再骚扰我。身为人民警察,找私家侦探帮忙,不觉得丢脸吗?"

"什么?等、等一下……"印山城如堕五里雾中,"你说有私家侦探在调查你?"

薛琴脸庞紧绷着,石化般凝视着印山城的双眼。过了良久,她打开手机举到印山城面前。

屏幕上是一个头戴鸭舌帽的男人,混在大街上的人群中,鬼祟的眼神十分讨人厌。

"他是私家侦探?这跟踪水平也太差了,我不认识他。云岸县的警察确实不怎么样,但也要面子,不可能干这种事。"

"好,既然不是,那就当我报警有人骚扰,你帮我查一下。"

印山城当即答应下来,就算薛琴没提这个要求,他也会这么做。

"我还有一个问题,你认识江久旭吧,他跟宋先平到底是什么关系?"

"我只是听说过这个人,我建议你找其他人问问。"

薛琴提到一个名叫姚珊的女销售员,她和另外几个同事是跟着宋先平一起来到联洋的,在那之前是宋先平书店的服务员。江久旭和宋先平的交集主要发生在那段时期。

"谢谢,麻烦你回去通知她一声,我在这里等她。噢,对了……"

印山城领着薛琴走到警车旁,从里面拿出香水瓶。

"见过这个吗？"

"没见过。"

"是从宋先平的车里找到的，你没有印象吗？"

"没有。"

从105县道前往嘉园市，可以避过人群熙攘的高铁站及其周边商业圈，直达市中心。虽然路窄蜿蜒，还是比走新公路快一些。

去年冬至来临之时，陈秋原就消失在这条路上。

印山城望了眼车窗外大片荒芜的农田，回过神专心驾驶。

工商部门存档的信息显示，文庭书店原位于市东繁华的步行街分支道上，有闹中取静的优势；大约在两年前正式注销了营业执照。

如今，这里已经成了数码产品大卖场，分手机、电脑、相机、打印机等多个区域。印山城站在门口扫视，想象当初书店的宏大排场——这一个月下来得多少租金啊。

商铺楼上有六层公寓，外墙贴着老式的马赛克瓷砖，看起来有些年头。江久旭当时独自住在二楼，常去书店的饮品区，鼓捣什么程序代码之类的东西。这些情况黄宇早已调查清楚。

江久旭出生于S省，上大学之前一直在以农耕营生的老家生活。在省城工作四年后，跟随女友陆冰燕回云岸县。由于云岸IT就业环境不好，他很快又在嘉园市找了一份过渡性的工作。两年后，跳槽到目前的大型软件公司，凭借自己开发的产品升任总监，并在云岸县购房，和陆冰燕结婚。

他好像还没到三十岁吧，相当励志啊。

印山城想了想自己三十岁时的样子，妻子贤惠，女儿可爱，完全没有什么拼劲。有案子了，兵来将挡水来土掩，相比于刑侦剧的惊心动魄，大多平凡无趣，却也会满足于每一次小小的成功。都说做警察压力大，他当时并不觉得。压力源于对挫败的恐惧，有家在，没有什么挫败是无法接受的。

反而是现在，四十三岁了，居然期待起人生的另一番风景来。明明连自己能做什么都没搞清楚，但就是觉得这样下去不太对劲。

是啊，只有困境才会给人力量，即便是如此盲目的力量。

江久旭的困境似乎没那么简单。

刚才在联洋旁边的茶馆里，姚珊向他透露了一件值得注意的事。

她坐到对面，印山城才想起来去年也见过她。相比薛琴，她的气场小了一圈。印山城松了口气，拿出侦讯的基本话术，一口咬定她因为争风吃醋而谋害陈秋原。姚珊吊眉薄唇，看似凶相，实则内心脆弱，吓得坐立不安。从她混乱的陈述中，印山城大致整理出了当时文庭书店的人员关系。

宋先平负责进货和库存管理，此外，饮品区服务、收银以及导购工作，由姚珊和其他三名女职员负责。这四人先后向宋先平示好，都被委婉地拒绝了。但李萱出现后，迅速俘获了宋先平的心。李萱家大业大，四朵金花毫无胜算，相互之间不再争风吃醋，从此亲如姐妹。

"可是我知道，大家都觉得还有机会，所以才会跟着宋先平一起来联洋工作。"

"还有机会？"

"对，因为宋先平借钱的贷款公司，其实是李萱家在经营。"

宋先平因债台高筑而放弃了文庭书店，最后由岳父替他还清债务，这一点印山城也知道，可没想到实际竟然有这样一层关系。

"这么说，其实没有还债一说，都是自家人。"

"有啊，用他自己来还咯。"

"明白了，这场婚姻是个陷阱，他还想着爬出来。"

"对，就是这样。"

这算哪门子机会，印山城心下纳闷。宋先平有多大魅力，结婚了还是个香饽饽？四朵金花也不年轻了，就没见过别的男人吗？不过，想想学生时代，班上男男女女几十号人，受欢迎的永远只有一两个。这大概是人类喜争好斗的本性吧。

"所以嘛，印警官，我们只是看不惯李萱，就算对陈秋原有点……有点嫉妒，也是因为她抢了我们的业绩，真的就是这样而已。她和宋先平的关系，在她出事之前我一点也不知道。"姚珊咬紧嘴唇，面露委屈的表情。

印山城不禁开始同情这个男人了，走到这一步，他还有什么期待呢？恋人从高利贷手中像商品一样把他买走；即使身在要职，也施展不开手脚，岳父对他的控制无处不在，而且竟然通过情妇来实施。也许他有旁人难以想象的忍耐力，默默等待翻身的机会。但他在那时遇到了陈秋原。

该怎么选择？答案显而易见。

如果遵从内心，选择陈秋原，便回到了一无所有的状态，为翻身所做的努力全部付之东流，甚至可能遭到李致父女的报复。最起码，那笔数额巨大的债务会从被掩埋的账本里跳到他面前。

倘若陈秋原腹中的孩子是他的，剩下的事就不难猜了。

印山城往姚珊的茶杯里倒满热水，把话题转到江久旭身上。

"江久旭啊，这个人经常来，感觉很忙的样子，一开始我还以为他是个作家呢。不过我感觉，他和宋先平的关系也就那样吧。"

"哪样？"

"不像是聊得来的朋友。他不太搭理人，也从来不看书。啊，对了，说起贷款，我想起个事情。"

印山城掏烟盒的手停住了。

"有一天白天，江久旭慌慌张张地跑进来，身后有个很凶的男人追他，年纪轻轻的，嘴里不停地嚷着还钱。两个人推推搡搡，差点打起来。没错没错……"姚珊看着桌面连连点头。

"怎么回事？"

"那天李萱也在，那个男人看到李萱和宋先平，聊了几句就走了，明明刚才还像个杀手一样哦。我现在才想明白，江久旭也向李家的贷款公司借了高利贷，一定是这样的。讨债人见到主子来调解，那可不掉头就走吗？"

"这是什么时候的事？"

"还真想不起来了，应该是书店最后的那段时间吧，李萱和宋先平已经订好日子了。"

姚珊回去之前，印山城也让她看了宋先平车上的香水瓶，她的反应跟薛琴一样，说没见过。

印山城点燃烟，独自在茶馆包厢内又坐了一会儿。

遇上特大刑事案，必须上报地市支队，由他们统筹安排。这么多年来，印山城和嘉园市各辖区派出所都打过数次交道。

Y区派出所离步行街不远，印山城把车留在原地，步行前往。

估计是外貌特征过于明显，指导员一下子认出了印山城，尽管想不起他的名字。

印山城表明来意，指导员当即指派一名警员查询资料，很快有了结果。

"有宋先平的记录，江久旭倒是没查到。"那名警员指着显示器上的档案说。

"是嘛！什么案子？"

印山城喜出望外，原本只是过来碰碰运气，看看有没有宋、江二人涉案的记录，并没抱多大希望。

"我看一下，宋先平……是监控设备的所属人，录过口供的，是前年的案子。你稍等。"

几分钟后，警员领着一位穿便装的中年人走进办公室。

"这个案子是老吴协助支队侦办的，你问他就行了。"

老吴眯着眼看显示器，谨慎地点点头，然后把印山城引到外面的走廊上。印山城正要催促，见他慢条斯理地递来一根烟。

"是大手东的案子，过失杀人。"一口气吸掉半根烟，老吴才开始讲述案情。

事情不复杂，但结果也不明朗。两年前的一个深夜，Y派出所辖区内的松子路上发现一具年轻人的尸体。死因是颈动脉割裂，失血过多，凶器还握在死者自己手上。第二天一早便有人自首，是一名绰号大手东的混混。

"他经常在附近惹事，小偷小摸、打架斗殴是家常便饭，光在我手上，就抓了不下七八回。我了解他的脾气，杀人的事，他做不出来。"

案发当晚，大手东酩酊大醉地经过松子路准备回家，却见前方逃命似的跑来一个男人，身后还有一人紧追不舍，手里提着一把水果刀。

酒精莫名催生了侠义感，大手东拦下两人，要问个明白。逃命的人几近虚脱，把摇摇欲坠的大手东当成躲避的柱子。双方绕着他转了几圈，后来三人一起摔倒在地，扭打成一团。

等大手东差不多清醒过来，发现有人快死了，鲜血从脖子里喷射出来，把他溅得满脸通红，而另外一人早已无影无踪。

"松子路上没有监控，这些情况是大手东自己说的。他醉得太厉害了，可信度要打问号。"

"另外那个人一直没找到？"

老吴点点头。"死者的指甲里，有不属于他自己和大手东的衣料纤维，所以第三个人是存在的，但是这很难查。大手东稀里糊涂，人到底是不是他杀的，说不出个所以然来。刀上有他的指纹，所以最后判他过失杀人。"

"在那种情况下，杀人不一定非要直接握着刀，指纹也不是决定性证据。"

"没错。"老吴投来赞许的眼神,"谁叫大手东傻呢。不过判了缓刑,也不冤。"

"另外那个人长什么样子,大手东完全想不起来吗?"

"不是想不起来,是压根没有看清楚。"

"死者是什么人?"

"外地人,什么资料都没有。他只有十九岁,我们怀疑是某个帮派的成员。但是他们的口风很紧,问不出来的。"

——帮派,非法暴力组织,手持水果刀的年轻人。

——那个男人看到李萱和宋先平,聊了几句就走了,明明刚才还像个杀手一样哦。

姚珊的话忽然飞进印山城脑中,这两个形象自动重合起来。

"那为什么找宋先平录口供?"

"宋先平?哦,文庭书店的老板。"老吴恍然想起,点头说道,"我们排查了几条路上的监控,都没有发现那天晚上有人追逐,这两个人的路线很刁钻。慢慢缩小范围后,我判断他们可能经过了文庭书店。店门口装了摄像头。"

"结果呢?"

老吴摇了摇头,说:"视频保存的时长只有四十八小时,我们赶过去的时候晚了,那晚的录像已经被覆盖了。"

一般来说,监控视频的保存有多档清晰度可以选择,从一个月到几天不等,保存时间越长,视频的清晰度则越低。

文庭书店遭过贼,因为监控画面太过模糊而无法锁定嫌疑人。

宋先平认为，与其这样，不如缩短保存时长以增加清晰度。

"他们每天都会盘货，少了东西当天就能发现，四十八小时足够了，所以就把视频设置成最高分辨率。"

"你有没有想过，这个设置也许是案发后改的？"

老吴意味深长地看了他一眼。"文庭书店里的每个人我都查过，都没有嫌疑。"

"谢谢，劳烦你了。"

印山城走出派出所，望着天空深深提气。他觉得自己的想象力触摸到了现实的边缘。

基于某种原因，江久旭当时急需一笔钱，于是宋先平把自己贷款的机构，也就是李萱家的借贷公司介绍给他。

欠债未还的江久旭两手空空，没有任何资产可供抵押。在这种情况下，借贷公司找暴力组织解决问题是很常见的。

讨债人白天追到文庭书店，见李萱和宋先平熟识江久旭，不便纠缠，到了晚上直接杀到江久旭住处，于是上演了一场深夜追逐戏。

即便是在逃命，江久旭也没有慌不择路，他对周围一带很熟悉，挑小路走，就不会被监控拍到。或许，他已经做好了酿成惨剧的心理准备。

老天真的眷顾他，鬼使神差地窜出一个大手东，把事情搅成一摊浑水。追债人死了，而且有人承担后果，还有比这更离谱的狗屎运吗？

然而他回到公寓楼下，发现了纰漏，文庭书店的摄像头拍到了讨债人追赶他的画面。

无奈之下，江久旭只能找宋先平交涉，要求他删除监控录像。

为了防止警察起疑，最后牵连到自己，宋先平没有直接删除视频，而是选择提高画质、缩短保存时长的方法。可是谁又知道，他有没有在原有视频被覆盖之前备份呢？

就是这样，没错！

宋先平攥着江久旭的把柄，因而在冬至前的那个夜晚，以此为要挟，让江久旭成为他的凶器。

哪有什么狗屎运，老天的恩赐是要还的。

那么接下来的问题就是，江久旭到底把陈秋原弄到哪里去了？

手机响了，深思中的印山城被吓了一跳。

"城哥，红枫区有线索。"黄宇保持着一贯平静的口吻，"宋先平经常去那儿，是找一个女人。"

"女人呢？"

"走了。我马上部署追踪，找出她应该不难。"

"有特征？"

"对，她是个瘸子。"

## 5

转弯处路面开裂，忽然低了一截，电动车倾斜起来，后轮"刺啦"一声，划出一道印子。子阳连忙跨出右腿撑住，引得旁边的老妇人一个顿步。

"小伙子，当心点啦。"

子阳道过歉,摆正车头继续在七拐八扭的小巷里穿行。红枫区内都是两三层高的自建房,家家户户都有围墙和院子,道路被挤占得狭窄不堪。

41弄10号,到底在哪儿呢?子阳拧着脖子观察门牌,发现号码毫无规律可言。临街店铺虽多,可是店主们只知道谁家大概在什么位置,被问起门牌号,都一脸茫然。子阳最后花了半个多小时才找到。

这是一栋两层高的民宅,墙体呈淡雅的米黄色,琉璃瓦将傍晚的霞光凝聚成耀眼的亮点。院子大得出奇,另有两间石棉仓房,可以用来停车。一辆警车横在正屋门口。

宋先平坠海身亡的消息,是从父亲嘴里听说的,打捞上来的尸体送到他就职的医院进行尸检。子阳大为震惊,他觉得和秋原有关,于是找黄宇了解情况。这次表哥对他开诚布公,没有隐瞒信息。黄宇之前没有接受他的建议盯紧宋先平,现在多少有些后悔吧。

"我们现在在红枫区41弄10号,你可以过来。"

子阳奔上二楼,见黄宇站在卧室外和一位六十来岁的男人交谈。卧室里有三名戴手套的痕检员在勘验现场。

"她一个人租这么大的房子,你不觉得奇怪吗?"黄宇问。

"这个……她说过段时间会有亲戚过来住,我就没多问。说白了,只要钱给足,我管那么多干吗。你说是吧?"

男人身穿西裤,搭配不伦不类的牛仔衬衫,铁灰色的头发理得很短,看起来很精干。他是这里的房东,刚从郊区朋友的家回来。

黄宇带领两名下属,连同多位社区民警,从昨天下午开始在红枫区内寻找宋先平的踪迹，一个小时前才有收获。

目击者住在马路对面，是一位年轻的面包师。他称多次看到一辆陌生的黑色大众车出现在对门的院子里，从车上下来的男人还和他对过眼，从此越发留意，因而印象深刻。他看到宋先平的照片，很肯定地说那个男人就是照片上的人，他甚至还报对了三位车牌号码。

这位面包师听邻居谈论过对门的租客，是个瘸腿的女人，可是从来没见过。黄宇又去问那位邻居，邻居说只是听房东说过，自己也没有亲眼见过。

房东在县城别处有房，平时和老伴及儿子一家五口住在高档小区里，红枫区的房子常年出租。

大约一个月以前，有个年轻女人联系到房东，她说想租下整套房子。这栋房子装修虽好，但由于位置太深，一直鲜有租客，房东喜不自胜。

收了租金之后，房东只回来过一次，大约是在一周前的深夜。

"孙子学校要搞什么角色扮演，买不到合适的道具，我只好临时给他做一个，就回来拿东西。"

房东走进仓房找电钻，发现里面停着一辆黑色轿车，不像女人开的车，就以为女人的亲戚来了。他看见二楼亮着灯，窗户上映出一个男人的身影。

黄宇让房东仔细回想女人的样子。

"走路怪怪的，一个膝盖好像有点朝内弯，其他……我也就见过她一次。"

黄宇查了女人写给房东的身份证号码，是假的。至于姓名，她只说自己姓陈。

子阳马上翻出手机里的照片给房东看。"是不是她？"

房东接过手机，把手机放在肚子前看了好一阵子。

"像是有点像，不过应该不是吧，头发没这么长。哦，对了，她额头上有疤，耳朵好像也有问题。"

"听不见吗？"

"不是，是耳朵本身有问题。"房东捏住自己右侧的耳垂说，"这个地方少了一块，就是照片上挂耳环的地方。"

她受了重伤……子阳眉头紧皱，感到钻心的疼痛。继而，一阵喜悦涌上胸口，她还活着！

子阳对着表哥大笑起来。"一定是她，她还活着！"

痕检员走出卧室，面色凝重地朝黄宇摇头。"已经清理过了，连头皮屑都没有。"

子阳朝卧室内张望，里面的布置极其简单，床、桌子、椅子、柜子的颜色各不相同，是房东七拼八凑的。床只剩一张板，日用品一件也看不到。

"其他房间我再看看吧，不过希望不大。"痕检员进了隔壁。

二楼总共有三间卧室，外加一个卫生间。其他两间比较小，空荡荡的，不像有人住过的样子。

黄宇给印山城打完电话，先回派出所调人力排查红枫区周边的监控，然后去局里找沈重商量。

"这个女人没有车，离开红枫区要么步行，要么打车。出租车公司那边我打过招呼了。"

"好，辛苦了。"沈重本来在别的专案组开会，抽身回办公室和黄宇碰面，"确定是这个女人把宋先平叫出来的吗？"

"没法确定，但我觉得十有八九。"

"把他叫出来，然后怎么让他掉进海里呢？"

黄宇耸了耸肩。

"她对云岸县的监控系统很熟悉。"

"我也这么觉得。"

"宋先平一路开车过来，只有最后那个探头拍不到车里的人，如果这里面真的有文章，那么凶手肯定知道这一点。哪里的探头有夜视功能，一般人怎会了解，不查资料的话，你也不知道吧？"

黄宇点头承认。"她会不会有帮手？"

"有可能。还有，把住过一个月的房间的所有痕迹都清理干净，不是一会儿工夫能解决的。她知道我们会找上门，所以肯定是做好所有准备才动手的。"

"选择红枫区藏身，没有比这更合适的地方了，生活设施一应俱全，又不用担心暴露在监控里。"

"是啊。话说回来，她费那么大周章做什么，特地在那儿住了一个月，不会是在搞什么催眠吧？"

"催眠？"

"不，不……我只是在想，假使宋先平没有被精神控制，这件事就太蹊跷了。"

刘浩强打开第六瓶啤酒，又绘声绘色地说起一桩抓奸的案子。

"有些人就是这么缺心眼，以为订个楼层高的房间就可以不拉窗帘。"

"那是你运气好，周围正好有高楼蹲点。"

浩强摇了摇头，竖起食指做了一个绕圈上升的动作。"用无人机。"

印山城眉毛一抬，说："厉害啊！"

"兄弟我给你提个醒，以后干那事一定要拉窗帘，而且光拉纱帘还不够，布帘也得拉起来。啊呀——"浩强一拍脑门，"我忘了你都已经离婚了，那无所谓，窗帘随便开。"

"什么玩意儿啊。"

两人互撞酒瓶，在酒吧嘈杂的音乐声中大笑起来。

"喂，你的事务所只接调查婚外情的活吗？"印山城问。

"原来打算什么都接，但是私家侦探有太多限制了，这你也是知道的，同样是录音录像，你们警察弄的就是呈堂证供，我弄的就不行，这还怎么查下去？抓抓腥就得了。"

"好像很值得同情嘛，我还打算办完手上的案子就来跟你混呢。"

"得了吧你。"

浩强在四年前从装备科辞职，开了一家调查事务所，也就是私家侦探机构。印山城因为一起案子和他熟识，虽然不在一个科室，但常常凑在一块儿喝酒。他精通枪械和高端军用装备，是个有点粗俗但很有想法的人。

"有件事,想找你帮忙。"印山城看了一圈周围昏暗的灯光,放下酒瓶说。

"你找我帮忙?"浩强上身一挺,打了个嗝,"没问题啊,只要我帮得上。"

"很简单,你只需回答我一个问题。"印山城在手机上翻出一张照片,问,"这是你事务所的人吧?"

浩强凑过来看了一眼,歪着嘴巴大叫:"哎呀,这也太差劲了,被人反跟踪,真是奇耻大辱啊。"

"你在调查薛琴?委托人是谁?"

浩强嘿嘿地笑起来,忽然收住,一本正经道:"这已经不止一个问题了。"接着,又恢复满是褶子的笑脸。"来来来,喝酒。"

印山城一动不动地看着他。浩强有点尴尬,也放下了手里的酒瓶。

"喂,城哥,你这可就过分了啊,侵犯我的核心资源,还破坏我的信誉。"

"我向你保证,绝不去调查你的委托人,除非我确定他杀人了。"

听到杀人两个字,浩强眼中闪过一丝犹豫。

印山城乘胜追击,换成陈秋原的照片,问:"是不是这个女人?"

"不是。"浩强不耐烦地别过脸去。

他的反应快得离谱,几乎没有看照片。

"是个男人?"

浩强沉下肩膀,叹了口气。"你就饶了我吧。"

"你知道我的为人,我只需要一个判断。"

"到底是什么案子啊?"

印山城如实陈述宋先平坠海案的可疑之处,以及陈秋原失踪案可能与之的关联。跟做过刑警的人交流的好处是,只说要点,对方就能心领神会。

浩强听完,默默喝了一大口啤酒,然后从上衣口袋里拿出皮夹,找到一张名片递了过来。

"你要是闹出动静来,我下半辈子的工资就指着你了。"

印山城夺过名片,上面写着:嘉园市智捷通信设备有限公司,盛国良。

委托浩强调查薛琴的人是盛国良?他怎么跟薛琴扯上关系了?

印山城想起几天前在走廊里偶遇盛国良的情景,此时左肩上仿佛感受到了手掌的压力——"老百姓都说现在的警察跟医生一样,没有设备啥也干不了。这话对印警官可不适用"。

凶手对云岸县的监控系统了如指掌,而盛国良正是监控系统的硬件供应商。

这就对了,她真的有帮手。

6

塑胶地面的网球场有两个:一个用来正式对练,给基础较好的学生使用;另一个被分成四个小区域,挤了十多个孩子,正跟着教练一板一眼地练习基本动作。

小竹一个人躲在球场角落，她的脚下有个黑色的铁盘，一根很长的皮筋两头连着铁盘和网球。小竹用力挥拍，网球飞出两三米远，又被皮筋拉回，从地上反弹起来，她瞅准时机再度挥拍，如此周而复始。真是个机智的小发明。

6月初的阳光还没有毒辣的感觉，不过今天没有风，晒得久了，身上黏糊糊的。树荫底下坐了许多家长，印山城不想凑过去，远远地躺在草坪上。他盘算着每一条线索，怕受到干扰。

手机有电话进来了，是黄宇。

"怎么样？"印山城翻身坐起来。

"陈秋原去联洋上班之前，在嘉园市一家营销公司工作，盛国良是这家公司的大客户。至于盛国良和薛琴，目前找不到交集。"

"就这样？"

"就这样。你不让我直接找盛国良，就只能查到这个份上。"

印山城有些无奈。破案固然重要，但为人也得有底线，答应浩强的事不能反悔。如果直接侦讯盛国良，必须要有别的理由。

"我再想想吧。要找他的话，我自己去。"

"好。但我觉得够了，他们相互认识，盛国良透露监控信息给陈秋原，为这个杀人计划提供了可行性。"

"嗯……"印山城对着手机点头，"观海平台出口那个没有夜视功能的摄像头，果然是关键所在。"

"另外，香水的情况是，云岸县有六家汽车配饰店，其中四家都有卖那款香水，不是什么特别的款式。店家没有登记客人的信息。"

"好，我知道了。"

印山城挂了电话，又继续躺下，后脑勺枕在手掌上，望着湛蓝的天空整理思路。

案发到现在已经一周了，红枫区的女人仍然没有下落。只要有人开车送她，监控就很难追踪。派出所里留了两个人力，盯着屏幕满大街找一个瘸腿的女人。

目前考虑到的线索，能查的都查了，整合起来看，从动机到逻辑都说得通。

按照时间顺序，首先是江久旭因避债杀人，或者误杀，被宋先平掌握了证据。

江久旭在2011年3月购买了一套三居室的商品房，误杀案件发生在5月。案发后不到一周，江久旭收到软件公司转账的一大笔钱，同一天，该笔汇款以现金领取的方式被清空。

软件公司负责人向黄宇坦言，由于公司资金周转出了问题，本因在2011年年初支付给江久旭的版权费拖了几个月，为此私下还给了一笔滞纳金以表歉意。

也就是说，江久旭因为计划中的钱款未到账而求助于高利贷，用借来的钱买房子，而后用迟到的版权费还清了债务。应该是这样，没错。至于他为什么非要在那个时间买房，就不得而知了。

总之，江久旭欠了宋先平一个大大的人情，他的把柄落在了宋先平手里。

去年12月20日深夜，宋先平约陈秋原在游乐场咖啡馆见面，之后把她留在无人的县道上，自己返回家中。那时江久旭夫妇恰好途经105县道，江久旭受到宋先平要挟，谋害陈秋原。

这里面有个问题。

宋先平离开县道进入城区以后，陈秋原打了叫车电话，并接听了同事周子阳的电话，此时一切正常。而宋先平打电话指使江久旭是在那之后，这段时间是完全不可控的，假如出租车司机就在附近，很快载上陈秋原离开，江久旭不就没有机会了吗？

只能这样考虑：宋先平除掉陈秋原的想法，是他回家以后产生的。情妇怀了他的孩子，逼迫他离婚，前途岌岌可危，越想越觉得走投无路，于是心生恶念。

那么江久旭是如何谋害陈秋原的呢？从车上下来追杀，还是直接用车撞呢？他的妻子就在车上，难道眼睁睁地看着丈夫动手吗？

不管怎么样，这个行动最后失败了。

假设红枫区房东描述的女人就是陈秋原，她的身体的确遭受过重大创伤，而且当时手机无法使用，在这种情况下，她是如何逃离的呢？她离开以后，没有报警或求助，而是等待时机复仇。

还有，黄宇跟踪观察江久旭的结论是：一切如常。如果是陈秋原杀了宋先平，那她为何放着直接动手的江久旭不管？难道说，杀宋先平只是复仇行动的起点？

问题实在太多了，她杀死宋先平的手法究竟是什么，这是最让人窝火的。留下在红枫区生活的迹象，留下通话记录，留下一个香水瓶，明摆着告诉你，宋先平就是死于他杀。这分明是一种挑衅。

她能找到盛国良这样的商业恶霸帮忙，请暴力组织偷偷干掉宋先平也不是什么难事吧？

一片柳树叶从空中飘过，打着旋落在脸上，印山城感到一丝冰凉。

不，如果宋先平就这样在某个角落默默死去，复仇将毫无意义。

印山城扯下一把嫩草，用力抛向空中。

宋先平落水的位置距离堤坝大约有十米，观海平台和海平面的落差也是十米左右，黄宇以此测算过汽车冲出栏杆的速度，在八十码以上。这个速度相当惊人，冲上平台台阶，小幅度转弯绕过雕像，再摆正方向，这期间只要有半点犹豫，踩下刹车，落水点就不会那么远，甚至有可能连栏杆都撞不断。

同理，凶手在观海平台拦下车，上车夺过控制权，再发动汽车，坠海就更不可能了。

抵达平台之前的700米，才是暗箱所在。印山城始终怀疑，那时车上的人已经不是宋先平了，至少，不仅仅是宋先平。

有一点可以确定，最后的700米路段并不是封闭的，还有一个左拐的路口通向住宅区，那里没有摄像头，为凶手上车提供了空间上的可能性。但是，黄宇提出的23秒难题无法攻克，车子不可能停下来，时间上的可能性被否定了。因此，凶手只能在更早之前上车。

为了证明这一点，印山城在派出所监控室熬了一整个通宵看回放。遗憾的是，宋先平的车从自家停车场出发到最后700米之前，果然全程无缝衔接地被拍摄下来。而如果再往前推，凶手至少要在车里躲五天，这是不现实的。

如果不能破解谜团，就算找到凶手，只要她矢口否认，又能把她怎么样呢？

"走啦。"小竹黑黝黝的脸出现在天空下。

印山城费力地撑起上身，摇晃了两下。小竹抓住他的手腕一拉，还真借到不少力。

"好厉害啊。以后我瘫在床上，你也得这么拉我起来。"

"想得美。"

"那今天就按上回说的，去吃干挑面吧，每人加两个蛋。"

"非常好。"

"你可别告诉你妈啊。"

"吃个面怎么啦，真是的。"小竹翻了个白眼，背起网球袋朝一旁的更衣室走去。

等到她换好衣服出来，手上的网球袋已经不见了。

"球拍不拿回去吗？"

"球拍是这里的，拿回去要被骂的。"

"这样啊，你自己没有吗？我给你买一副吧。"

"那个可是正牌的哦，加入会员就送一副，不单卖。"

两人上了车，朝小竹小时候经常光顾的面馆驶去。

小竹参加的培训班是某个高端运动会所的下设机构，有自己的器材专卖店，会所的核心项目是网球，球拍是自主设计的，整个嘉园市没有其他地方可以买。小竹述说着会员的种种福利，脸上难掩羡慕之情。

印山城把着方向盘，脑海中忽然想起黄宇说过的一句话。

"那个，网球袋也会送吗？"

"当然啊。球拍和球鞋倒还好，球本身是最不好拿的，没有袋子可麻烦了。"

吃面的过程中，印山城皱着眉头一言不发，惹得小竹有些不高兴。送走女儿，印山城立刻打电话给黄宇。

"你说江久旭的车上有网球拍？"

黄宇愣了两秒，说："你是说检查他车子的时候吗？有的，在后备厢。"

"有网球袋吗？"

"网球袋？"

"圆滚滚的袋子，没有吗？"

"没有，球拍就直接放在收纳箱里面的。怎么了？"

"你拍了照片没有？马上发给我。"

照片非常清晰。镜头正对打开的后备厢，偏右的位置放着一个透明的收纳箱，里面有几瓶矿泉水、一副网球拍、一双球鞋和四个网球。

印山城打了个响指，再次拨通黄宇的电话。

"105县道靠南的位置，我记得那附近有湖。"

"有的。"

"在湖里找过吗？"

"当然找过，这是最先考虑的，水上救援队捞了五天。湖有十几个，不过因为是人工开挖的，很浅，水也清，应该不会有疏漏。"

印山城闷闷地嗯了一声。

"怎么了，有必要再找一遍？"

"说对了，不过在那之前，我打算赌一把，带我去找陆冰燕。"

7

开门的中年妇女一看到黄宇的肩章，就意识到他们是警察。

"找我女儿有什么事吗？"

印山城毫不客气地跨进门槛，说有案子需要陆冰燕配合调查。黄宇跟着进门，出示警察证。

从玄关可以看到厨房，陆冰燕站在水槽前的背影僵住了。她穿着宽松的睡衣，正在洗水果。她继续站了一会儿，然后关上水龙头，脸色惨白地走出厨房。

她比去年瘦了一大圈，眼窝深陷，下颌处棱角分明。黄宇见了暗暗吃惊。

"去外面谈吧。换件衣服行吗？"

"再好不过。"

小区内的景观设计得颇有古典园林气质。三人经过灌木簇拥的小径，找到一处亭子。印山城坐在石凳上，巨大的身躯把凳子遮得严严实实。黄宇见陆冰燕拘谨地站着，也就没坐下，拿出本子准备记录。

"身体好些了吧？"

陆冰燕呆呆地看着印山城，随后点了点头。她明白警察已经获知她落胎的事了。

"一直没有回自己家住吗？和老公闹矛盾了？"

"没有。"

"是不是老公做了什么让你难以接受的事？"

"……不是。"

"算了，不说废话了，今天来是想听你把去年12月20日晚上的事再说一遍。"

印山城耐心地等她开口，没有催促。亭子外的树梢上鸟鸣不断。

终于，陆冰燕看向黄宇。"我已经跟黄警官说过了。"

印山城感到失望，摇了摇头说："你们把一个大活人弄哪儿去了？"

"没有，没有这回事，你在说什么，我没做过，我不懂。"

印山城打开手机，将其正对着陆冰燕，远远地把照片展示给她看。

"你老公爱打网球吧，可是后备厢里没有网球袋。这是黄警官拍的照片，就在你们家楼下检查车子的时候拍的。看清楚了吗？网球袋呢？"

"袋子，很早之前就丢了。"陆冰燕的声音微微颤抖。

"是吗，没有袋子可不大方便啊。"印山城收回手机，用手摩挲着胡茬，"还特意备了网球鞋，真讲究啊。我问了我女儿，才知道还有专门为打网球设计的鞋子。"

"他这个人做事比较认真，平时上班穿皮鞋，每次打球都要换的。"

黄宇也纳闷。来的路上，印山城一直在问救援队当时打捞的情况，他所谓的赌一把是什么意思，黄宇并不清楚。

"确实，要换鞋才能打球。箱子里有四个网球，但是，你可能没注意。"印山城牢牢地盯着陆冰燕的眼睛，竖起右手食指，"那时，有一只球掉进鞋子里了。"

黄宇转过脸看着印山城。印山城没理会，保持原有的姿势一动不动。

"这不合理啊，球为什么会掉进鞋子里呢？"

"放回去的时候，随手扔进去的。"

"不对，打完球回来，打开后备厢，把东西一件件放回去，换鞋这个动作一定是最后做的，因为手里拿着拍子和球是没法换鞋的。你听懂了吗，你丈夫把网球扔进车里的时候，网球鞋还穿在他脚上，网球掉进鞋子里是不可能的。"

陆冰燕一动不动地站着，这时仿佛连风都不敢吹动她的衣摆。

黄宇不由得为印山城捏把汗。经过严重颠簸的路段，球弹起来掉进鞋子里也有可能。虽然这跟抬杠差不多，但作为被审讯者，以此反击确实可行。幸好，陆冰燕哑口无言。

"那么球在什么样的情况下才会掉进鞋子里呢？假设本来有个网球袋，这些东西都放在网球袋里，而你们出于某种原因要清空袋子里的东西，那就说得通了。你看，先把鞋子从袋子的小隔挡里拿出来，然后……"印山城把双手举到眼前，做出抓捏的动作，随即向下一抖，"把袋子里的东西一口气倒出来，球就进鞋子里了，对吧？"

陆冰燕咬紧下唇，眼眶泛红了。

"陆女士，那个空的网球袋去哪里了？"

"……"

"我的第一反应是用来装人，可是好像装不下，就算切成段也装不下。"

"不要说了……"陆冰燕捂着胸口，身体靠向一旁的柱子。

黄宇想过去扶她，一转念，还是忍住了。

"江久旭是奥生运动会所的会员。"印山城不动声色，继续往下说，"我见过他们家的网球袋，其实就是个大号双肩包。看到那两条肩带，我就忍不住想象人背着它的样子。就地掩埋的话，背一个背包毫无意义，可如果是沉到水里……那就不同了。"

陆冰燕坐倒在地，捂住脸哭出声来。

印山城走到她面前蹲下来，柔声说道："具体位置在哪里？打捞队现在就在湖边等着，告诉我，节约一点大家的时间。"

下雨了，湖面上的涟漪越来越密集，倒影中的云朵也变得模糊了，远方的树林雾气弥漫。

"去车上等吧。"黄宇对坐在石块上的陆冰燕喊道。

她好像没听见，膝盖夹住双手，前后摇晃着上身。

救援艇停在湖中央，上面有两名打捞员，一人拽着绳子，另一人用水下对讲机通话。他们的同伴已经第三次潜入湖下。

从直线距离看，这座湖离105县道最近，而且有小路连通。当初怀疑陈秋原葬身湖底时，最先考虑的打捞点就是这儿，但什么都没有找到。

印山城认为，被江久旭沉入湖底的陈秋原，最后生还逃离，但是装满石块的网球袋一定还在湖底。救援队出于职业习惯，眼里只有尸体，而人工湖底充斥着各种建材废料和生活垃圾，一个网球袋不会引起他们的注意，所以当时一无所获。

印山城去嘉园市抓捕江久旭了，他临走前嘱咐黄宇，这次要盯着网球袋找。

黄宇望着烟波浩渺的湖面，感觉不可思议，在冬至的寒夜里，一个女人能挣脱一大袋石子逃出湖底吗？更何况她还出了严重的车祸。从陆冰燕的描述来看，她至少被撞飞十多米。

不过，多年处理交通事故的经验让黄宇明白，轿车直接把人撞死的情况并不多见。轿车的外形特征决定了被撞者受力后的移动轨迹必然是抛物线，引擎盖和前挡风玻璃都能起一定的缓冲作用，下落时头部着地才是致死原因。陈秋原摔落在土坡下，增加了生还概率。

但她要在那种情况下在湖中对抗江久旭……这根本就没有胜算。

黄宇拿出手机，再次细看自己拍摄的、早已看了无数遍的后备厢照片，终于忍不住嘴角上扬。刚才印山城质问陆冰燕时，他一度怀疑自己的观察力出了问题。

四个网球老老实实地待在收纳箱内，两只鞋子都是空的。网球鞋板型窄，鞋口收得很小，网球根本落不进去。

如果是江久旭，这一招就没法用了。

一辆出租车由远及近,到达石子路的尽头,从上面下来三个人。黄宇隔着雨丝看到他们,是子阳母子和陆冰燕的母亲。

子阳踩着碎石,磕磕绊绊地走了几步,又回去扶两位长辈。三人走到黄宇跟前,陆冰燕的母亲一把抱住女儿。

"阿宇啊……"子阳的母亲抓住黄宇的手。

"姑妈。"

"冰燕这么好的孩子,怎么会……你帮忙搞搞清楚啊。"

黄宇只能点点头,无话可说。

子阳愤懑难平,走到陆冰燕身旁,张开嘴巴想说什么,又把话咽了回去。

"宇哥,你们在这里……红枫区的女人不是秋原吗?"

"现在还不知道。"

二十分钟后,救援艇那边终于有了动静,潜水员从水里探出脑袋,给同伴做了个手势,船上的人开始拉拽绳子。最终,系在绳子末端的一个背包被拉出水面。船员朝黄宇打出 OK 的手势。

陆冰燕猛然站起身,凝神望着救援船,嘴里念念有词。

"果然……我知道……是她……"

雨声嘈杂,黄宇听不清了。

8

第二天一早,印山城、黄宇、沈重以及其他案件参与人员齐聚会议室。

"他借高利贷买房,只是为了结婚?"沈重打断印山城的陈述,声调扬了起来。

"他向陆冰燕的父母承诺两年内买房,否则就在他们面前消失。当时只剩十几天了,而软件公司的版权费一再跳票。"

"好幼稚的男人哪。"沈重不无同情地叹了口气。

如今的时代,人要在三十岁前依靠自己的力量成家,即便是在云岸这样的小县城,也难如登天。江久旭已经非常努力了,只差一点点而已。但是并没有人逼他这么做,承诺是他自己说出口的,只要陆冰燕一心向他,岳父母那关总能攻破。

讨债人的案子,阴差阳错之下有人替罪,或许给了江久旭某种心理暗示,只要是为了他和妻子的将来,无论如何选择,老天都会帮他渡过难关。自尊和对圆满的执念毁了一个上进的年轻人。

押送看守所之前,印山城破例通融,让这对夫妻相见。江久旭紧紧地抱着妻子,始终没有说话。陆冰燕立在原地,眼神黯淡,却很平静。

"那么宋先平让他杀陈秋原是真有其事?"沈重问道。

印山城缓缓摇头。"不知道。"

"什么意思?"

"这就是江久旭的原话,不知道。因为电话还没有讲完,车祸就发生了。"

那晚,在嘉园市参加婚宴,江久旭在社交应用上发布了一组动态,他怀疑宋先平是看到动态内容判断出他当时所在的地点。

第二天中午,宋先平以出差路过为由,去江久旭的公司拜访他。说昨晚原本想找他叙旧，结果电话打到一半忽然中断，以为江久旭怕被打扰而故意挂断电话，就没再拨打。

江久旭则解释说手机恰好没电了，回家之后又因太晚不便回拨。自此，两人再也没有联络过。

"这只是江久旭的说辞。"沈重说，"这样解释，车祸就完全是意外，就算是醉酒驾驶，也比蓄意杀人罪名轻。"

印山城不置可否，显得十分疲惫。

"我倒认为，可以相信江久旭的说法。"黄宇开口说，"不，我并不是说宋先平没有要求他杀害陈秋原，而是指车祸可能真的是意外。面对突如其来的威胁，他这样的人未必会乖乖听话，而且当时妻子还在身边。"

"嗯，也有道理。这个家伙，误杀案那时借来的运气，还到了陈秋原身上。"

"至于宋先平，他当时没法判断江久旭的准确位置，打这通电话可能只是想碰碰运气。"

——如果看到路边独自行走的女人，把她撞死。

宋先平真的这样说过吗？还是想这样说，但没来得及说出口？永远都不会知道了。

"好了，现在来讨论最棘手的问题。"沈重刚才因为有些激动站了起来，现在又坐回主位，目光在众人脸上扫了一圈，"大家都参与了搜寻行动，有没有什么想法，陈秋原到底去哪儿了？为什么湖里只剩一个袋子？"

沉默在偌大的会议室内持续良久。

"我先说一下昨晚的调查结果吧。"黄宇看向自己的本子,"陆冰燕招供的内容和江久旭一致,可以认为以下情况属实:他们在去年12月20日深夜,驾车撞了陈秋原,并将其沉入附近的人工湖。不过,他们夫妻二人都表示在今年4月初见到过陈秋原。"

会议室里发出满是疑虑的议论声。

"他们口中疑似陈秋原的女性,多次跟踪陆冰燕,最后出现在陆冰燕父母家对面的住宅楼里。"

昨晚,黄宇确认了地址后,立即赶赴那栋三层楼高的住宅。陆冰燕所指的房间在三楼。黄宇敲开大门,发现里面住着一家三口。4月中旬男主人换了工作,因此搬到了这里,他对前一位租客一无所知。黄宇当即联系房东。

"据房东说,在这家人搬进来之前,住在那里的是一位独身女性,右腿残疾。"

众人又是一片哗然。

"登记的姓名和身份证号码都是伪造的,她只住了半个月,或者更短的时间。房东没有留意她具体是哪一天离开的。"

"江久旭和陆冰燕确定她就是陈秋原吗?"沈重问。

"车祸发生时,陈秋原头颅右侧受到强烈撞击,耳坠被拉掉了,掉进了前挡风玻璃的凹槽里。陆冰燕发现后处理掉了。跟踪她的女人,右侧耳垂缺了一块。"

沈重颧骨上的肌肉不易察觉地抖动了一下。

"这跟红枫区房东的描述是吻合的,租住时间也刚好能衔接上。跟踪陆冰燕的人和住在红枫区的是同一个人,至于是不是陈秋原……"黄宇看向印山城。

"怎么？"沈重抬高眉毛。

印山城调整原本瘫坐的姿势，将双手靠在桌沿上，低声说道："江久旭很肯定，他们在土坡下找到陈秋原的时候，她已经死了。"

"他又不是医生，怎么确定？"

"他把陈秋原沉到湖底，没有使用任何工具，既没有船，也没有绳子，他给陈秋原背上网球袋，在里面装满石块，一路贴着湖底走，最后把她拉到湖心的位置。这期间需要反复换气，虽然湖不深，但每次只能拉动一小段距离，陆冰燕一直坐在车里，她留意过时间，沉尸的过程持续了五十分钟。"

沈重把头歪到黄宇一侧，露出难以置信的表情。

"人可以在水里活五十分钟吗？也就是说，不管江久旭有没有直接撞死陈秋原，陈秋原都没有活下来的可能性。他们的供词我并没有全盘接受，不过就这一点而言，我暂时想不到撒谎的理由。"

"那就是说……"一个年轻的侦查员首次发言，"有人救了陈秋原，然后假扮她接近陆冰燕。"

"假扮的话，头上的疤还能化化妆，要把自己的耳垂割掉，这也太拼命了吧。有必要做到这一步吗？"

沈重已经头大如斗，他还有别的案子在身，只好简单部署完后续任务，宣布散会。

现在除了找到那个女人，别无他法，否则连江久旭夫妻的起诉罪名都没法定下来。

等其余人离开会议室，印山城点燃一支烟，坐在原位望向窗外。昨天下雨了，下到今天清晨才渐渐停歇，此时天空一片清白。

"昨晚想了一宿吗？"黄宇走过去问。

印山城用大拇指甲抠着下排牙缝。"差不多吧。"

黄宇劝他休息一会儿，然后返回专案组临时工位上整理记录。他把江久旭夫妻的口供、打捞和调查情况写进档案，忙完已经到午饭时间了。他穿过走廊，见会议室的门关着，便顺手一推。

和几个小时前相比，除了满屋缭绕的烟雾之外，时间仿佛静止了，印山城仍然保持刚才正对窗外的坐姿，像个暮年的独居老人。

"我有一个神奇的联想，连我自己都不敢相信。"

黄宇以为他没听到开门声，不料他突然说话。

"什么联想？"

印山城把手上还剩四分之三的香烟摁进窗台上的烟灰缸里，站起来伸了个懒腰，他一下子有些头晕目眩，把手掌贴在了额头上。

"严小月的案子有进展吗？"

"严小月？你是说严小月吗？"黄宇怀疑他思维混乱，以至于搞错了失踪者的名字。

"对。"

"她的案子年后我就没参与了，据我所知没有。"

"我想看一下卷宗。"

严小月的失踪一开始就和轿车凶案捆绑在一起，由刑警大队接手，黄宇作为派出所民警辅助调查。倘若长期没有进展，专案组便会解散，待出现新的线索，再判断是否有必要重组。

两人走进铁架成排的档案室，很快找到了金丰村轿车凶杀案的资料。

死者胡金权，五十岁，于2012年11月12日死于停泊在金丰村的私家车内。同车女子严小月失踪，至今下落不明。

印山城去年曾短暂参与过取证调查，这些资料他当时也看过。

"你说……江久旭决定把陈秋原沉到湖里的时候，他的心情是怎样的呢？"他逐页翻看资料，又把话题扯了回来。

黄宇一愣，感觉有些跟不上节奏。

"没有一丝犹豫是不可能的吧。被人拿着刀追债，半夜在街道上狂奔，又是怎样的心情？快来人帮帮我吧，老天啊，救救我。然后，真的有人出现了，他杀了追债人，冒出个醉鬼帮他顶罪，像祈祷应验了一样。在车祸那天晚上，不可能有人从树林里钻出来帮他，可是有一种期待可以帮他下定决心。"

"期待？"

"想一想，如果你是江久旭，会有什么期待呢？金丰村的案子……"印山城用指关节叩击面前的纸张，"恰好被路过的记者报道出来，当时整个县城的人都知道严小月失踪了，而失踪的可能性之一就是被绑架。三更半夜走在县道上的女人，这个被他撞死的女人，会不会就是刚刚从绑匪手里逃脱的严小月呢？"

黄宇听懂他的意思了。

"一定会这样想吧，一个已经失踪的人彻底从世上消失，是不会有人知道的。绑匪不可能主动报警，这岂不是天助我也！不过可惜，他的期待落空了。"

印山城不再翻动卷宗，抬头看着铁架。

"想到这里，我就冒出了那个神奇的联想，为什么她就不能是严小月呢？"

"啊？"

"江久旭认识陈秋原吗？他怎么知道被撞飞的女人是谁？就因为第二天有人报警说陈秋原失踪了吗？也许陈秋原的失踪跟车祸无关呢？"

"不，不……"黄宇伸手制止印山城的连番发问，"这样的话，耳坠怎么解释？难道严小月也戴着同样款式的耳坠？"

"当然没有啊，这就是关键所在，我被这个问题困扰了一晚上。但是如果不这样假设，就只能接受人能在水里活五十分钟，这简直让人发疯。只要没有那个耳坠，受害者是严小月就能说通了。好，先把第一个假设放一边，再回来看，假设受害者是陈秋原，想一想，她的行动逻辑是怎样的呢？宋先平和江久旭分别是指示者和执行者，目前宋先平死了，江久旭却平安无事。我一开始以为，江久旭可能会是下一个目标，但是听说了陆冰燕被跟踪的事情之后，顺序好像反过来了。"

"是，她原本打算先对付江久旭夫妻，再处理宋先平。"黄宇回应道，"因为车祸，陈秋原肚子里的孩子没有保住。我觉得应该是陆冰燕流产的事，让她感同身受，动了恻隐之心，所以收手了。"

"是这样没错，但你不觉得奇怪吗，开车撞她、把她沉到湖里的人，明明是江久旭啊，为什么她盯着陆冰燕不放呢？"

黄宇陷入沉思。

"江久旭看到陈秋原，是在陆冰燕的娘家，只有那一次。也就是说，他只是在陈秋原准备向陆冰燕下手之前，恰好看到了而已。如果不是这样，他恐怕始终都认为是陆冰燕的精神出了问题吧。"

"是的。"

"为什么会出现这种偏差？陈秋原被留在前不着村后不着店的县道上，她和宋先平一定是闹僵了，或许闹僵这个词还不足以形容当时局面的凶险程度。所以，她被撞之后的第一反应就是，宋先平要杀她。但是她发现，撞她的车不是宋先平的。"

"车是陆冰燕的……"

"是啊，那辆车登记的所有人是陆冰燕，而不是江久旭。别忘了，陈秋原可是一名汽车销售员，她通过车牌号码查到了陆冰燕的身份信息——你可以让户籍科的同事确认一下，我没猜错的话，陆冰燕身份证上的住址一定还在娘家，所以陈秋原会出现在那附近。"

"……陈秋原被撞之前看清了车牌号码。"

"对，只能是这样，没有别的追踪方法。只有监视陆冰燕，才能找到江久旭，找到江久旭才能证明宋先平是不是真的想杀她。"

"这不更加证明了被撞的人是陈秋原吗？"

"是的，但也可以说，只能证明到被撞为止。"

"什么意思啊？"

"车祸发生以后，江久旭如果没有沉尸，而是直接逃逸，会怎么样？站在陈秋原的角度考虑，只要她不报警，决心复仇，就不会有任何区别，她还是会找到陆冰燕和江久旭，宋先平还是会死。既然如此，为什么认定她被江久旭沉到湖里了呢？"

"……你是说江久旭在撒谎？"

"他没有撒谎，但他搞错人了。"

黄宇恍然大悟，把两个假设各砍掉一半再连接起来，事情就能解释了：被撞的人是陈秋原，但被沉入湖底的人是严小月！而江久旭对此浑然不觉。

虽然还有很多问题不明了，但以这番推理作为大方向，主要矛盾就都迎刃而解了。

"你看这里。"印山城指着档案里的寻人启事。

严小月，女，25岁，身高166厘米，于2012年11月12日深夜至13日凌晨与家人失联，身穿蓝色长款毛呢大衣及黑色布裙。

陈秋原失踪前穿的也是蓝色外套，而且两人年龄相仿，身材也差不多。

那一晚在车祸现场附近，同时发生了另一起谋杀案，被杀的人正是严小月。她的尸体也在土坡下，因此江久旭才一口咬定土坡下的"陈秋原"已经死亡。

"可是湖里没有尸体，严小月去哪儿了呢？"问题脱口而出之际，黄宇马上想到了答案。

"被杀死她的凶手打捞上岸，带回去了。凶手杀死严小月以后，躲在暗处，目睹了江久旭沉尸的整个过程。"

可惜网球袋泡在湖底长达五个多月，长满了青苔，已经检验不出什么结果，印山城的推理不能马上得到验证。

"有一点我没想通，"黄宇说，"如果我是凶手，我会把陈秋原也一起沉到湖里，这样才万无一失。可是，他不但把严小月的尸体捞上岸，而且好像还……救了陈秋原。"

"不能简单说是救，就这样把陈秋原留在现场的话，不管她最后能不能活下来，一旦警方介入调查，事情就有穿帮的可能。这个湖不是他独有的秘密，把两个人都带回去是更稳妥的做法。"

"说的也是。城哥，那接下来该怎么办？能找出凶手吗？"

印山城摇了摇头，说："不过，因此我想到了陈秋原的诡计。我已经打电话给交警队，让他们请鉴定员去汽修厂检查宋先平的车。我猜测，冲进大海的是一辆套牌车。"

"是套牌车？"

"对，另一辆一模一样的车，而不是宋先平自己的车。宋先平的车被拦下来了。"

黄宇再次感到震惊，可是静下来一思考，就不难理解印山城的逻辑了。

宋先平的车经过观海平台前的摄像头之后，进入监控盲区，有人在那里将他拦下。与此同时，另一人驾驶套牌车从观海平台前启动，经过短暂的加速后冲进大海，造成衔接的假象。拦下宋先平的人将他推下海，等溺毙之后再将他塞进坠海的套牌车驾驶室内。

如果这是真的，简直就是陈秋原遭遇的重演，只不过把人换成了车。她正是由此获得了杀人手法的灵感。

"等交警队的消息一过来，你马上去查同款车的买主，先查最近两个月的。不，现在就去吧。"

"我明白了。"

黄宇振奋不已,刚拉开档案室的门,又被印山城叫住了。

"等一下,"印山城指着卷宗问,"这是什么?"

他从卷宗内抽出一页复印件,上面是一张字条的黑白照片。字条上写着:

阿爸:
 我还活着,我很好,别担心,我会回来的。
女儿小悦

"看起来是严小月写给她父亲的字条。"黄宇惊讶不已,他没见过这张字条,"是在失踪之后写的!"

两人连忙来到办公室找沈重,得知他正在开会,又去会议室把他喊到门口。

"金丰村的案子最后是谁负责的?"

"怎么了?"

"这是什么?"印山城举起字条复印件。

沈重脑袋往前一探,说:"严小月写给她爸的信。"

"从哪儿弄到的?"

"她爸在自家院子里发现的,套在一个信封里。"

"查不到来源?"

"查到了案子就破了。你们搞什么,怎么突然扑到这上面来了?"

"是严小月本人写的？"

"笔迹重合度百分之九十以上。怎么，你有眉目？"

印山城指着最后落款的两个字：小悦。

"你没注意到？有人会把自己的名字写错吗？"

"她改过名字。"沈重望了一眼会议室，有些急不可耐，"但是给自己父亲写字条，用原来的名字，这不奇怪吧？"

"什么时候改的？"

"这我哪儿知道，他爸都说不清楚。行了，一会儿再说，他们等我呢。"沈重说完钻回会议室。

9

阿爸：

我在嘉园找到工作了，做房产销售。公司包吃住，还有很多姐妹照顾我，你不用担心。

销售员是按业绩拿工资的，我虽然只有高中学历，但只要肯卖力做，收入也不会低。今天是上班的第四天，我刚上完培训课，现在在宿舍里给你写信。

昨天晚上和同事逛街，我看到妈妈了。她现在的孩子有五六岁大，母子俩在玩具店里买东西。就算没有同事在，我也不会进去打招呼的。每个人都有追求自己生活的权利，她现在很幸福，你也别再想念她了。

你戒酒成功了吗？要是成功了就告诉我，我同事的父母在县政府当领导，等我跟她熟络了，可以试试看给你找份工作。

等发了工资，我会寄到家里，你开通座机，以后就打电话联系吧。以前做了很多荒唐的事，走上社会才发觉生活不易，但我会过得很好，你不用来找我。国庆的时候我会回去看你。

祝身体健康。

女儿小月

"这是她寄回来的第一封信，那时候她十八岁。"

严小月的父亲嗓音沙哑，端来茶杯时手不停地颤抖着。他因为女儿失踪又开始酗酒了。

"女儿的名字是你起的吧？"印山城问。

"是她妈起的，想让她开心快乐，就用了悦这个字。后来……"他说着，深深地低下了头，"她妈走了，我也没怎么管她，我不知道她什么时候偷偷把名字改了，身份证上是月亮的月。"

"她有说过为什么改吗？"

"没有。"

黄宇把桌上其他几封信打开，落款无一例外是"小月"。印山城看在眼里，意味深长地点了点头。

"家里还留着她上学时的东西吗，课本或者作业本之类的？"

"早就当废品卖掉了，好多年了。警官，到底怎么了？有小月的下落吗？"这句话他问第二遍了。

印山城回答有新的线索，但还在追踪。

"她还活着，对吧？之前来的警察向我保证，那张字条是小月亲笔写的。"

印山城低头说："是的。"

小月父亲展开笑容，连连道谢。

"有了消息会通知你的。"黄宇把送行的小月父亲挡在门槛内。

印山城坐进车里，双手抓着方向盘，迟迟没有转动钥匙。

"这是严小月留给我们的信息。"

"是吗？"黄宇也有这个感觉，但并不清晰。

"要是她爸不知道她改名还好说，但她爸知道，而且一直以来信件署名都是用月亮的月，字条上突然改用原来的名字，没道理啊。"

"是啊……"

"就像死亡信息一样，死者在临死前憋着一口气，用蘸血的手指画了一个看不懂的符号，推理小说常见的套路。"

"你也看小说吗？"

"如果我是侦探，这样的案子我就不破了，死者活该被人干掉，老老实实写凶手的名字不行吗？"

"但是严小月的情况不同。"

"对，她是在凶手的眼皮底下写的。也许是凶手强迫她写的，也许是她想让父亲安心，让凶手帮忙传话。只有凶手才能把字条带给她父亲，凶手一定会看这张字条，所以她才这么做，她没法做手脚，只能把她想传达的信息隐藏在悦这个字里面。"

"悦这个字能指向凶手吗？"

"让我想想，想想……"印山城把头靠在椅背上，用手捂着眼睛，"每个字都有自己的含义，她也可以把字条上其他的字换成错别字来提示，但错别字不会引起注意，名字就不同了，没有人会把自己的名字写错，所以就特别显眼。"

"我觉得她想让我们看到的是名字的变化，也就是说……是她改过名字这件事。不是悦指向凶手，而是名字从愉悦的悦变成月亮的月这件事，能指向凶手。"

印山城猛地掀开手掌。"有道理啊！她改名字是因为凶手，或者就是凶手让她改成这个名字，凶手从小就跟她认识！"

黄宇一转念，忽然想到了表弟周子阳，他高中时曾和严小月谈过恋爱。

"稍等，我打个电话问问。"

"赶紧联系一下你表哥啊，问问情况怎么样了，冰燕她妈妈都快急死了。"

刚吃完午饭，母亲又开始催促。

"找宇哥也没用啊，我都说了，这个时候只有律师能见嫌疑人。"

"什么嫌疑人不嫌疑人的，要见自己女儿，怎么就不能通融一下？自己人帮帮忙不行吗？"

真是无法沟通，子阳躲到自己房里。

说心里话，他也很想知道案件进展，但又怕表哥不耐烦。

自从有了红枫区的线索以来,子阳几乎每天都在梦中见到秋原。她仍是那张照片里的样子,侧着脸,忧愁地望着桌面。垂落的眼眸上方,是秀气而平直的细眉。夕阳斜照过来,耳坠不停地旋转,反射出忽明忽暗的金光。

——时机不对,我现在不考虑这些事情。

秋原挑起睫毛,悠悠地说出这句话。

"唉,又被拒绝了啊。那就再拒绝我一次吧,你究竟在哪里?"

子阳打开手机,手指悬在黄宇名字的上方,犹豫着要不要按下去,黄宇却突然来了电话。

"你是什么时候认识严小月的?"黄宇劈头盖脸地问。

"从、从小就认识啊。"

"她改过名字吗?"

"名字?没有改过,应该没有吧。"

子阳和严小月高中时同班,小学和初中只是同届,因此他不能确定。

"毕业集体照还留着吗?从小到大,全部都要。"

几分钟后,子阳带着三张毕业照出门了。警车就停在楼下,表哥和身材魁梧的刑警印山城在车上等他。

每张毕业照的下方都印着全体学生的名字,黄宇拿过小学毕业照,印山城则拿了初中的,两人都把食指放在名字一栏,从左至右滑动。

黄宇说,严小月的去向和秋原有密切关联,找到严小月,或许就能找到陈秋原。子阳心急如焚,又不便一直问。他集中精神,按照黄宇的指示在高中毕业照上寻找严小月的名字。

"找到了!"

三个人一核对,得出了结论。

小学毕业照上的姓名是严小悦,初中和高中则是改名以后的严小月。

"原来她初中时改名字了。"子阳一直不知道这件事。

"不,不是初中。"印山城说,"毕业照上的名字是学校根据名册录入的,以入学时登记的名字为准。所以她初中入学的时候,名字就已经改了,很可能是在小学改的。"

子阳说,小月的童年很心酸,母亲走了之后,生活中再也没有愉悦,而月亮代表了思念和忧郁。"所以才改名的吧。"

"好像也有道理,但是她单纯地在字条上表达情感,就没有意义了。"黄宇说。

"我们现在只能从这个角度考虑,"印山城说,"假如严小月写字条的时候脑子短路,下意识地写了小时候的名字,那我们就白费工夫了。但我觉得这种可能性很低,她一定是故意的,她改名是因为别人,而这个人就在这张照片里面。"

子阳看着黄宇手中的小学毕业照,视线落在严小月脸上,接着转向其他孩子。

"什么样的人会绑架小学同学呢?"印山城自言自语。

"小时候被欺凌?"黄宇说。

"严小月小时候欺凌凶手……不合理。凶手是被欺凌的人,怎么可能让欺凌他的人改名字呢？反过来还差不多。"

"可能是喜欢吧。"子阳说。

他想起了秋原。当然，他不可能做出任何极端的事，但和喜欢的人在一个屋檐下生活的强烈憧憬，他完全能理解。

印山城和黄宇对视一眼，似乎接受了这个说法。他眨了眨眼，忽然指着照片说："找找有没有带日的名字，快！"

"带日的名字？"

"日和月是一对啊。"

子阳快速过了两遍，黄宇也凑过来一起看。但可惜的是，没有谁的名字里包含日。

狭小的车厢内渐渐闷热起来，印山城推开车门，点起一根烟。

子阳头一次感受到，警察为了破案，竟然会把想象力延伸到这种地步。

"和月对应的，除了日，还有别的字吗？"黄宇问。

"有啊，"子阳思索片刻说，"日月星，还有星。"

原本以为星出现在名字中的概率很高，但整个年级只找到了一个：罗星明。

"是个女孩子啊。"子阳偏过脑袋看了又看。

"罗星明……明？"印山城从车门外探回头来，带进一口浓烟，"明也可以啊，明月。"

子阳和黄宇继续低头寻找，可是叫明的人太多了，数了数有十五人。

这条路似乎走不通了。

等一下，这十五个名字中，有个名字在一扫而过时让子阳心神不宁。

明月……子阳喃喃地重复着这个词，脑中忽然冒出了一句唐诗。

"明月松间照！"他大声喊了出来，"明是形容月的，明月是一个整体，和月对应的应该是松！"

毕业合影照的第二排最右侧，站着一个低着头的男孩，厚厚的头发遮住眼睛，神色阴郁。照片下方对应着的名字是：卫明松。

"我记得这个名字，我见过他！"黄宇跳了起来，"我去他家调查过，就在南洋村。"

树林在车窗外飞速掠过，视线逐渐开阔，游乐场的摩天轮出现在远方。

私下里调查宋先平在秋原失踪当晚的行踪时，子阳曾来过附近，可是谁能想到，树林另一边的村子里，就住着绑架小月的凶手。当然，现在还言之过早。

黄宇的记忆十分准确，穿过废田间的小路便来到南洋村地界。一片橘园出现在右前方，橘园正对面是一栋两层楼高的自建房，混在民宅成排的村落中，并无特别之处。

印山城在半掩的铁门外急刹车，和黄宇两人直奔屋内。

子阳关上车门，正想跟上去，转身之际却被树干间的一个身影吸引了目光。

那个身影站在橘林深处，手拿修枝剪，正忙活着。

车轮扬起的沙尘缓缓散开,子阳朝橘园走去。

时值初夏,橘树枝头绽放着花朵,五片花瓣中探出金色的花苞。

茂密的枝叶恰好挡住了那人的脸,子阳的脚步和心跳都越来越快。

直到子阳在跟前站定,她才放下剪刀,摘掉手套擦了把额头的汗,然后转过身望着子阳。

"很漂亮吧,很多人爱吃橘子,却从来没见过橘子花。"秋原对他露出平和的笑容,"好久不见啊,子阳。"

田野外的马路上,警车鸣笛声由远及近。

## 10

闯进门时,卫明松正蹲在院墙下,把新买的杀虫剂一瓶瓶地灌进大喷壶里。他看清楚进来的人是警察后,继续倒杀虫剂,全部倒完后慢吞吞地站起来,用窗台上的破抹布擦手。

一个身材健硕的中年妇女从屋里走出来,她的视力好像有问题,脸上的疑惑慢慢变成了惊恐。

印山城绷紧全身,随时准备阻止卫明松逃跑或反抗。黄宇问他严小月在哪儿,他低着头不回答。

一阵风吹来,院子外的橘树叶沙沙作响。印山城透过竹篱望去,见周子阳和一个女人面对面站在两排橘树中间,低处的叶子挡住了他们的脸。

黄宇也注意到了,他和印山城交换眼神,准备往橘园迈步,却见女人转身朝这边走来。

"陈秋原……"黄宇瞪大了眼睛。

印山城释然了，没错，她只可能是陈秋原，而不是严小月。

她一步一顿地走着，右膝朝内弯折。周子阳跟在她身后，抬着手臂，想要搀扶却又不敢触碰她的身体。

"给你们添麻烦了。"

陈秋原走进院子，礼貌性地微笑着。她脸上的疤痕并不明显，但连着右侧眉骨，把眼角拉下一截，即使笑着，也透出淡淡的哀怨。

"职责所在，谈不上麻烦。"

与此同时，两辆增援的警车抵达，下来七名警员和一条警犬，大步流星地闯进来。

印山城对周子阳皱起眉，朝一旁挥手，示意他远离陈秋原。

"全部铐起来！"印山城厉声高喊，"里里外外仔细搜一遍。"

"别抓他们！都是我做的，是我做的……"卫明松的母亲睁着浑浊的双眼，声嘶力竭，全身的力气都在手上，抓着印山城的袖子往下扯。

印山城扶起她，让一名下属看着。卫明松和陈秋原都没有反抗，好像对周遭的一切漠不关心。

没几分钟，厨房里传出沉闷的喊声。"城哥，快来看！"

印山城和黄宇走进厨房，却不见人影。

"这里！"一名警员的脑袋从灶台下探出来，他的身体竟然处于地板以下，"有地下室。"

印山城费力地伏下身体，跟着黄宇钻入灶台下的洞口，踩在木梯上时，腰身差点被卡住。

下面的空间极其低矮，印山城弯着腰，脊柱顶在了天花板上。

右转两步，推开一道门，里面的环境让人震惊，这里和上面完全是两个世界，如果不考虑层高和那张床，倒更像一个大开间办公室。

角落的衣柜里有各类女性衣物，最下面的抽屉内放着纱布、绷带、酒精和药水瓶，都已经使用过了。

其他几位警员听到动静，也陆续钻下来。一时间，众人面面相觑。

"去年底到现在五个多月，陈秋原就躲在这里？"

"看这工程，一个人装修的话，没有一年半载根本不可能哪。"

头顶忽然传来犬吠声。

"有发现了，先上去吧。"

印山城带头来到院子里，绕着围墙走到屋后，几名警员站在一片菜地前，警犬大虎对着面前的泥土狂叫不止。

"是这里吗？"一名警员问卫明松。

卫明松点点头，脸上看不出情绪变化。他的双手被铐在身后。有人从杂物间里找出铁锹，对着菜地铲下去。大虎停止了叫唤。

很快，潮湿的土壤中露出一片麻布。负责挖掘的警员很有经验，放轻手脚，改用横刮的动作。尽管如此，布料仍然破损了好几处。

掀开破布，是一副完整的人骨，在暗淡的天色下白得刺眼。

"叫医院派车来吧。"印山城叹了口气,转向卫明松,问:"是谁?严小月?"

卫明松点头。

印山城不再多问,交代技术组的人留下继续勘验,其他人押送陈秋原和卫明松母子回警局。正好有三辆警车,可以把三个嫌疑人分开。印山城、黄宇和陈秋原坐一辆车。

黄宇发动引擎,走了不到十米,前面的警车忽然停了下来。车门打开,驯犬师被大虎拉出车外。

大虎是一条优秀的寻尸犬,经验丰富,极少有疏漏,去而复返的情况从来没有过。

怎么回事,还有尸体?印山城连忙下车。

"印警官……"

印山城回过头,只见陈秋原不住地敲打车窗,脸色煞白。

"叫他们停下,别去。"

"为什么?"

"别去,求你了,让他们回来!"

她敲击的力量越来越大,坐在她身旁的警员抱住她。她头部奋力向后一扬,警员顿时鼻血横流。

印山城只好打开车门。陈秋原用戴铐的双手抓住他胸前的衣襟,她眼中噙满泪水,不停地摇着头。她的神情和刚才判若两人。

印山城隐约有些明白了,然而他无力阻止,大虎已经带着警员们走向了橘林深处。

周子阳从后方跑过来,扶住陈秋原。

印山城朝黄宇使了个眼色，示意他留下，自己走进橘园。

大虎来到一棵树下，它的叫声没有之前那么果断了，绕着树根走了两圈，不断嗅着。

挖掘开始。几分钟后，铁锹撞到了坚硬物，警员眉头一皱，蹲下身从土坑里拔出一个方形的物体，用布包裹着，并系着麻绳，比纸巾盒略大一些。

预感应验了，印山城忽然觉得烦躁不安，但身为警察，不可能制止行动。他上前一步，粗暴地从警员手中夺过那件东西。

解开绳子，掀开棉布，里面还有一层半透明的油纸，又掀开油纸，露出一个檀色木盒子，上面雕着不知名的花。一阵微弱的腐气掠过鼻尖，印山城打开木盒，迅速看了一眼便盖上了。

"什么东西？"好几个人问。

印山城在众人骇然的目光下重新包好木盒，递给身旁的警员。

"埋回去吧，是胎儿的尸体。"

## 11

"都是我的错，是我不好，我不该让小月上来吃饭……"红津喃喃不休。

"你知道自己在说什么吗？"

桌对面的年轻警察大声呵斥，红津吓了个激灵。

"真的，是真的，阿松没有杀人，是别人把小月沉到湖里的，那时候她一定还活着。阿松……阿松只是把她找回来，埋在院子里。他每天都去湖里找……"

警察叹了口气。"我在问你那天晚上发生的事,你就把你看到的从头到尾说一遍。"他伸出两根手指对着自己的眼睛,"只说看到的,没有看到的不要瞎猜。到底是谁杀了人,你说了不算,我说了也不算。明白了吗?"

红津点点头,等气喘匀了,开始磕磕巴巴地讲。

那天晚上,红津准备了糯米、酒酿、桂圆、向村里人讨的土鸡蛋,锅里还炖着排骨汤。明天就是冬至了,一年之中最长的夜晚就会过去,红津心头有着朦胧的期待。

小月走进厨房,竟帮忙剥起桂圆来。桂圆装在塑料果盘里,旁边放着牙签。她用牙签穿过桂圆梗下的皮,转动牙签刮开顶部,再轻轻一捏,桂圆就跳出壳来;再将牙签刺入肉和核的间隙,挑开,不消几分钟,一盘晶莹剔透的桂圆肉就准备好了。

真利索,到底还是乡下人家的孩子呀。红津笑着看她。小月一句话也没说,也不看谁,又把砧板上杀好的鲈鱼冲洗一遍,盛盘,切了葱姜,倒上黄酒。红津从碗柜里找来蒸架。

下午,小月走出地下室的时候腿还有点软,红津用肩膀托着她的屁股,让她爬出灶台下的开口。阿松在上面拉她的手,拉上去后,扶她坐到客厅的椅子上。

地下室的灯是黄的,所以在红津的印象里,小月总是一脸蜡黄。这时天光透进来,小月的脸白得像纸一样,半握的拳头微微颤抖,手背上没肉,青色的血管看得分明。她长久面朝窗户,望向天空和远山,她有三十九天没有见过外头的世界了。

红津知道小月想到院子里去,她觉得小月不会喊,但阿松一直板着脸,还是有顾虑。他不开口,红津不敢做主。

傍晚,小月就活动如常了。她先去浴室洗澡,出来时穿的是红津的棉外套,圆滚滚的,和身体扩开一层,只好紧紧裹着。地下室有电暖器,上面更冷。

阿松回到地下室,取出小月自己的毛呢大衣让她穿上。毛呢大衣蓝得发光,真漂亮。红津睁着迷蒙的眼睛,贴近了看,越看越喜欢。但同时,内心有一股不安的距离感涌上来。她穿这身衣服来的,现在的样子,就好像要原原本本地离开似的。

红津走进厨房开始张罗,心想着让阿松和小月在客厅里说说话。可是她听到的只有沉默,跟外头没有人一样。过了一会儿,小月进来帮忙。看着她的样子,红津又是欣慰又是苦恼。

准备妥当,已经6点多了。阿松开了灯,合上窗帘。三个人围着八仙桌坐下,红津和小月面对面,给她夹菜。小月舀了一勺桂圆肉,抿着嘴吃了。

"甜不甜?"红津问。

小月点点头,还是没有开口。

过去,小月的位子是阿松坐的,阿松现在的位子上坐着老头子……家里多久没有第三个人了?红津一边笑一边忍不住流泪。小月抬头看了她一眼,又把勺子放下了。

"喝点杨梅酒吧,啊?"红津抹掉鼻涕,眼泪汪汪地看着儿子。她不想那么快吃完晚饭。

阿松默许了。

坛口用塑料膜封得密实，杨梅酒泡了一年多，味道还是很冲。浅浅一口下去，小肚子里热烘烘的。红津放下酒杯，见小月仰起脖子一饮而尽，愣了愣，又给她倒上，两人就这样来来回回喝了好几杯。

阿松不会喝酒，吃饱糯米饭，走开去抽烟了。

"想回家吗？"红津低下头小声问。

小月睁大眼睛，睫毛不住地抖动。

"可是阿松不会同意的，我……我也想你留下来。我知道强扭的瓜不甜，你要是真的走了，不要对别人提起，好吗？阿松喜欢你，你要是讲了，他会难过的。"

"……我不走。"

这话说得很轻，但是阿松肯定听到了，他倚着墙，夹烟的手有好一阵没动。

小月的脸是被酒熏红的，这会儿看着像害羞似的。红津挺直腰杆，觉得浑身的经络都顺畅了，可是视线越来越弱，日光灯白茫茫的，把小月的脸都照糊了。没关系，这有什么关系呢，过段日子就能动手术了，让小月陪我去。今天的杨梅酒可真好喝啊，老头子在的话，一定喝得比我还多……

快8点时，小月醉了，把手臂横在桌上，额头枕在上面。红津摇摇晃晃地站起来，拉起她往二楼走。"今天睡房里，我给你收拾好了。"

小月挽住红津的胳膊，气喘得很急。阿松望着两人的背影若有所思，然后走进杂物间，不知鼓捣什么去了。

上到二楼，走进客卧，红津铺开昨天就已经晒好的被子，本想再说几句话，可小月一躺下便闭上眼睛，衣服也没脱，很快就睡着了。

头晕得厉害，红津在床边发了一阵呆，起身离开了。她没忘记阿松的嘱咐，用钥匙锁上房门。

草草洗漱完毕，红津回自己房间睡下。

不久，她听到沉闷的敲击声，睁开眼看钟，11点10分。一听方位，就知道是小月在拍门。同时，她感到小腹酸胀，才意识到自己其实是被尿憋醒的。心下暗骂自己糊涂，小月也一定是忍不住要上洗手间，至少应该给她准备个痰盂。

小月见开门的是红津，松了口气，出门往楼梯口跑。红津一把拽住她的手腕。

"卫生间楼上就有。"

小月眨了眨眼睛，转身走进二楼卫生间。红津守在门口，过了三四分钟仍不见她出来。

"小月……"红津边敲门边喊，转动把手推门一看，小月侧身倒在马桶边。

"哎呀，怎么了？"

红津刚俯下身，小月就睁大眼珠，像兔子一样弹起身，手里握着水拔子的木柄挥过来。红津躲闪不及，腮帮连着耳朵挨了一记，炸裂的巨响几乎把她震聋。回过神来，小月已经夺门而出。

"阿松！阿松！"红津撕心裂肺。

阿松听到呼喊，从房间里冲出来，穿着拖鞋追下楼去。

完了，这下完了。红津用拳头砸自己的脑袋。

她喘了口气，爬起来，跌跌撞撞地跑出院子。胡乱跑了一阵，眼前的田野一片黑暗，连星光也看不见。阿松和小月踪影全无，天地间仿佛只剩她一个人。猛然回望，自己家的灯光缩成了一个小白点。

红津不敢再走了，蹲下来抱住膝盖大哭。脸上的肉一抽动，被小月打中的地方便火辣辣地痛，越痛越是止不住哭泣。

不知过了多久，阿松终于回来了！小月伏在他肩上，像个沙袋一样一动不动。

"她怎么了？怎么回事啊？"红津揉揉眼，跟着阿松走回家。

阿松把小月扛进地下室，把她平放在地上，自己也仰面躺下，胸口不停地起伏。贴身的棉布衫被汗水染成深色，头发像洗过一样。

有血腥味！红津把目光转向小月，顿时吓得全身抽搐。

小月的脸被长发缠住了，露出的下半张脸是鲜红色的，嘴唇上黏稠的血液在鼻息下蠕动，如果没有这细微的变化，简直和死尸没有分别。她的脚尖指着天花板，膝盖却朝内弯曲，外套上沾满了枯枝残叶……毛呢大衣的颜色怎么变浅了？

12

"也就是说，那个时候卫明松带回去的女人是陈秋原？"听到这里，沈重忍不住打断黄宇。

"是。"

"那么……严小月是卫明松杀的?"

这个问题黄宇答不上来,他看向负责审讯卫明松的印山城。

"事到如今,这一点已经很难判断了。"印山城眯着眼,被自己的烟熏到了,"卫明松在105县道旁追上严小月,两人发生了肢体冲突,严小月摔倒,脑袋撞在碎石块上,一下子失去了意识。就在几秒钟之后,走在县道上的陈秋原被江久旭开车撞飞。因为撞击力度很大,陈秋原落地的位置比严小月距离县道更远,所以江久旭找到的人是严小月,他把她当成陈秋原沉到湖里。据他说,当时严小月满脸是血,已经没有呼吸了。但是他的妻子陆冰燕说,她不确定严小月是否已经死亡。"

严小月的尸体已然化为一具白骨,内脏完全腐烂,无法判断死因是否为生前溺水。现在只能期待,头骨的伤痕可以鉴定出碎石撞击是否致命。从以往的经验看,希望非常渺茫。

"卫明松一直躲在树丛里,看着江久旭把严小月背走。他很矛盾,可是最终也不敢跳出来制止,这也是理所当然的。"印山城哼笑一声,"说到底,还是自己的处境最重要。"

"然后他就把陈秋原带回家了?"沈重似问非问。

"是的,他发现陈秋原还有一口气。其实,从卫明松的立场看,就算陈秋原已经死亡,他也不能就这样一走了之。尸体一旦被发现,江久旭就会知道自己沉错了人,事情会朝着不可预料的方向发展。所以,把陈秋原带回去是最好的选择。当然,他可以学江久旭,把陈秋原也沉到湖里……不过我相信,伤害严小月不是他的主观意愿，那时候他内心受到了很大冲击，再处理陈秋原是不可能下得去手的。"

会议室里一片沉默，似乎都在设身处地地考虑卫明松当时的心境，或是仍为这一幕天作的巧合感到不可思议。

这就是陈秋原的"重生"之谜。这其中，她的耳坠是构成谜团的关键因素。耳坠掉落在陆冰燕的车上，陆冰燕以此明确了车祸受害人的身份——警察寻找的失踪女人和被撞的女人戴着同一款耳坠——毫无疑问，被撞的人就是陈秋原。这一判断并没有错，但谁能想到，就在土坡下的灌木丛里，陈秋原被老天爷调包了，于是被沉入湖底的女人变成了另一个人。

"从那之后，卫明松就把自己和陈秋原关在地下室里，直到陈秋原身体恢复。"印山城继续陈述。

在卫明松眼里，江久旭虽然是埋葬严小月的罪魁祸首，但自己一时的鲁莽和懦弱，是酿成悲剧的根源。出于恨意，他站到了江久旭的对立面；出于悔意，他把陈秋原当成了严小月的替身。

"这家伙脑子有毛病。"沈重轻声骂了一句。

搜捕队赶到卫明松家里时，任谁都能看出来陈秋原没有被囚禁，因此替身的说法还有待商榷。母子俩全力救治陈秋原，大概也有赎罪的心理成分，尽管卫明松坦言，他扛起陈秋原往家里走的那一刻，并不知道接下来该怎么办，后来也萌生过把她埋在橘树林里的念头。

"十几年前，卫明松的父亲举报领导贪污受贿，母亲因此遭到领导报复，被当众侮辱；父亲找领导算账，最后意外死亡。"

"嗯,我知道那个事情。"沈重摸着下巴点点头。

"那时候卫明松还没成年,心理上接受不了,再加上他这个人原本就很孤僻,所以……"印山城耸了耸肩。

因为不被这个世界正视,所以认为无须再遵循这个世界的规则,这是偏执型人格罪犯的普遍心理特征。

"那么金丰村的案子……"

"是的,凶手就是他。"

卫明松对金丰村轿车杀人案的行凶细节供认不讳。

去年11月12日凌晨,他在岸前酒吧附近徘徊,看到严小月跟随胡金权走出酒吧,坐上黑色轿车离开。他驾驶自己的小货车,关掉车灯,远远地跟在后面。

之后,胡金权把轿车停在金丰村的偏僻角落,在车上对严小月实施性侵。

"性侵?"有人质疑。

印山城收了收下巴,表示明白他的意思。"这是卫明松自己的陈述。"

其他人开始陆续发表看法。

"半夜三更,严小月看着车子往野树林里开,心里肯定早有准备。"

"严小月在鸾凤城那种地方工作,胡金权是她的客人、老相好,他想干什么不是明摆着的嘛,既然愿意上车跟他走,后面的事情就不会是强迫的。"

"是啊,卫明松硬说是性侵,无非是想求个防卫过当,好从轻量刑。"

"客观地讲，卫明松是用胡金权的领带勒死他的，他没有准备凶器，这一点对他有利。是蓄意杀人，还是救人以致防卫过当，还真不好判断。"

"所谓防卫，一定要有紧急避险的必要。当时胡金权在车里，如果卫明松把他引出来，在车外杀死他，那就称不上防卫了。所以要符合防卫的含义，不管过不过当，搏斗必须发生在车里，而在这种情况下，车里很可能会留下卫明松的痕迹，但实际上没有。所以，他一定戴了手套和帽子。"

"一定？不，不，这种逻辑是站不住脚的。有痕迹，可以表明行为存在，但是反过来，没有痕迹，并不能认定他做了掩盖痕迹的措施。退一步讲，就算他戴了手套和帽子，一定是准备杀人吗，那时候已经入冬了。"

"嗯……"

"关键在于他的动机，为什么把严小月带回去。如果他原本就有这个打算，那么杀掉胡金权就是扫除障碍，就是蓄意谋杀，说不定他带了凶器，只是当时没有使用的必要。如果他把严小月带回去关起来，只是为了封口，是杀人之后才做的决定——这说不通。假设严小月确实正被强暴，卫明松就成了她的救命恩人，她自然不会向警察举报，为什么还要把她关起来呢？假设严小月和胡金权发生关系是出于自愿，那卫明松就没有基于救助而杀人的必要了。所以我觉得，抓走严小月是起因，杀掉胡金权只是顺带而已。他对胡金权没有仇恨，换作是其他人，也照杀不误。"

"没错，我也觉得是这样。而且，他怎么就恰好在岸前酒吧附近徘徊，那个时间点……明显就是跟踪过来的，一早就盯上严小月了。"

沈重觉得这些意见有道理，没说什么，目光转了一圈，又回到印山城脸上。

"嗯，差不多是这样。"印山城思索片刻，又开口说道，"但是，他没有必要为了把自己的行为解释成防卫过当而说严小月是被强暴的。"

"为什么？"

"因为他完全可以不承认自己杀了胡金权。"印山城摊开双手，继续说，"严小月是在什么情况下被他带回家的？胡金权的死和严小月失踪之间是不是有因果关系？现在这两个人都已经死了，我们永远找不到答案。车上没有指向卫明松的痕迹，只要他不承认，就死无对证。这岂不是更干脆？只否定蓄意，但承认杀人，这没必要。老实说，审讯这么顺利，我觉得挺意外。他要是要无赖，说严小月迷路了，自己走到他家里的，我们也拿他没招。如果不是心里放不下，把严小月的尸体从湖里捞上来埋在院子里，他甚至可以把自己和严小月的关联撇得一干二净。"

"那么你的结论是？"

"现阶段倒也说不上结论，只是我认为，卫明松说的是实话。但是，实话不代表实情。严小月被性侵是他的假想，他只有通过这种假想才能让自己下决心动手杀人。要说他心里有没有仇恨，不，我觉得有，但是不针对胡金权。"

卫明松和严小月在十岁那年认识。一开始，卫明松是出于同情主动接近严小月。青春期的叛逆加剧了厌世情绪，让他越发孤僻乖戾，严小月逐渐成了他心中美好的寄托，是仅有的一片净土。

可是，当他发现净土被污染后，所做的一切就过于极端了。

"他以为自己是净化心灵的使者吗？"沈重发出嘲弄的笑声，摇了摇头。

地下室的装修工整细致，生活用品一应俱全，卫明松显然做好了长期囚禁严小月的打算。搜查队还发现了不少名著和古典唱片。

文学和音乐可以净化心灵？可以把一个风尘女子变成良家妇女？印山城有些困惑，这些格调的东西对他这个粗糙的中年男人来说太遥远了。但他知道，压抑闭塞的地下室会让一个人精神失常，这是毫无疑问的，是最基本的常识，而偏执的卫明松对此浑然不觉。

明月松间照……黄宇表弟那一句灵感迸发的诗，此时又在他耳旁响起。印山城脑海里浮现出一对少年男女并肩坐在谷堆边的画面，他们面朝月光，脸庞明亮，视线尽头是浮在松树梢头的一轮明月……

这些只是印山城自己的想象。在审讯中，他没有询问关于严小月改名的事情，他有些于心不忍。

严小月究竟是什么样的人，印山城仍然一无所知。把悦改成月，是谁的主意呢？既然小月这个名字使用至今，说明卫明松在她心里并非无足轻重。也许女人擅长把寄托埋藏在内心深处，继续从容面对残酷的现实，而很多男人做不到这一点。不管囚禁多久，严小月终究是要逃跑的。

想到这里，印山城竟然觉得有一点可惜。

卫明松放弃了，他最终还是没能实现自己的幻梦。严小月死亡的那一刻，他就有了被捕的觉悟。

沈重干咳一声，调整坐姿，把衬衫袖子往上一捋，说："好了，金丰村的案子暂且告一段落，就目前掌握的信息，送检是没问题了。上头如果有疑问，我们再配合调查。这样一来，江久旭夫妻的案子也更加明了。接下来是宋先平的案子。"

三个案子连成串，而且有希望在一天之内告破，这种事几十年难遇。但一说到观海平台坠海案，沈重的神色就不明朗了，因为陈秋原矢口否认自己和宋先平的死有关。

黄宇和印山城各带一名助手，分别审讯顾红津和卫明松，陈秋原则由沈重亲自审讯。他低头看了一眼打印在纸上的口供记录，似乎还想从中找出蛛丝马迹。

去年冬至前夜遭遇车祸，被卫明松带回家，接骨养伤，喝土方药引产；3月中旬身体恢复，4月初离开，在和景小区对面的三层住宅楼里租房独居；4月中旬，又在红枫区租下一整套民房；前几天回到卫家，帮忙料理橘园。以上就是陈秋原讲述的全部内容。

会议开始前，印山城仔细对比过三份口供，没有发现不一致的地方。但他坚信，宋先平是被陈秋原和卫明松联手杀害的。

"要串供不难。顾红津显然不清楚陈秋原离开她家之后在做什么，陈秋原和卫明松只说顾红津知道的部分，口供就不会有矛盾。陈秋原没有撒谎说一直留在卫明松家里，就是怕顾红津会说漏嘴。"印山城再次点燃一根烟，"她的行为有很多不合常理的地方。首先，她为什么不报警？她说自己不记得被什么车撞了，报警也没用。可是按一般人的思路，这不应该交给警察去调查吗？不报警的话，争取利益的机会也没有。就算躺在床上三个月动不了，三个月以后呢？她甚至没去找她的母亲。她母亲去年就来云岸县了，一直住在她租的房子里等她的消息。"

"她可能去过。"这时黄宇接了一句。

其他人转过头来看着他。

"她的同事周子阳去找她的母亲，她母亲告诉他，在阳台上望见过背影和女儿很像的人。"

"就这样吗？没有碰面？"沈重问。

"没有。"

"什么时候看见的？"

"5月，也就是陈秋原离开卫家以后。我猜她并不知道母亲在那里，她回自己原来的住处可能是想拿一些生活用品，发现母亲在，就没有进门。"

"没错。"印山城点头，他知道黄宇想表达的意思跟他是一致的，"不回原来的地方住，不见母亲，也不报警，意图很明显，她不想让人知道她还活着，这样便于展开行动。那天晚上，开车撞她的人是江久旭，但车辆所有人登记的是陆冰燕，她一定看到了车牌号码。巧的是，陆冰燕的车就是在周子阳的介绍下，通过陈秋原买的，陈秋原有陆冰燕的身份信息。陆冰燕的户口没有随丈夫迁走，住址还在老家。而车祸发生不久，她孕期反应很大，回老家养胎，正好被陈秋原逮到了。她监视陆冰燕，以她为起点展开调查，揪出了江久旭和宋先平的关系，然后复仇行动开始。不，应该说，从她找到陆冰燕的时候就开始了。她原本打算怎么对付江久旭，我不知道，之所以收手，是因为陆冰燕流产了。虽然医院的报告上说流产是先天体质造成的，但要说跟陈秋原没有一点关系，恐怕她自己都不信。这就够了，江久旭从她手上夺走的也是一个孩子，勉强算扯平了。"

一众人默然不语。他们多数是从红枫区搜查宋先平的踪迹开始介入案件的，参与度不高，对于印山城的推测不便发表意见。

"凭她一个人的能力，可以查到这个份上吗？"黄宇表示疑惑，"江久旭有把柄落在宋先平手里，这个情况连我们也没有十足的把握。"

"我觉得有人在背后帮她。"

"谁？"沈重抢着问。

印山城的目光垂向桌面，好像被问住了，隔了几秒才看着烟灰缸说："盛国良。"

室内连着发出几声轻呼，这里每个人都认识盛国良。

"你确定？"

"十有八九。"

沈重咂了下舌头，说："老印，我们关起门来讨论没问题，要写进会议纪要，十有八九可不够。"

会议纪要的功能就是如实记录会议进程，而案件研讨会本来就包含各种不确定的推测，只要不下结论，记录下来是理所应当的。印山城当然明白沈重的顾虑，盛国良和公安组织交情匪浅，他的公司是最主要的监控设备供应商。

"宋先平的案子他杀要成立，观海平台的摄像头没有夜视功能，是必要条件。车子到达观海平台的时候，车里的人已经不是宋先平了，而在这之前都是，因为之前的摄像头都能看清车里的人。试问在座的各位，如果不是因为参与了这个案子，有谁知道这一点呢？"

"你这个说法……"

"陈秋原选择住在红枫区，也是因为盛国良知道那个地方没有监控。还有，宋先平出事以前，盛国良曾经委托私家侦探调查过薛琴，也就是联洋汽车现在的销售部经理，顶替宋先平的人。"

黄宇也略显惊讶地看过来。印山城答应他的侦探朋友保守秘密，没有跟任何人提过这件事。

"薛琴和李致的关系不一般，宋先平在联洋的作为由她一手掌控，这是她本人亲口承认的。这层关系，陈秋原在失踪前很可能已经知道了，所以她在找宋先平算账之前，需要排除外部因素——宋先平杀她是受薛琴指示的可能。毕竟，宋先平的婚外情一旦声张出来，对公司和家庭的打击都很致命，而且陈秋原执意生下孩子，李致和薛琴让他不惜一切摆平这件事也是有可能的。不过，实际情况应该不是这样，薛琴大概不知道陈秋原怀孕的事。我不知道盛国良找的私家侦探是怎么排除掉薛琴这个因素的，总之，陈秋原没有对薛琴下手。盛国良和联洋汽车素来没有瓜葛，他调查薛琴是没道理的，一定是陈秋原找他帮忙。"

"陈秋原和盛国良是什么关系?"

印山城摇了摇头。"她在联洋汽车之前的工作和盛国良有往来,但到底是什么关系,我不知道。"

"嗯,继续。"

"到了5月,陈秋原和宋先平在红枫区接触过好几次,这期间两个人之间发生了什么事,只要陈秋原自己不说,谁也不知道。也许她在想办法求证,那天晚上的车祸究竟是意外,还是宋先平让江久旭杀人。宋先平可以不承认,但是陈秋原信不信就是另外一回事了。当然也有别的可能,比如:陈秋原想挽回感情,宋先平没有答应,让她起了杀意;或者宋先平想给她一笔钱,叫她永远消失,让她觉得再次受到了侮辱……不管怎么说,最后陈秋原还是决定动手。至于手法,我刚才提过,那时候车里的人不是宋先平了。"

"你的意思是,开车冲进大海的人是陈秋原?"

"是陈秋原,或卫明松。要用这种方法干掉宋先平,一个人不行。倒数第二摄像头在滨海街和平塘路的丁字路口,距离观海平台只有700米,宋先平的车经过这700米的时间是——"

"23秒。"黄宇应声配合。

"对,23秒,时速110公里。这个问题困扰了我们很久,这么快的车速,要怎么把车抢过来再冲进海里,不管抢车的人守在路上还是躲在车里,都不太现实。但是,如果有两个人,事情就简单了。"印山城右手肘支在桌上,比画两根手指,"不但人有两个,车也必须有两辆。"

沈重瞪大眼，又连续眨了好几下。

"我懂了。"有人兴奋地拍了下桌沿，"冲进海里的是另一辆车！型号一样，再按照宋先平的车牌号做个假牌照就行了。"

"这辆车事先停在700米这段路的中间，等宋先平的车靠近，马上启动，开足马力冲向大海。"黄宇补充道，"与此同时，宋先平的车被另外一个人拦下来，这个人处理掉宋先平，直接在路边把他抛下海。然后，第一个人从车里逃出来——他可以提前做好安全措施，穿上救生衣，把车窗打开——两个人配合，把已经淹死的宋先平挪到水底的车里。浅海区水不深，事先有准备的话，并不是很困难。这就是凶手伪装宋先平自杀的手法。"

沈重看看黄宇，又看看印山城。"你们是什么时候想到这一点的？"

"今天，抓捕卫明松和陈秋原之前。"印山城回答。

"有证据吗？"

"暂时没有，但可以验证，从两个方面。"

"你说。"

"第一，伪装车沉海里了，但是宋先平的车还留在半路，我们可以重新调取监控，查看事故以后有没有同款车从路口离开，这辆车才是宋先平的车。伪装车本身也有注册的真牌照，凶手回到岸上，把伪装车的牌照换到宋先平的车上再离开，在我们看来就成了另一辆车。第二，坠海的车已经报废，现在还留在维修站，让交警队检查一下，就知道是不是宋先平的车了。"

"看样子，你已经安排下去了？"

"最迟明天一早就有结果。"

"好，真有你的。"沈重挺起腰，总算露出了笑容。

"弄清楚陈秋原的经历之后，我越发坚信，凶手一定是她。这个杀人手法，不就是陈秋原自己遭遇的重演吗？上一次是换人，这次是换车，只有她才能想出这样的诡计。"

其他人频频点头。

"这辆同款伪装车很可能是盛国良替陈秋原准备的，假牌照也一样。就算暂时没有办法证明凶手是陈秋原，但只要我们找到伪装车的车主，他要是没法解释他的车为什么会在海里，这个案子就有突破口了。"

"那么她的帮手是卫明松？"

"这一点我不确定，也可能是盛国良安排的人。不过杀人这种事也肯帮忙的话，盛国良和陈秋原的关系就太不寻常了。这种关系不会是在短时间内建立起来的，而陈秋原和宋先平之间的感情足以破坏这层关系。所以我觉得，盛国良帮她杀人的可能性不大。"

沈重闷闷地"嗯"了一声，又恢复愁云密布的面容，大概是在考虑要不要正儿八经地调查盛国良。

"这么说的话，卫明松也没有理由帮她，"有人提出疑问，"虽然这家伙脑袋不正常……"

另外一个人取笑道："既然不正常，你当然想不明白啊，相信城哥的没错，反正明天就有结果了。"

印山城也思考过这个问题。在审讯中，卫明松给他的印象是，既谨慎又漠然。谨慎是因为有所保留，时刻提醒自己什么该说，什么不能说，这一点印山城看得很明白，陈秋原的帮手就是他。但他的漠然之中，还包含着如释重负的快慰，他不是被迫的，这让印山城不太明白。

他为什么要帮陈秋原完成杀人计划呢？他把陈秋原当成严小月，无条件地满足对方的要求吗？

或许不是这样。

与其说卫明松在陈秋原身上看到了严小月，不如说他看到了自己。陈秋原和严小月是完全不同的，严小月已经摆脱了束缚，正朝着理想的生活前进，而陈秋原和他一样，陷入悲惨的泥沼中，奄奄一息。

可是他杀了严小月，亲手摧毁了自己曾经的梦，他是个罪犯。那一刻，勒死胡金权的罪恶和囚禁严小月的罪恶，一同发酵出来，他的理性开始苏醒，觉得自己已经失去了对抗这个世界的资格。

但是陈秋原还有，这个可怜的女人，她是无辜的清白之人，帮她完成复仇，就像自己向世界讨回了公道。他可以把自己置之度外，但势必要保全陈秋原。

如果没有遇见她，卫明松可能会在某一天自首吧。可惜陈秋原心中的恨，再次把他拉回泥沼之中，他不再理性，也不再迷茫。

回到家已是深夜，昨晚琢磨了一宿，这会儿只觉精疲力竭。印山城快速洗完澡，打开一罐啤酒，躺在床上边喝边看手机。

小竹指定了一家面馆，说明天直接在店门口会合。印山城这才发觉明天又是周日了。小竹知道他会忘记，特意留言提醒的吧。

她还发了一张地图和面馆招牌的照片。

印山城写下遵命两个字，发送前又删了。太晚了，消息提示音会吵醒小竹的，明早再发也一样。他把手机搁在床头柜上，合眼睡去。

似乎没睡多久，就被电话铃声吵醒了。一睁眼，竟然天色大亮。

"城哥……"是黄宇。

"怎么了？"有种不祥的预感，印山城翻身坐起来。

"不是套牌车。"

"什么？！"

"掉海里的是，宋先平本人的车。"

## 13

囚车的引擎声迅速远去，卫明松和顾红津被送往市看守所。没什么意外的话，直到服刑完毕，这对母子都无法相见了。

隔着单向玻璃，审讯室显得暗淡深邃，玻璃上反射出这一边的吸顶灯，和玻璃那一边的陈秋原的脸叠在一起。

她低头看自己的手，时而抬起头抖开刘海，凝视白墙。

印山城和沈重站在玻璃前，呆呆地望着这个女人，他们好像两个不相识，恰巧并肩站在雨中等车的人。

沈重翻起眼看壁钟。"还有五个小时。"

现在是 9 点 26 分，下午 2 点 30 分，就是审讯陈秋原的二十四小时上限。

昨晚，交警队的同事忙完手头的工作，赶赴修理站检查坠海车辆。

由于整车长时间泡水，连同发动机在内的多个核心部件都拆卸了，散落在车间一角，等待烘干或晾晒。像这类事故车，重新组装以后，出路大概率是二手市场，等着冤大头买单。家属专注于保险理赔，车辆本身通常不再过问。

"发动机钢印和车架码都符合，也没有重新拓印的痕迹。"黄宇在电话里叹了口气。

"怎么会这样，检查清楚了吗？只要有机器，就能打出工艺一样的钢印来。"

"重新打，一定要先把原来的号码磨掉，磨过的表面是能看出来的。他们特意用了测厚仪，和正常的发动机对比，确实没有磨薄。"

宋先平的车没有被调包，这意味着他杀的假说被完全推翻了……

印山城挂了电话，在床沿坐了十来分钟。他没有死心，又拿起手机拨通黄宇的电话，让他马上再一次展开监控排查，只针对700米路段两端的两个摄像头。要调包宋先平的车，必须事先在那段路上准备一辆同款车。那段路的两侧分别是树林和大海，人可以穿过树林，汽车是做不到的，只能经由两个路口出入。

中午11点40分，黄宇传来令人振奋的消息。印山城感觉自己一下子又活过来了，腾地站起身，大腿差点碰倒桌子。

有一辆黑色大众牌汽车在事故当时经过该路段，并停留数小时，且车型与宋先平的完全一致。

"这辆车比宋先平提前两个多小时到达那里，差不多早晨才离开。宋先平坠海时，有两辆一模一样的车在那条路上！城哥，你没有全猜错。"

没有全猜错，那么哪里出错了呢？为什么凶手明明准备了一辆同款车，却没有在杀人时派上用场？是因为出了什么差错而改变了计划吗？

印山城在公安局的院子里来回踱步，百思不解。

大约一个小时后，黄宇找到车主，把人带了过来。黑色大众车跟着警车拐进大门，车上下来一位戴眼镜的男人，三十岁出头，天很热，却穿着笔挺的蓝色西装，一副职场精英的模样。

黄宇让男人登记填表，印山城说没时间了，也不打招呼，转身朝接待室走去。这人必然是陈秋原的同伙，印山城苦于没有证据，只好把钳住他后颈往审讯室里推的冲动按下去。

"姓名，职业。"

男人解开西装扣子，按住下摆，慢条斯理地坐下来，对着身旁的黄宇发出"这可真了不得"的笑声。黄宇板着脸朝印山城的方向努了努嘴，让他正面回答问题。

"我姓刘，刘慕，是个……嗐，是个小车间主任。"

"工作单位。"

"环隆机械。"他说这是一家生产数控机床的厂家，"两位警官，我不知道什么事这样紧急，我还有半份午饭落在厂里呢……"

"5月26日凌晨，你在哪里？"

"啊……"刘慕晃动食指说，"我就猜是那个事情。我后来看到事故的新闻，就在想警察会不会找我做目击证人呢。可是我没看到什么，太远了，根本看不到。"

"你在扯什么淡！我问你在哪儿？"

"滨海街。"

"在那儿做什么？"

"那个……"他眼珠一晃说，"对不起，我那天酒驾了。"

"什么？"印山城皱着眉头，颧骨肌肉向上收缩。

"我在朋友家喝多了，一时上头，没管朋友劝阻，非要自己开车回去。真是太不应该了，幸好没出事。"

"别啰里吧唆的，然后呢？"

"开到滨海街的时候，酒劲越来越大，眼睛都睁不开，我不敢开了，就停在路边睡觉，醒来的时候天已经亮了。"

印山城只觉一阵无力感袭来，他料到对方会这样解释。"你停在哪个位置？具体时间呢？"

"呃……"刘慕低下头，像吃了酸葡萄似的紧闭双眼，"快到观海平台那边，靠近平塘路路口。至于时间嘛，我凌晨一点半左右从朋友家出来，到滨海街停车的地方大概2点不到。开了车窗，风吹进来，真的很舒服啊。"刘慕摊开手掌从面前移过，装出清风拂面陶醉的样子，看着让人恶心。"早上走的时候是5点多，对，5点几分。"

"在这三个多小时里，你没有注意到什么吗？"

"没有啊。过了两天,我听说那个地方死了人,有人把车开海里去了。我心里咯噔一下,我当时不就在附近吗?真不知道是走运还是倒霉,看来半夜喝多了在外面晃荡,准没好事。你看,你们找上我了不是?"刘慕一耸肩,又笑出声来,"但是我停车的地方,距离观海平台还有……还有四五百米吧,至少,听不见什么动静的。我又睡得人事不省,有车经过也没注意。"

印山城前倾上身向对方靠近,压低嗓门说:"刘先生,如果你愿意说实话,我们可以考虑认为你是在不知情的状况下帮助了凶手。"

"啊,什么?什么凶手?谁帮助谁?"

"你把自己的车借给了凶手,不是吗?"

"不好意思,我听不懂你的话。"

"宋先平掉海里的时候,你把车停在附近,而且你的车和他的车一模一样。说这是巧合,你自己信吗?"

"这……信不信,都只能是巧合啊。我压根不知道什么凶手。那人叫宋先平吗?我第一次听说。怎么,他是被杀的?"

明知他一味装傻充愣,却拿他毫无办法。

"对不起,我下次绝不再酒驾了,谢谢警官宽宏大量。"

问话很快就结束了,只得由他扬长而去。

"继续盯着他,把他的底细摸清楚。"印山城嘱咐黄宇。

"好。那……她怎么办?"黄宇扭头转向审讯室的方向。

印山城低头看着自己的脚尖。"放人。"

"真不甘心。"

"其实仔细想想,即使海里的车是刘慕的,我们也只能从他下手,还是没有证据指向陈秋原,她把自己撇得很干净。"

"说不定她真的没有直接参与呢,毕竟她行动不便。"

印山城闭目点头,他发觉自己现在的状态很容易被人说服。"我可能是被想象力冲昏了头吧。"

"真是奇怪啊,事情现在已经很明白了,却又完全不明白。这刘慕绝对是帮凶,可是我验过他的车,没有问题。"

正如黄宇所言,坠海案件的时间线已清晰可见。

凌晨2点,刘慕把自己的车停在滨海街平塘路口与观海平台之间的路段,也就是那神秘莫测的700米杀人之路上,并换上印有宋先平车牌号码的假牌照。

准备妥当之后,陈秋原于3点整打电话把宋先平从家里叫出来。不管她有没有直接参与谋杀,打电话的人一定是她,因为别人做不到这一点。

宋先平的车驶过滨海街平塘路口不远,立即有人把他拦下。与此同时,另一人启动停在前方的刘慕的车,直接冲向大海,在观海平台的摄像头下留下影像。

拦车的人没有直接杀死宋先平,而是使用电极棒或别的手段让他昏迷,而后抛入大海溺毙。只有这样,尸检结果才会是生前溺水。

原本印山城尚有疑惑,假使拦车的人是卫明松,他怎么能确保制服身材高大的宋先平呢?现在有了刘慕,二对一,把握就大了许多。

或者，拦车的人是陈秋原。对，是陈秋原的话，更容易把车拦下，偷袭的成功率也更大。总之，无论是谁，这个诡计的核心仍然是交换车辆，谁把车开进大海，谁杀宋先平并不重要。

而后，两人或者三人合力，把宋先平推进坠海的车里。回到岸上以后，再把刘慕车的牌照换到宋先平车上。最后，陈秋原和卫明松遁入树林，刘慕等天明之后，开着宋先平的车离开。

多么顺理成章的案件还原啊！可惜的是，车辆并没有交换，这就像是印山城做的一个梦。

下午2点，印山城走进审讯室，用钥匙打开铁椅上的横档，扶起陈秋原。

"我帮你叫了车。"

"谢谢，我自己能走。"她声线飘忽不定，显得十分虚弱。

印山城搀着她走到出租车旁，沉住气问道："你现在打算去哪儿？"

她收拢开衫的衣襟，挺直腰和脖子，舒展关节。"是啊，去哪儿呢？"

"那片橘园好像还没打理完吧？可是，房子里已经没有人了。虽然说严小月的事情跟你没关系——是，你现在自由了，留那对母子去坐牢，这样真的好吗？"

陈秋原不为所动，反而眼含若有似无的笑意，她知道印山城已经无计可施。

"我的孩子，还埋在那儿呢。"

印山城浑身汗毛直竖，半张着嘴说不出话来。

## 14

"爸——"

"嗯？"

"你干吗呢！"

印山城回过神，意识到自己一直盯着隔壁桌的女人看。

小竹斜着眼看他，眼白占了五分之四。

"呃，那个……"印山城用掌心蹭着寸头，小声说，"她身上的香水味太浓了，我就是有点好奇而已。"

小竹嘟起嘴嗅了嗅，特意朝女人的方向探身。"哪有啊，想女人了就直说呗。"

"啧，这么跟你老爹说话吗？"

小竹吐了吐舌尖，低头继续吃面。

"再怎么想女人，也不会对这种款式感兴趣吧？"

小竹含着一口面，小心翼翼地打量隔壁桌。那女人身材其实不赖，只是妆化得又浓又花，而且穿着一条满是玫红色亮片的连衣裙，活像一条大鲤鱼。

"什么叫这种款式，你可不要物化女人。没准她心地很善良，只是品味不大行，就你这种态度……"

——难怪留不住女人。印山城在心里把女儿没说出口的话补充完整。

言之有理。小竹真的长大了。

是女孩子本就懂事早，还是因为单亲家庭给了她更多成年人的感受呢？小竹没有因此自卑或浮躁，这已经值得庆幸了，破碎家庭的孩子走上歧路可不少见。

印山城缓缓吸气，确实没有再闻到刺鼻的香水味，不知是不是被餐馆的气味遮盖了。或许，所谓的香水味可能根本不存在吧。

"你也差不多该找个伴了，再拖下去就老不值钱了。"

印山城好像没听见这句话，上下打量一番女儿。"哎，你……你平时用香水吗？"

小竹瞪大眼睛说："你有没有搞错啊，我才十七岁，会被老师拖出去的。"

"哦，这样啊，也是。"

"我身上还留有少女的体香，用不着那种东西。"

"哇……"

印山城做出呕吐的动作，小竹笑得差点喷出鼻涕来。

"你今天怎么老提香水的事，又跟案子有关吗？"

"算了，不提了。"

用香水的目的，无非是想刺激别人的嗅觉感官，在潜移默化中改变别人对自己的印象，或者就是自我陶醉。但是车载香水不同，主要是为了盖住车厢内的异味。宋先平的车买了不到一年，放香水在车里，似乎没什么不妥，如果那瓶香水是新买的，没人见过也不奇怪。

不过，李萱说宋先平没有用车载香水的习惯。

那个蓝宝石般的香水瓶一直放在印山城办公桌的抽屉里，尽管里面已经混入了海水，打开抽屉仍然芳香四溢。

假设香水是陈秋原送给宋先平的，那也只能说明，在重逢的一个月里，两人的关系并非从一开始就处于针锋相对的状态。印山城设想过其中一方想重归于好的可能，就是基于这瓶香水。红枫区的房东曾在深夜看到过男人的身影，也许两人还有过短暂的耳鬓厮磨。

但那又怎么样呢，爱和恨本就是一念之间，这并不矛盾。印山城就像饥不择食的饿鬼，逮着任何细微的线索都想深挖下去，可总是一挖就见底。

吃到半途，黄宇打电话来，说刘慕不久前才开始在环隆机械上班，此前七年，他一直是智捷通信设备有限公司的员工。

智捷通信是盛国良的公司。没错，又对上了。印山城苦笑连连，为什么都在帮那个女人？同情和法律岂能混为一谈？

罢了，无论是盛国良的背景，还是陈秋原的诡计，自己都不是对手。干了十七年警察，无奈的滋味又不是第一次体会。

结了账，印山城开车送小竹回家。如果继续占用她的学习时间，她妈又要骂人了。

6月初的傍晚，车窗外的天空清亮如洗。要是能和小竹一起去海边散步，该多好啊，再过几年，陪她的男人就不是我了。

"最近考试怎么样？"印山城轻轻踩着油门，保持三十码的车速。

"中等呗，老样子。"

"别给自己太大压力，现在时代变了，大学嘛，过得去就行了。"

"我知道——"小竹拖长尾音，"只要能出云岸县，选个好一点的城市就好,城市比学校更重要。"

"嗯?我这样说过吗?"印山城当真不记得了,但他认同这个观点。

"我妈可不会这么说,不是你说的,还能是谁?"

印山城脑中出现了小竹的继父,这一茬还是不提了。

"那个,下礼拜吃什么?"

"换一家吧,这家味道不错,就是量太少了。"

"没吃饱?"印山城暗骂自己考虑不周,小竹正值青春期,身高体长,又是运动健将,胃口大是自然的,"怎么不点两份?"

"我、我面前放两碗面,干吗呀,这像话嘛。"

"哎,这个,"印山城指向右前方一家铺子的招牌说,"烧饼怎么样?古园烧饼,好久没吃了,很怀念啊。我也来一个。"

"早就关门大吉了。"

"是吗?"

往前开了一段路,烧饼铺转到正侧面,蓝色的卷帘门果然拉上了。

"儿子做不出那个味道,大家都不去买了。"

"儿子?那老头自己不做烧饼了吗?"

"去世了呀,你不知道吗?"

他刚上中学时,古园烧饼还只是路边的一口炉子,连个棚也没有。他的饼卖得比别人贵一倍,但是又大又厚,不是本地人的做法,香气独一无二,很快成为云岸县一道美食。如今,三十年快过去了,仍然是原来的价格。

"真可惜,看来这手艺还是有说不清的门道啊。这么多年的老顾客,说不买就不买,大家也太不讲情面了。"

"那也犯不着跟自己过不去啊,真的差太远了,一进门就觉得味道不对。"

"什么?"

"我去买过啊,不行,味道不对。"

一进门就觉得味道不对……

霎时间,这句话像魔咒一样在印山城耳边盘旋,直到后面响起了喇叭声。

"绿灯啦,喂!走啊!你怎么又这样,上回陪我打网球也是这德行,没有我给你提示,你就破不了案是不是?"

"我懂了,我懂了……"印山城握紧了拳头。

15

走进旋转门,穿一步裙的服务员迎上来,问住宿还是吃饭。秋原报上包厢号。

服务员走在右前方领路,不时侧过脸瞥一眼,她好像吃不准客人是受伤了还是本就瘸腿,流露出关切的眼神,但没好意思开口问。

秋原推开包厢门,圆桌旁的三个男人停止交谈。

"来了啊,提前说嘛,我去门口接你。"盛国良笑得满脸褶子。

吴泽峰坐在最外面,站起来替秋原拉开椅子。

"孟律师，陈秋原。"盛国良指了指第三个男人和秋原，说，"大家都事先了解过，介绍就免了。"

孟律师四十岁开外，脸颊消瘦，一双眼睛又细又长。他绕过桌子来跟秋原握手，准备拿名片，被盛国良制止了。

"哎，律师嘛，都差不多。你这一递，秋原没有名片回你，多尴尬呀。"

"是，是，我考虑不周，陈小姐别见怪。"

秋原浅浅一笑，坐下了。

吴泽峰替她倒上红酒，接着拿起自己的酒杯。"来，我们祝秋原——破茧重生！"

"哟！文化人，这成语用的……"盛国良竖起拇指。

"琢磨了一下午。"

四人一同举杯。男人们考虑到秋原腿不方便，很默契地都没有站起来。

吃了几筷子，盛国良侧身对着孟律师。"聊正事吧，阿松的官司怎么说？"

孟律师用手巾擦了擦嘴。"我研究了一下资料，有操作空间。"

"厉害，没找错人。"

"不，我说的空间，不是指判无罪。主要问题在于，他自己承认杀了人。"

盛国良的脸色立马不好看了，夹了一只凤爪，吧唧吧唧嚼得很响。

"现在的司法观点，重证据轻口供，我觉得有机会。"吴泽峰说,"他在刑警队的招供,可以认为是在思路不清晰的情况下做出的回答,参考价值还有商量余地。关键是,他到底是怎么杀人的,谁也不知道。"

"但杀人是事实,现场只有三个人,除非把责任全部推给严小月,我自认为没有这样的能耐。"

孟律师不卑不亢,秋原反而觉得他态度中肯。"嗯,我相信孟律师的专业水准,您按照自己的方式来,不必勉强。"

盛国良用舌头抵着牙床,看了吴泽峰一眼。吴泽峰也不再发表意见。

孟律师回以欣慰的微笑,朝秋原举杯。"打官司,怎么主张,跟投资差不多,越贪心,万一失败,损失也就越大。假设裁定故意杀人,判十年,要是在毫无把握的情况下主张无罪,驳回以后还是十年;再主张过失就没了底气,赢不了的。注意,死者是被卫明松勒死的,这比用刀捅死更难判定正当防卫。在对方有抵抗的情况下,勒死一个人要花的时间,可能比抽一支烟还要久。重证据是没错,疑罪从无也没错,但审判长也是人,主张无罪,他会觉得自己被藐视了。"

"行了行了,过失就过失吧,几年?"盛国良有些不耐烦。

"一般来说三年以内,考虑到现场还有一个人,情况有些复杂,现在还不明了。我下午去了看守所,卫明松的态度暂时比较消极,说得不多,我还需要点时间来沟通。"

"这小子脑袋真的不好使。"

"另外一个罪名是非法拘禁,同样是三年以内。不过,这期间严小月写过一张纸条给她父亲,大意是自己过得很好,让他放心,这一点是有利的。"

"没错,"盛国良恍然大悟,"警察说是囚禁就是囚禁吗?说不定人家过得很好,赶都赶不走,谁知道呢?他们原本就是旧情人嘛。"

孟律师看了一眼秋原,继续说道:"关键是怎么解释地下室,这太反常了。卫明松后来把铁链摘了,但就放在一楼的杂物间,被警察搜出来了。拘禁的说法恐怕还是会成立,纸条最多只能说明严小月没有受虐待。而她本人行动受限,无法送出纸条,只能由嫌疑人转交,可以认为嫌疑人对被拘禁者的家属怀有同情和歉意。"

盛国良眨眨眼,说:"我怎么感觉,请孟大律师来是专门求饶的。"

孟律师爽朗地笑道:"辩护,本来就是求饶的另一种说法。还有,卫明松把严小月的尸体从湖里捞起来带回自己家,涉嫌尸体侮辱罪。"

"这还有完没完,入土为安怎么还侮辱了?"

"很难说,民俗不能大于法律,他必须有合理的解释。"

四人沉默片刻,秋原开口问道:"他母亲呢,也要坐牢吗?"

"是的,包庇罪。按她目前的情况,如果医院的鉴定有效,我可以争取把她保释出来,等做完白内障手术再服刑。"

盛国良朝秋原一挥手,说:"这个你放心,医生我已经安排好了,自己人。"

"嗯。"

盛国良环视一圈,见没人说话了,便问秋原:"怎么样,满意吗?"

秋原笑了,朝律师低头欠身,说:"那就辛苦孟律师了。"

酒店外守着好几辆出租车,吴泽峰向那边招手,最前面的那辆开上门前的坡道。

"我喝了酒,就不送你了。"他替秋原拉开后排车门。

"不用客气,你回去吧。"

他们还有下半场,还有客人要接待,是盛国良特意为吴泽峰张罗的生意。

秋原小心钻进车里,侧过身,尽量让右腿伸直。虽然走路一瘸一拐,但实际并没有痛感,反而是坐下来的时候,膝盖又酸又胀。

"秋原……"

"嗯?"

吴泽峰把手掌搭在车窗上,瞥了一眼司机,喉结滚动,再开口,已经不是原本要说的话了。"你好好休息,什么时候来上班都可以,提前一天告诉我就好。"

"我再想想。"

出租车向前汇入街道,夜风灌进车里,吹乱了秋原的头发。司机问要不要关窗,秋原说,这样挺好。

回到住所楼下,见有人坐在台阶上,倚着墙睡着了。秋原蹑足向前，借着昏暗的路灯看清了他的脸。

"子阳。"

秋原的呼声很轻，子阳仿佛在睡梦中时刻准备着，猛然弹起来，晃晃悠悠地扶住墙。

"啊，那个……你之前的手机号码没在用了，我找不到你，就……"他指着脚下，然后憨憨地笑了起来。

秋原点点头，抱起胳膊看向别处。

"我也没什么事，知道你今天回来，来看看你。"子阳抬头看了一眼秋原家的窗户。

窗户透着光，秋原的母亲在家。

"阿姨留了我一会儿，可是太晚了，我不好意思再打扰，就下来等，竟然睡着了。"

"对不起，刚才有点事。"

"……你还好吗？"

"嗯，挺好的。"

气氛逐渐尴尬，但比尴尬更让秋原不安的是，她怕子阳会问她回答不了的问题。

"你今后有什么打算？"

"不知道，可能回嘉园市工作。"

"还是原先的公司吗？"

"嗯，这里的房子月底也刚好到期。"

"对，换个地方也好。不对，不是也好，是太好了！从明天起，就是新的人生。以前的事情都过去了，那些肯定都是误会，既然警察没有为难你……"

秋原感到窒息，提起一口气打断他："你也累了……早点回去休息吧。"说完头也不回地往楼上走。

"秋原姐，换了新号码，记得给我发个消息啊——"

子阳几乎是呼喊出这句话的，好像秋原在旷野中，正要离他远去。

打开家门，母亲从沙发边迎到玄关。"怎么这么晚，我以为你又出什么事了。"

下午从公安局回到这里，秋原和母亲时隔十五个月重逢。秋原无论如何都料想不到，母亲守着一线希望，在这里住了整整半年。陪她来的男人没几天就回去了，现在两人的关系已经回到相好之前，男人又搭上了别的女人。

"本来就不是什么正经人，无所谓啦。"母亲掀起秋原的裤腿，看到变形的膝盖，顿时泪流不止。

无所谓是假的，她不习惯一个人过日子。自从父亲过世，最近这半年就是她忍受的最长久的孤独。

人上了年纪，真的会改变很多吧。

离开阿松家，搬到红枫区的第二天，秋原偷偷来这里，准备带些东西过去，却看见母亲站在阳台上。她躲在巷子里哭泣，差点就决定放弃计划，和母亲一起回老家。

秋原换了鞋，从包里取出手机拨打电话，母亲的手机立马响了。

"这是我新换的号码，你存一下。"

"这手机也是新买的吗？那你刚才也不打个电话过来，真是的。"母亲低下头笨拙地操作起来，"对了，刚才小周来找你，等了一个多小时，回去了。"

"我在楼下碰到他了。"

"最近几个月，他来过这里好几次，明知道你不在……他、他人挺好的。"

秋原没有再说话。

"好了好了，我不说，我不说……现在说这个也不合适。你熬了这么久，今晚早点睡。啊，明天我陪你去医院看腿？"

同样的，关于自己的遭遇，秋原不愿讲，母亲也就不再问了。母亲知道宋先平这个人，知道秋原怀孕，又遭遇车祸流产，但也愿意相信女儿和宋先平的死无关。

警察不会轻易放弃，母亲和子阳都会被追踪调查，对他们多说没有好处。

秋原的心被剜去了一块，失去的部分不可能找回来了，无论填上什么，都不能替代原来的部分，伤口无法愈合。既然如此，只得把剩余的部分也一并剜去，彻底清理干净，等待新生。

这算是一种办法吧，假如真的有办法治疗心症。似乎很任性，没有道理可言，但终归算个办法。人要从容地活下去，总得给自己想个办法，总得迈过心坎。宋先平不死，这道坎就一直横在心里，他是所有过去的结节，抹掉才能无所顾虑。孩子已经被抹掉了，宋先平也必须一同被抹掉。

秋原真想找个人说,杀宋先平并不是复仇,她只是想重新开始。从弥留中醒来的那一刻,她知道世上再也没有谁能阻挡她对新生的渴望。

## 16

第二天一早,窗外传来清脆的鸟鸣。秋原睁开眼,厨房里飘出醇浓的香味。母亲已经洗好衣服,正在阳台上晾晒。

秋原洗漱完毕,从锅里盛出鸡肉粥,坐下吃了起来。

粥的稠度刚刚好,米粒炸出毛边,鸡肉扯成丝,辅料有香菇和花生。第一口有点淡,吃到小一半就不觉得了。

"你烧的?"

"对啊!"母亲用力甩挺一件衬衫,这两个字听起来铿锵有力。

"上回吃你做的饭,好像还是小学五年级。"

"别胡扯。"

"这半年没少练哦。"

母亲哧哧地笑了。

"妈,说真的,跟我一块儿去嘉园吧。"

这个事昨天提过。母亲的思想既前卫又保守,一旦女儿成了家,她是不能赖着不走的,一个人在陌生的城市里生活也不对劲,迟早还是要回老家。说到底,她仍然希望秋原能回去,嫁个当地人过日子。

母亲半天不吱声,秋原以为她在慎重考虑。可是过了好一阵,她还是没动静。

"怎么了?"

母亲快步走进来,指着外面小声说:"有个男人坐在车里,一直看着我,有毛病的。"

秋原放下勺子,走到阳台上凝视马路对面。

一只夹着烟的手搁在车窗上,车不是警车,车里的人却是警察。他像头灰熊一样从车里钻出来,朝秋原点头致意。

"是个朋友,我下去一会儿。"

印山城站在车门边没动,等着秋原一步步走近。

"回到自己家了,昨晚睡得还好吧?"

"印警官是一直守在这儿,等着我睡醒吗?"

他仰头大笑。

"看来有重大突破呀。"

"你和盛国良联手,我怕是突破不了了。不过,这才第一个回合,来日方长。"

秋原没有接话,她不必否认自己和盛国良的关系,这毫无意义。她明白,印山城心中雪亮,他只缺证据。

"江久旭的案子快开审了,如果不介意,想请你出庭做证。"

"我介意。"

"行,这是你的权利,我会转告法院。"他回应很快,丝毫不觉得意外。

一辆早餐车从巷子里拐出来,费力地在人行道上颠簸前行,发出"咯吱咯吱"的声音。印山城侧过身,看着推车的老妇人。

"我不知道宋先平是怎么跟你解释的,江久旭说,那天晚上宋先平并没有指示他开车撞你,电话刚接通,车祸就发生了。"

秋原心中暗流涌动,印山城这番话突兀又自然,好像两人已经就这个话题聊了很久,一不留神就会中套。

"当然了,江久旭可能是在说谎。他现在实锤的罪名是毁尸灭迹,如果承认,就会再加一条故意杀人。但是不能因此就彻底否定车祸是意外,对吧?我想知道,宋先平是怎么说的。"

"车祸那天晚上,是我见他的最后一面,他怎么说我没法知道。"

"是嘛。"印山城低头哼笑着,"我心里一开始就有个疑问,你为什么要选择红枫区的房子,为什么要在那儿跟宋先平见面?答案很快就有了,因为那一片没有监控……"

"印警官,你这样自说自话,我都不知道该怎么聊。"

"那就忍耐一下,就当我自说自话吧,先看我说得对不对。"

秋原调整站姿,把双手插进针织衫的衣兜里。

"没有监控这一点很有说服力,以至于我不再想别的,直到搞明白这个东西的用意,我才想到那套房子的另一个特点。"印山城把手臂伸进车窗,缩回来时,掌心托着一块形如印章的蓝色玻璃。

香水。

一瞬间,秋原感到强烈的惊恐,但很快恢复平静。是的,他完全明白了,可是那又如何,这不能算证据。

"另一个特点是有院子,更准确地说,是有能停下两辆车的院子。宋先平遇害前的某一天，你把他的车换了，对吧？我的推理其实只弄错了一个地方，我完全搞反了——宋先平开的是套牌车，而你们冲进海里的是他的车！"

秋原侧过脸看向别处。反驳没有必要，要走也不能在这个节骨眼上，这警察真是够烦人的。

"你约宋先平到红枫区那套房子里，接着刘慕把自己的车也开进院子。你在楼上找机会用宋先平的钥匙解锁他的车，这应该不难吧？你留住宋先平，直到刘慕把宋先平车里的东西全部都挪到自己车里，换好车牌，然后把宋先平的车推出院子。也许卫明松也参与了，毕竟两个人干活更快。

"最后，你把两辆车的钥匙调包，让宋先平拿着刘慕的车钥匙离开，院子里只剩刘慕的车，他当然以为是自己的。从那时起，宋先平就一直开着刘慕的车，直到半夜被你打电话叫出去，到死也没有察觉。而刘慕要做的，就是把宋先平的车开到那条路上，再准备一块宋先平车子的假牌照。而杀人方法，和我昨天说的一样，只是现在两辆车反过来了，结论自然也是反的。

"设身处地地想，好像真的很难分辨出车是不是自己的。宋先平的车买了不到一年，里里外外都没什么磨损；他本来就爱整洁，能收拾起来的东西绝不放在外面；没有人会记住自己车钥匙的齿痕；发现里程数不对，第一反应可能是仪表盘出故障了。但车里有一样东西是没法替换的——

"气味！每个人都有自己的气味，每辆车也有。所以，它变得至关重要。"印山城用手指捏起香水瓶，瓶子一角折射出朝霞的光芒,"不,不只是它,应该是它们。一模一样的香水,有两瓶,另外一瓶放在刘慕的车里。

"我不知道你是什么时候把香水送给宋先平的,这当然是越早越好,因为香水遮盖气味需要时间,可能是在红枫区第一次碰面的时候吧。原本气味不同的两辆车,因为同一款香水而变得无限接近,宋先平坐进刘慕的车里才不会起疑。

"把宋先平的车开进海里之后,你面临一个两难选择:到底应不应该把香水瓶留在车上。如果近期有人看见过,拿走就显得不自然;反之,如果没人见过,就不应该留着。我也在心里权衡了一下,我赞同你的选择,相比较而言,把香水留在车里更稳妥一些。

"整个计划有些冒险,不过真的很妙。怎么样,我说对了吗?"

"你打算用这套说法再把我抓回去吗?"秋原不想再啰唆了。

印山城一边笑一边摇头。

"我想明白这些以后,才发现最让人心寒的是,你根本就没有给宋先平机会,你不想给。"他转头看着秋原,忽然露出凶狠而愤怒的眼神,"在红枫区的那一个月,无论宋先平说什么,你都不会接受。那一个月只是为了换掉车里的气味,只是杀人计划的必要环节。从你走出那片橘园开始,你就决定了要杀死宋先平,没有任何余地。陈小姐,你的心被仇恨蒙蔽了,你问问自己,你还是个正常人吗?!"

"你说完了吗?"

印山城喘着粗气,目光中的锐利渐渐消失了,他无可奈何。

"印警官,你有个女儿吧?"

"……"

"真不公平。"

"什么意思?"

"我的孩子……连是男是女都不知道呀,说不定也是个女孩,长大以后像印警官的女儿一样出色。"

"你别再想这些了,永远没有答案的。"

"假如你的女儿发生意外,你会拿凶手怎么办?凶手不死,她就不会真正死去。"

"我……"

"她既活不过来,又不会死去,你体会过这种感觉吗?"

"所以你就要让人陪葬吗?你杀的人,是你孩子的父亲!"印山城攥紧拳头,把这句话从丹田挤出嗓门。

秋原全身颤抖,眼泪夺眶而出,却又同时"咯咯"地笑出声来。"你别扯偏了,我假设的是你女儿。"

印山城愤然转身,猛地拉开车门。"陈小姐,我是个粗人,你的遭遇我很同情,但是你的心情我无法理解。很抱歉,我不会停止调查,直到你受刑的那一天。"他说完钻进车里,疾驰而去。

不知不觉,额头生出暖意,太阳已经完全升起来了,两边的住宅变得轮廓分明。

秋原的手机响了,是母亲。她转头望向自家阳台,母亲举着手机向她奋力招手,仿佛打通女儿的电话是一件极不寻常的喜事。